年轻气正

史啸思 著

作家出版社

目　录

第一部：村里那个官

"这片土地不宁静……"

1

一件压箱底的格子衬衫，一条破了洞的牛仔长裤，还有一双有点旧的钩子板鞋，背着黑色的登山包，这是尚峰去任职村官的打扮，标准土文艺青年。坐在那个摇晃得如按摩椅一样的公交车上，一座座灰白雾气笼罩的大山映入了他的眼帘。

灰褐色的乡间公路消失在两山之间的夹隙里，两座高耸的大山如同两位镇天的巨人守卫着进山与出山的道路。路两旁绿油油的作物在微风的伴奏下，哗哗地吟唱着，时而还有野鸟与青蛙的伴唱。马路上的尘土被风轻轻地带起，却不愿离开这片沃土，又倔强般地轻轻地落下，让人看到什么是对故乡的眷恋。树上的知了为了能找到自己心仪的另一半，不知疲倦地叫着、叫着，展露着自己雄性的本色，它们也面临着男多女少的困境。

看到绿油油的农地，尚峰不知道种植的是什么，于是拿出苹果手机，连接上网络，百度了一下，弥补自己十分匮乏的农业知识，终于确定了是什么，他一拍脑门大声叫道：

"哦！玉米！"

他所坐的长途公交车，翠绿的车身，行驶起来年久失修的车身哐当哐当作响，和铁路的绿皮厢火车一样，比起市里那宽敞明亮的大巴简直不可言喻。但他不介意，因为坐在车的最后面，享受着发动机带来的震动按摩，浑身酥酥软软的甚是舒服。

他用手机移动网络，快速地为自己的大脑充电，学习农业知识，生怕自己这个从没在乡下待过的人，去村里后两眼一抹黑，让人看笑话。这一路他了解到不少东西，什么是镐头，什么是镰刀，何时播种，何时收割，甚至如何饲养牛马他也略知一二。没过多会儿他看屏幕的眼睛就酸胀了起来，他抬起头默默地注视着窗外，回想着大学散伙饭的场景。

尚峰，这个政法大学公共法律事业系的高才生，他们这届全是各省市的文科状元，这让他自己倍感无限荣光，和这些精英度过四年的大学生活，让他感到充实而快乐，但很快这份快乐被就业问题给冲淡了，像他们这些学法律的，最难就业的十大专业里就有他们这个学科，当然走法律系统当个法官律师也是不错的。他的学长，同时是前学生会主席的何少为，一直很照顾他，即使在他毕业两年多的时间里，还定期回来看看他，人家现在已经是县里检察院的一名正式科员了。

这让尚峰感到强烈羡慕嫉妒但是没有恨。

在宿舍里，尚峰看着何少为讲述着自己将如何如何普及法制社会，将如何如何依法治国，更加激励尚峰想要进入仕途的决心了。可是尚峰不知怎的中了魔咒，司法考试两年都没考下来，这让他对当法官律师没了信心，临近就业让他更加焦急。

散伙饭上，大家都在纷纷讨论自己今后的志向，不是当大法官，就是当名牌律师，而他自己丝毫没有心情和人讨论这个问题。而他最崇拜的学长、前学生会主席何少为在毕业聚会上大放厥词，他去年已经考上市纪检监察部门的公务员了，那架势仿佛在向众人嘚瑟自己的才华与成就。"我要成为全国最好的检察官！"大家的目光全被他吸引过去了，纷纷用敬佩的眼神盯着这个天之骄子。而尚峰则坐在角落喝着闷酒，想将自己心中的不快统统压下去。此时何少为在众人的注视下走了过来，拍了拍尚峰的肩膀。"怎么了，这么闷闷不乐的？"

"没事，我只是不舒服！"

"工作怎么样了？"

"没考好……"尚峰有些不好意思地说。

"嗯……我觉得你倒是可以先考村官，那题简单！"

听到这里，尚峰感觉自己好像被羞辱了，不知道这个何少为到底是真同情自己还是故意羞辱自己，一股无名的怒火充斥着他的脑海，让他做出了狠狠地甩开何少为胳膊的动作，头也不回地跑出了饭店，将没缓过神来的何少为和同学扔在了饭店里。

他飞快地跑着，想将自己浑身的不快统统甩在脑后，让自己的烦心事随着大口的喘气发散出去。可没多久他累了，不过显然效果达到了，当他气喘吁吁地停下时，自己愤怒的情绪被压制了下去，冷静下来的他再次回想何少为刚才的话，深感这倒也算个出路，面对即将毕业找工作的艰难挑战，于是他决定考个村官先试试。

当他拿到三年的村官合同的时候，他终于知道为啥村官考试这么简单了，因为要被"发配"到大山深处，而且只是干三年，随后解除合同，没丝毫提升的机会，所以精英们根本看不上这块饽饽。

看着那个泛黄的发配单上用潦草的字迹写着的"屏风村"三个字，尚峰苦笑着摇了摇头，感觉对不住养育自己多年的父母，可谁叫自己不争气呢？只能从城乡又堕落到了原始农村了。他疯狂地阅读了好几本乡土文学大师们的作品，了解大师笔下的美丽农村，好给自己去下乡工作找寻点动力，逐渐地，他改变了想法，这份工作很神圣，也为祖国的基层做点贡献，完成自己身为天之骄子的重任。临走前，好友何少为给了他一套光盘名叫《焦裕禄》。

尚峰苦笑道："咱就是一个小村官，连级别都没有，哪有人家那境界。"

"要重视哦！"何少为调皮地眨了眨眼睛，"跟人家学习，做个好村官，实现你的理想！"

尚峰感觉自己又被何少为瞧不起了，愤愤喊道："就在那穷地方待三年，以后肯定要回城的！等着吧！"

这……是他目前的想法，但很快他想象中的农村将被颠覆。

一阵颠簸，在公交车晃动带来的各种吱扭声中传出一声沙哑的声响。"哥们儿，到站了！"那个售票员说道。

"屏风村到了？"

"是啊！"

尚峰迅速下了车，可他很快发现自己下早了，面对周围一片寂静，他有感而发："妈了粪！什么人啊！"

就这样穿着西服，在这条一眼望不到边的公路上走着，很是扎眼。公路边上的那条河泛着恶臭，已经被白色垃圾占据了，排斥着任何想要加入的物体，这跟他自己遐想的文学作品里的小清河根本不是一个概念。伴随着轻轻的风声，一股子一股子的臭味迎面扑来，给这炎热的夏日带来了额外的一丝热气。路边零星地如同驿站一样坐落着几户人家，为了生计开了些小卖铺，也挂上某某超市的字样。院子临公路的门口坐着几个满头银发的老人，他们扇着蒲扇，用深居在皱纹下面的眼睛窥视着尚峰，看看这个外来物种究竟是个啥。同时在门口聚集着的还有一些看家护院的土狗，它们低着头，上斜着黄褐色的贼眼观察着路过的人类，一副卑贱的样子。但如果以为它们好欺负那可就错了，很显然尚峰闯入了它们的地盘，它们用自己的黄眼睛紧紧地盯着尚峰，尚峰最怕狗了，他愣在那里与它们对视，缓缓地抬起自己的右手，向它们挥了挥手"嗨！"显然这些土狗并不买账，向他狂叫，尚峰拔腿就跑，在土狗狂叫的欢送下，跑过了这几户人家，弄得他灰头土脸。

门口的老头咧开嘴，露出年久失修的几颗门牙说道："这城里来的尿娃，脑子让门碾了，没事跟狗打招呼！"

不过，尚峰已经有了心理准备，他感到这就是农村，有花有草，有山有树，有玉米地也有野菜田，可没想到的是还有臭气熏天的河流和土狗纵横。

他深感自己的使命就是要改变这落后的局面，这份使命光荣且神圣，突然他想到了焦裕禄，没错！自己就要成为新时代人民公社的好干部了！

正想着，自己的理想就被打断了。一辆黑乎乎的重型卡车从他身边掠过，这下尘土可不是轻轻地被带起了，而是狠狠地拍在了尚峰身上。

"妈了粪！"尚峰又心里骂道。

这辆卡车打破了尚峰内心的宁静，这也是他没想到的。很快想象中那宁静的山村情景就被堆满了煤土煤渣煤料的空场占据，悠闲的公路不再清闲，而是一辆接一辆的三蹦子、拖拉机、各种改装过的卡车碾轧着路过，拉着煤土、石料，一起摧残着这条宁静的乡间公路，摧残着大山里自然的气息，尚峰这才意识到这些大车拉的是煤。没走多久他就看到一个被掏空的山坳，这着实惊住了他，是什么力量竟然能将这个"凸"字一样的山掏成了"凹"字呢？

山坳下是一个厂子，隆隆的阵响从里面传了出来，厂子门口是一个小饭店，已被整日的尘土染成了白色，根本看不出它原本的颜色。见到了饭店，尚峰的饥饿被唤醒了，他一脚刚刚踏入饭店，漆黑一片，还没等他看清屋内的景色，就被满屋的苍蝇给推了出来，顿时食欲全无。他不想再多想了，他要离开这里，转头踏上去屏风村的路。

泛着光的柏油马路，在热气的烘烤下如同一个天然的大锅，烘烤着在它上面的任何东西，当然也包括他尚峰。他眯着眼睛，享受着这嘘嘘的热浪，大脑如一张白纸一样毫无思绪。突然一个角檐从山根露了出来，如同印章盖上白纸一样啪地将他惊醒，他加快了脚步，渐渐地整个房顶都显露了出来，尚峰有了动力，再次加快了脚步，最后一整栋白色的洋楼露了出来，门口立着一个破旧的牌子，白底黑字刻着邮政储蓄所，尚峰预感到自己快要到地方了，因为已经有了文明的气息。果真，随着步伐的加快，距离的缩近，逐渐一个小乡村如同世外桃源般地展现在了他的眼前，他向一个赶着驴车的老乡问路，得到的答复，就是屏风村。

屏风村是屏风乡最大的一个村，坐落在一个由河流冲刷形成的河谷内，俗称的山沟沟。前面这座高耸的山梁如屏风一样，挡住整个村庄。让屏风村如世外桃源般被隐藏起来。整个山村被一条公路和一条小河从东到西一分为三。公路的右边是依山而建的一百多户人家，从山脚底下的公路一路延伸到山顶，而公路的另一面则盖着很多平房棚户，沿着公路码成一排，道路两边全是商铺。这是屏风村的地理特点所决定的——屏风村虽然是个山村，但拐过前面这座山十几公里就是县城，这里的商铺从县城买进东西很是方便，所以更远山村的人都会到这里来采购日用品，省去那十几公里的路程，很快这里就成了整条河谷的商业驿站，车水马龙，人声鼎沸，甚是发达。

但是今天这里却十分清净，很多商铺都关了门，犹如一个死村，这让尚峰倍感纳闷。平房棚户群旁边则是一条污染严重的小河，漂着各种垃圾和动物的尸体，泛着恶臭。

河对面有个小平原，却是让尚峰十分惊讶的地方，那里竟然耸立着一座三层洋楼。在这大山深处，这座不大不小的建筑是那么的不合时宜，与自然淳朴的乡村显得那么格格不入，而这座洋楼后面就是大山，让人有种我要比山高的意愿。

不过很显然，这座洋楼的配套设施还没有建完，楼底下并没有铺设柏油马路，而是一层层的黄土点缀着各种白色垃圾，让这份单调的黄又添加了几分色彩。而村委会的大门则孤苦伶仃地坐落在黄土环抱当中，显然也是翻修过的了，一座一人多宽的小桥直通这边的公路。

尚峰从桥上走过，恶臭与闷热让他差点打消了当村官的念头，他看着这条河，可以说已被各种物件占据，它们争先恐后地进行着化学作用，释放着各种毒气，熏呛着过往的人群。尚峰捂着鼻子，伴随着一身的臭汗走到了村部的大门前。

"找谁啊？"一个坐在大队门外的老槐树下，皮肤黝黑，穿着蓝色粗布衬衣，敞开着扣子，露着里面一排排肋骨的精瘦老人问道。

"我是来任职的！"尚峰回答道。

那人坐在马扎上，用那个烂得只剩下几根干树杈的蒲扇扇了两下。"有派遣证吗？"

派遣证，尚峰倒是听说过这个东西，那是计划经济时期的产物，但现在早就不用了。

"没有。"尚峰回答道。

那老人用蒲扇指了指尚峰说道："那……介绍信呢？"

"没有。"尚峰摇了摇头。

"那谁能证明你是来这上班的？万一是来闹事的流氓怎么办？"

疲惫且有些沮丧的尚峰，被这夏日里的挑衅惹怒了。"你才流氓呢！"

"你说谁呢！"那老头吼叫道。

尚峰一脸的神气，他看了眼这个人，表现出很不屑的表情，用蔑视的口吻说道："你是看大门的吗?!"

"你才看大门呢！我是门卫！没介绍信就是不让进！"

"你这人怎么这么不可理喻，上网查啊！"尚峰喊道。

"这他妈是山村不是渔村，没网。"

二人就这样争吵了起来。

那个老头用蒲扇扇了扇，咧开那满嘴的黄牙叫喊着："俗话说，知人知面不知心，不让进！"

"我去！你竟然还跟我这么拽，你小学毕业了吗你?!"尚峰指着那个老人叫喊道。

"什么毕业你管不着，但我看人很准，你肯定是来闹事的！"

俩人开始僵持不下，如同两座门神一般把住了屏风村村部的大门。

就在这时一个女人的声音在尚峰的背后响起："叔，这是谁啊？"

尚峰闻声转过头看去，看见了一个骑着电动车的女人，这个女人身材消瘦，但看上去很矫健，棱角清晰的脸庞，大大的眼睛炯炯有神，但皮肤同样的黑棕，如夏天的麦穗一般，这女人上下打量着尚峰，一脸的疑惑。

那个黑瘦的老人见这个女人后，顿时没了刚才那副嚣张的气焰，笑脸相迎，大手一挥说道："一个闹事的！没啥大事！"

"你才闹事的！我是来任村官的！"尚峰喊道。那黑瘦老头的话像利剑一样刺得他的耳膜甚是难受。

那女人听后立刻警觉起来，从电动车走了下来，小声问道："你叫啥？"

"尚峰！"

那女人听后满脸堆着笑容，迅速将自己的右手递了过来，要与尚峰握手。"新来的村官！我昨天从书记那听说了，是姓尚！"

"你是？"

"我也是这个村的村官，我叫蔡雪梅！我们应该去接你的！没想到你自己先来了！"

看着自己对面这个黑瘦的女人，让尚峰倍感亲切，她就像以往影视剧里表现的乡下女人那样，从上到下散发着农民的纯朴，甚至纯朴得有些土气，尤其这女人那牛仔裤配旅游鞋的打扮，真是土到了极点。不过出于礼貌他也举起自己的右手回应，俩人握了下手。

"没事！我这人低调，不想大动干戈，轻车简从嘛。"尚峰说道。

"哈哈！坚持贯彻中央八项规定！"那女人笑嘻嘻地答道。

随后蔡雪梅就要带尚峰进大队院。

可是门口的黑老头拦住了二人。"不行！没吴宗平放话不能让陌生人进！"

蔡雪梅转过头来，一脸无奈地说道："哎呀，叔，他是咱村新来的村官！"

"他说是就是啊，万一是坏蛋咋办？"

这话说得尚峰直挠脑袋，他感觉自己必须验明正身才行，于是将自己的背包里那泛黄的发配单拿了出来，在那老头面前晃动。"看见了吗？我有这个！"

见到此文件，那老头一脸的不服气，却也没了之前的神气。

"行了！叔。"蔡雪梅看着不高兴的黑老头，笑嘻嘻地露出自己洁白的牙齿，"快去吃盘吧，要不都没了！"

"那谁看着院子？"

"我看！我吃完了！叔你去吧！"

"那好！那你就看会儿？"一边说着，一边高兴得嘴都合不上了，拖着枯瘦的身躯，一瘸一拐地走了。

吃盘？这是尚峰第一次听到的词语，他有些疑惑，但也能大体知道肯定是去吃午饭，这应该是当地的土话。

这个院子不大，三座刷成白漆的平房将院子围住，平房中间有条直通后院的石阶，能隐约看见一座寺庙的山门。院子中间则是一棵大槐树，充当了电线杆的用途，上面挂着电灯、喇叭和天线。再往里走，就是那座小洋楼，上下两层，近距离看，墙体通白，土里土气地用木头打造了一个门廊，两边饶有架势地放上两个石狮子，这一切十分符合尚峰心目中村部的模样，想接受西方事物但又不想割舍传统的事物。二人进了这座小洋楼，一进大厅，则是一幅木框白底的屏风，上面赫然写着五个大字"为人民服务"，看得尚峰内心为之一震，他当村官，一定要为人民啊。随即扑面而来的就是装修的油漆味，但是楼道里还算干净，还设有垃圾桶，很是正规，书记的办公室就在二楼，但尚峰又发现了一些端倪，就是院里楼内外，竟然如此清静，一个人都没有，让他很是奇怪。

到了办公室门前，木色的大门口挂着一个金底红字的门牌，写着支部书记办公室。门没关死，尚峰从门缝里看见一个中年男人拿着毛笔在那里练书法。

"赵书记！新来的村官到了！"蔡雪梅推门而进，随后就麻利地开始拿起暖壶，给正在练字的那个中年人倒水，随后招呼尚峰坐下，又给他倒上后，便自觉地站在一边。

这个赵书记看着这个新来的村官，一时半会儿不知道说什么。他将自己的毛笔轻轻地放在了笔托上，丝毫没有想理会尚峰的意思，而是慢慢地从怀里拿出一个小铁盒，又拿出一张小白纸，将小铁盒里的烟丝拿了出来，轻轻地放在白纸上，这么一卷，就成了一根烟，点了起来，很快空气里烟雾缭绕了起来。尚峰打量着这个男人，同样黝黑的肤色，雪白的头发，手指非常粗大，那细细的卷烟在他手里犹如一根头发丝般纤细。

也不知道过了多久才从这个赵书记的嘴里蹦出几个字："这里条件艰苦，得适应！"

"啊？没问题！"这让尚峰有些哭笑不得，他心里想着，这个书记整了半天竟然说出这么一句话来，他当然知道条件艰苦了，不用提醒。

"也有些乱！说话要小心！"

尚峰不知道赵书记这句话的含义，但按照他的理解就是基层单位管理肯定不规范，自己需要注意。

"你的办公室就在隔壁，我让小蔡带你先去那看看！"赵书记说完，随后办公室内的环境又陷入了寂静中。

尚峰听后，显然不愿意马上离开，他有好多想要问的，于是鼓足勇气多问了一句："我能问一下吗？"尚峰想打破这份寂静，"这大周一的，咱村人都去哪了？"

赵书记听后，没有立刻回答，而是低头拿起那支毛笔，蘸了蘸墨继续开始练习起了书法。尚峰不解他为何不回答自己，他觉得也许自己问了不该问的问题，正当他打算放弃自己的好奇心时，赵书记说话了："村委会放假半天，都去吃席了。"

尚峰觉得这个答案很让人不解，这是个啥席啊？能让整个村委会不上班集体放假吃席？没准是个大人物的邀请吧，可是赵书记咋没去呢？

"行了，跟我去办公室吧，书记还要练字呢！"蔡雪梅的话打断了他的思考，好像这一切都是安排好的似的，让尚峰见一面书记就当打了招呼，随后马上就该让他去上工位了。

"对了！书记，份子钱我帮你给了。"蔡雪梅说道。

"嗯……好！带他熟悉下咱这环境吧！"这是尚峰进来会见这个支书所听到的第五句话。

二人来到办公室，是个大木门，挂着同样用金色贴牌写的"办公室"三个大字。尚峰推门而入才发现，这里与其说是办公室，倒不如说是库房，迎面扑来泥土与某种发霉的物件夹杂着的气味，让尚峰瞬间回忆起村口的那条臭河。房间不大，从墙根起延续半米高的部分都漆上了绿色，屋子中间靠墙的位置码放着一对木质桌子，墙上则如同上世纪六七十年代家家挂着毛主席像一样，挂着一个硕大的玻璃镜框，里面塞满了这间房子主人的照片，而里屋则码放着好几个大纸箱子和散落一地的包装纸盒。

蔡雪梅一屁股坐在了电脑旁，打开一个Word文档，将尚峰的名字录入了电脑。"以后咱们就是同事了。"她说道。

"是啊！"尚峰说着。

"这也没有啥，就一台电脑，你看着哪儿合适就当你的办公桌吧。"蔡雪梅一边环视着屋子一边对尚峰说着。

这种硬件环境，大大超出了尚峰的意料，他没想到，自己竟然没有电脑，俗话说巧妇难为无米之炊，这可难坏了他这个高才生了。

最终他挑选了一个靠近窗台的桌子，坐在那里，环顾了一周，他心里多少有些小小的激动，因为从今天起，他就是一名村官了，他就有自己的办公桌了，他就要为基层公共事业奋斗了。

"哎，这村委会的人都去哪吃席了？"他又想起了刚才赵书记没有回答的问题，今天得不到答案无法平息他那强烈的好奇心。

"哦！都去吴宗平主任那了，今天是他娘八十大寿！"

2

今天，对于吴宗平是喜晦交加的日子。喜，是他母亲八十大寿的日子，晦，是在这大喜的日子里，竟然有人上门求他办"脏活"。

在吴家的一间隔间内，昏暗的灯光照射着屋内，一扇屏风被放置在门口前，将大院内喜庆的气氛全部隔绝在外。在屏风后面坐着四个人。

"我是一个本分人家。"说话的是宋万兴，他身着藏蓝色且有些发灰的西服，灰色粗布衬衫从里面往外滋着，一双粗糙的大手从那褶皱的袖管伸出，标志着他过往艰苦的生活。

"这几年挣了点钱……"他边说着，边用戴着金戒指的大手轻轻地擦拭着脑门上流下的汗珠，"我一直教导我闺女要做个本分女孩，要洁身自好。"他杂乱的小胡子像丑剧演员一样，胡乱地跳动着。"她交了个男朋友，开始我并不同意，因为那个男人不务正业，就是个混混儿。"宋万兴停顿了一下，眼神充满了忧伤与无助。"直到他们一起出去玩，那小子要和我闺女干那事！我闺女肯定不同意！"宋万兴说着情不自禁地站了起来，双手攥拳激动地喊道。"可是他打她！还和另一个混蛋一起打她！！！"说到这里，宋万兴哽咽了，泣不成声。

坐在角落竹躺椅上的人挥手示意他继续说下去，宋万兴用嘴微微地抿了一小口茶水，继续说下去："他们打碎了她的面额骨，住进了医院，她再也说不出话了。"说到这里，他布满皱纹的眼角挤出了悲伤的眼泪。"我报了警，还去法院告他们，可他们竟然只说这是民事纠纷，只要肯赔偿，至多判十五天！"宋万兴褶皱着眉毛，米黄色的牙板绽裂开来，表现出极度的愤怒。"在被放出那天，他们竟然还对我笑！还跑到我店里，叫嚣说他们县里有人！！我拿他们没办法！！！"宋万兴紧握双手，激动地叫喊着，在这黢黑的小屋里格外响亮。

"为什么最开始不来找我？"躺椅上的男人发出沙哑的声音。

"这……"宋万兴顿了一下，想了想，随后说道，"我也是没辙了，这不才来求你……"

宋万兴还没有说完，就被那个男人打断了。"那你想怎么着？"那个男人一边说着一边摆着手。

宋万兴慢慢地走到这个人的跟前，在他耳边轻轻地絮叨了一句，随后又回到了自己的座位。

这个时候，那个男人才从竹躺椅上缓缓地站了起来，慢慢地走到宋万兴跟前，将手轻轻地搭在他的肩膀上。"我知道，你这几年混得很好，你家里有亲戚在民政局工作，你开了个火葬场，全县死了人都去你那烧，你可发了大财了，所以根本不需要我这样的兄弟！"

宋万兴支支吾吾地回答道："我只是很本分而已，不想招惹麻烦。我……我现在就想让他们去见阎王！开个价吧！"

啪！啪！啪！那人拍着自己光亮的肥脑袋，一脸不悦的表情。"宋万兴啊！宋万兴啊！我究竟哪儿招着你了！"说着他指着窗外，"要不是你那个媳妇跟我媳妇是表亲，就冲今儿我娘八十大寿的日子，我得把你轰出去！你说你，非但不来祝贺我母亲，还给我这添恶心！"

这油光锃亮的肥脑袋的主人是吴宗平，屏风村的村主任。他的皮肤如陈放了多年的红木家具一样泛着发光的黑红，体壮如那吃了精饲料的牛犊，一身的汗腥酒糟气，齐腰的西裤，将他肥硕滚圆的肚子轻轻地托起，上身穿着黑底细纹的T恤。

宋万兴听到此话为之一震，低头思考了少顷，微微地说道："我不是那个意思，兄弟，我只是为我女儿伤心，说吧，多少钱这事能办妥？"

吴宗平将手搭在宋万兴的肩膀上，"万兴啊，你是瞧不起我还是不把我当朋友，嗯？再说了，杀人偿命，这可是大事，不好整啊，更何况，你女儿并没有死啊。"

"那就给我卸条胳膊！多少钱都成！！"

吴宗平轻轻地点了一支烟，将它递给了宋万兴，可宋万兴战抖的手已经无法接过香烟了，吴宗平亲自将烟放在宋万兴两指之间，缓缓地将他的两指并拢。"如果在这，如果你把我当兄弟，你的闺女被打，那就相当于咱的闺女被打，我是不会放过他们的。可是你一直把我当外人啊！"吴宗平两手一摊，"还跟我提什么钱这类见外的事！"

宋万兴顿时明白了吴宗平的用意，他深深地握住吴宗平的手，痛哭流涕。"好兄弟！拜托了！大家都说，有事就找吴宗平，你是咱村的大救星！比谁都好使！"

听到这些，吴宗平嘴角微微上扬，很是得意。"好了好了！这事我会去办的，快，去给我老娘拜个礼去，别让她老人家觉得我吴宗平不孝顺。"

"好嘞！"宋万兴高兴地走出了黝黑的小屋，留下了吴宗平和另外两个人。"爹，这事怎么办？"说话的是吴宗平的独子吴冬强。同样的脑袋大脖子粗，一件没领的黑背心，满身同样充斥着酒糟气，只不过他的脖子上如狗链般系着一串金链子，彰显其财富实力雄厚。吴宗平深深地吸了口烟，阳光透过窗帘投射在他那黝黑的面颊上，深邃的眼睛在烟雾缭绕的空间里眨了两下。"别听这个给人办丧事的土鳖瞎掰，他闺女我见过，就是个小婊子，该！这事找几个外地的，手头轻点，别出人命！咱们是生意人，不是亡命徒！"

说完吴宗平将烟按进了烟灰缸，想要出门。

"主任！还有点事！"吴宗平斜眼看了说话的人一眼，示意他继续说下去。"上头了解咱这，给咱村又分配了个官儿，您看？"说话的是村里管钱的老会计，同时也是与吴宗平相依多年的堂兄弟，吴宗尚。

"还是那样，给安排个闲职，别让他接触咱家的买卖。"说完转过身去嘴里还磨叨着，"这些个村官能干啥？年年来，年年走，一帮混饭吃的！"说完推门而出。

屏风村最大的院子就是吴宗平家的院了，这里在举办吴宗平老母的八十大寿，门口的大喇叭连续播放着吴宗平那极具乡土气息的讲话，内容是："村里老少爷们儿，大婶子小媳妇的，今儿是我吴宗平老娘八十寿宴，乡里乡亲的，没事的来吃席啊。给我吴宗平面子，我就还你们面子！"

言下之意就是让大家都来掏份子，全村没人敢不掏的，哪怕五十块。

当吴宗平走出屋子时，场子俨然成了集市一般，人头攒动，声音鼎沸，周边村各路人物都来这祝寿，为了能安排下这些人，足足摆了五十桌，而且还是流水席，每张桌子都盖着印有"寿"字的红底桌布，每个桌子上都码放着各式糖类干果，其阵势堪比国宴。从大队院里摆到了街面上，街上的警察就像他家的私人保安一样，维护着现场的安全。而门口记账人嘴里喊出的客人名字个个分量十足，当然给的份子钱也是分量了得。

吴宗平站在门口面带笑容欢迎到来的宾客，将他们一一引进座位，随后他开始带着他儿子和老会计巡场敬酒。

他可是久经沙场的老将了，来者不拒，两钱一杯的小酒杯不一会儿就干掉了十多个，丝毫没有醉意，男宾客们纷纷用极其低贱的脏话称赞他的酒量，他也用同样低贱的脏话回敬，体现着这伙男人之间牢固的友谊。

此时，在言语之间，他的眼神被远处一个挺着大肚子手里抱着娃的婆娘吸引住了，这让他很是惊奇，拿着酒杯快速地走了过去。

"叫叔！"说话的是村医疗所的大夫媳妇马大娟，她示意挺着大肚子的儿媳妇给吴宗平行礼，吴宗平倒是没在意这个礼，而是稀罕她手里抱着的流着鼻涕还穿着开裆裤的男娃。

"哎呀，瞧瞧这谁家大孙子啊！"说着就用自己粗糙的手去摸那娃娃的脸，那娃立马号哭了起来，蹭得他一手的鼻涕，但他却乐得合不上嘴，眼睛直勾勾地盯着娃娃开裆裤子下面，如见到珍宝一样去拨动那娃的小鸡鸡"来给伯掏个鸡吃！"那娃哭得更加欢实了。"哦！不让动！有护根的意识！好！"顿时惹得身边人笑声不断。他又看了看挺着大肚子的儿媳妇，惊讶无比地说道：

"这又要添丁了！"

"是啊，都六个月了！"那儿媳回答道。

吴宗平听后立刻回头用眼睛死死地瞪了自己的儿子，嘴气得歪斜着，恶狠狠地说道："你瞧瞧人家！你他妈结婚快三年了，倒是给老子弄个东西出来啊，公母都行啊！"吴冬强立刻装作没听见一样，故意东瞧瞧西瞅瞅地转移话题。

"别他妈说正经的就跟我耍泄尿！！"

"生，生！！"吴冬强应和道。

巡场不到一半，吴宗平就感觉自己喝多了，有些晕眩，深感自己不如年轻时候了，想当年一斤起步的他，现如今不得不搞个中场休息，他找了个桌子坐了下来，大口地吃起肉来，想将酒劲压下去，可肉刚吃到一半就被人给打断了。

"吴哥！你还认识我不!?"

吴宗平嘴里叼着半个鸡腿，用醉意蒙眬的眼睛斜视上方打量着这个说话的人。

"我是溧水村的德宝啊！"这个人个子不高，穿着一件呢子面料的格子西服，里面着一件白衬衫，裤子褶皱着，脚上穿着一双沾满泥土的破皮鞋，脸也黑乎乎的，看不清眉眼。

"德宝啊！听说……你小子……发了?!"由于酒精的作用，吴宗平说话舌头开始打短了。

"先不说这个！来！吴哥先吃口菜！"说着德宝拿起一双筷子，拣一块大肉放在吴宗平的盘子里，吴宗平倒是没看见肉，却被他那双指甲缝里沾满黑尘的大手给恶心了。"你说你也不洗洗手，就给老子夹菜！"

"这可洗不得啊！"德宝说着攥了攥手说道，"这全是钱啊！"

吴宗平一猜这手上的黑尘就是煤尘，这小子又去沟里盗采煤了。"不是不让掏煤了吗？"吴宗平质问着他。

"偷偷的，咱自己村的！没人知道。"

"牛逼！有种！"吴宗平说完将大块肉塞进嘴里咀嚼了起来。

"再牛逼也没吴哥你神啊！"

吴宗平丝毫没有把这个"煤黑子"放在眼里。"份子钱给了吗？给了就找地儿吃，我忙，没空听你马屁，也没空招呼你！"说完吴宗平起身要走，他很瞧不惯这个暴发户在自己面前嘚瑟。

"吴哥你别急啊，兄弟我有事求你！"

"有屁快放！"

"我呀，找了个小媳妇，是个模特儿……"

吴宗平听后瞪大了眼睛，直勾勾地看着面前这个不起眼的家伙，他有些不敢相信这个人竟然能有这么大本事。"不赖嘛，你这白天瞎鸡巴忙，晚上鸡巴瞎忙啊！"

"您别逗我了，唉！也不知怎的，可迷死了，我把我那黄脸婆休了！要娶她，可问题是那小妮子是外乡的，户口没法办进来，这以后好多事情搞不定啊！我就是个挖煤的，也不认识人，吴哥你这政府的人认识得多，给蹚个道呗？"

"别瞎扯了，我可没那本事！"说完吴宗平就站了起来，径直向厕所走去，谁也不理会，谁也不搭理，因为他憋不住了，他要大放水。可进入厕所后，却久久没有动静，多年的慢性前列腺炎和糖尿病把他折磨得不像个男人，年轻时候身子板硬，可没钱只得凑合讨了个婆娘，现在有实力了，结果二弟却不受用了，所以当他见到在他面前卖弄很有男人能力的人时就气不打一处来。

等在外面的德宝如坐针毡，来回搓自己那双黑尘覆盖的大手，终于等不及推开厕所的门，"吴哥你一定要帮助我啊！"和吴宗平一同挤在这只有几平米的厕所里，一同呼吸那原始的"粪香"，而吴宗平却被这突如其来的情况吓了一下，一下就排了出来，可他心里却莫名地不爽。

"我操！你个现眼的玩意都追到茅房来了！！"

"吴哥……求你了！"

吴宗平被这份执着征服了，他觉得如果不同意这贱家伙的恳求，就如同苍蝇见了粪一样，会整天围着自己转悠，惹人烦。于是他缓缓地拉上裤链，竖起一只手指，在德宝面前来回摆动。"目前行情是这个数，不是我吴宗平要，而是替你代收打点而已。"

"才一百万？"

吴宗平听后眼睛瞪得溜圆。"嗯？你小子有钱呗？那好给一百五十个吧！"

"吴哥别开玩笑，这样，只要你给我把事办了！我给你一百五十万，那五十万当兄弟我给你的礼钱！"

吴宗平思考了片刻，爽快地答应了。"但得等些日子！"他又补充道。

"好好！我晚上就把钱给你打过去！"

"赶紧滚！别他妈像个寡妇似的跟着我！！"

说完吴宗平走出了厕所，摇晃着在大院里走来走去，老会计马上走过来从左边搀扶他，就像护法一样保护着他，可最终由于酒劲过大，他瘫坐在石阶上，他支支吾吾地从嘴里吐出含混不清的几个字："我咋没见到赵书记呢？"

会计吴宗尚贴近他耳边告诉他赵书记乡里有会不能来祝寿了，让人捎了份子。吴宗平听后没有丝毫生气的反应，他早知道那个老咔嚓就不会来，也没有再继续问下去。

这个赵宝钢书记是屏风村村委会的支书，但不是屏风村的人，由于屏风村的"特殊性"，是乡里特意指派的，意在和吴宗平一同主持屏风村的工作，可惜二人在"政见"上有很大分歧，所以"关系"不太好。

他大儿子吴冬强则在院外招呼着迟来的宾客，当然他还有一个任务就是打发那些破衣烂衫的困难户和叫花子，这不是他爹给他指派的任务，而是他自己自发的，他觉得父亲对这些村里的寄生虫太过仁慈，不但每年发米发面，竟然还让他们来白吃席，让他这个暴脾气无法忍受。此时一个黑瘦的老头佝偻着背走了过来。"大侄儿，我也来祝寿了!!"吴冬强缓缓地抬起头，定睛看了一眼是哪门子亲戚这么叫他，仔细看去，原来是村委会大院看大门的吴冬水，此人早年媳妇难产死了，孤身一人，又好赌，发下的救济款全让他拿去赌了，结果把房地都输光了，是村里出了名的混混。不过论辈分，他和吴冬强的爹吴宗平是同宗兄弟，于是得到一个看大门的工作，每月几百元管吃住。

吴冬强缅起衣服袖子，露出那肌肉结实的手臂，粗壮得像木门后面的顶门闩。"就你?!"吴冬强喊道，"是不是拿了二十块钱就来这里蹭饭! 啊?"

听到这话那个老头有些不高兴："侄儿，你怎么能这么说你叔呢! 今天是咱婶子大寿，我也来祝贺下啊! 我拿了五十哩!"

"日嘞……"吴冬强对这种穷得掉渣的村里人打心底瞧不起，虽然他也是农村人，可他一直觉得自己是个现代化的富农，和这些穷得就剩下裤衩的农村人是有很大差别的。他拿起手里的酒瓶子像赶叫花子一样轰着这个黑瘦的吴冬水，在他心里这个人就是个寄生虫、狗皮膏药、垃圾和杂碎，就该扫地出门。

"别! 冬强!"吴宗平从院里走了出来，有气无力地喊了一嗓子，随后又打了个响嗝，那声音仿佛胃里的东西要吐出来一样，"大喜的日子你怎么能往外轰人呢? 怎么不懂规矩!"

"这还得说我老哥!"没等吴冬强说话，那个黑瘦的吴冬水早就迫不及待地喊道。

吴冬强心里就是不明白，为何父亲会对这些毫无用处的人这么善心，在他看来，这些人都该扔进山腰上那些坟圈子里，活在世上就是浪费粮食。

吴家母亲的身板很硬，根本不像个八十岁的女人，酒也喝得可以，看到这么多人来给自己祝寿，她丝毫不羞于将自己那漏风的牙齿展露出来，笑得合不上嘴，她知道来给她祝寿的这些人，全是看在自己儿子吴宗平的面子上，她感到无比荣耀，自己没白活，养了这么一个有出息的大儿子。但她心里也有两个节，一个是她这个大孙子结婚三年还没下崽，再一个就是她那个叛逆的孙女，何时能与她父亲和好。

最后吴家人站在一起，准备拍个全家福，可这时吴宗平才注意到少了个人。

"唉？我闺女呢？她不是说一会儿就来吗？"吴宗平问道。

"她说去市里开会还没散呢，一时半会儿回不来！"吴冬强回答。

"她奶奶生日她不回来！！乱弹琴！！他妈气死我了！"

这个缺人的全家福就这样照完了。

3

来到这里几天了，这个政法大学毕业的高才生、怀揣造福基层的尚峰很快就哑了火，他有些无所事事，因为这里的工作节奏太慢了，慢得让人怀疑有人对挂在墙上的钟表动了手脚。而且他感到自己到这里是那么的多余，多余到只得坐在那里浪费空气，因为一些基本的"农活"都被那个女汉子蔡雪梅给包圆了，这是她从小就锻炼出来的，家里排行老大，自然在家里就多担待，一边学习一边照顾两个弟弟，通过勤工俭学考上了一所大学，出于能照顾自己的父母，她毅然辞掉了省城的工作，回家当了名村官，懂事，孝顺，有文化，在乡里都传开了。

从上午一直到下午，这个女人就没干过女人该干的活，扫地扛水桶、搬桌椅板凳，甚至还帮司机卸轮胎，这不又跑到楼顶去给空调加氟去了，一会儿还回办公室包纸盒，据说这是她的副业，这让尚峰感到如坐针毡。

"你平时都干这些吗？"尚峰终于忍受不了寂寞，小心翼翼地问道。

"是啊，你以为还怎么着呢？"蔡雪梅一边包着纸盒一边说道。

尚峰扣着自己的手，很不情愿地说道："我以前从没来过农村，很多事不懂，你得多指教我下啊！"

蔡雪梅专注地包着纸盒，速度非常快，并没有听进尚峰的话，这让尚峰感到很尴尬。

"这一个能卖多少？"

这句话蔡雪梅倒是听得很清楚，她立即回答："两毛一个。"

"有人收？"

"当然有人收了！"

尚峰一脸的不解，这难道不影响工作吗？他随后的话惹得蔡雪梅乐开了怀。

"那咱们这啥时候农耕啊？"尚峰故意挑起了这个话题。

"农耕？"蔡雪梅听到这个话后才停止了包纸盒，用她的大眼看着这个学生官，掂量着他问的问题，呵呵地笑了起来，一边捂着嘴一边说道："上哪农耕去啊！咱穷山沟，哪有土地让你种地啊！"

农村不种田？这是尚峰第一次听说，他一直以为乡下是要种田的。听到蔡雪梅的话后尚峰也开始回忆起一路走来确实没见到过一片田地，他这才意识到，原来农村也是分的，像屏风村这类山区农村，是没地种田的。

"尚峰，你去通知开会！"赵宝钢的一句号令，终于打破了尚峰的无聊，他从椅子上跳了起来，欢快地拿起了电话，这是他来屏风村任职的第一个任务，他按照电话簿上的号码一个个的通知，人不多，就六个，前面的电话拨打得都很顺利，等到他看到吴宗平的电话时，一种无名的恐慌倏然而至，这个人已经两次出现在他的脑海里了，一次是看门的老头，还有一次是蔡雪梅，他究竟是个什么人呢？

……

"猪奶子！"

吴宗平坐在棋牌屋的包间里，打出了这张麻将牌，与他一起打牌的分别是求他办事的德宝和老会计吴宗尚以及一个陌生人，操着浓厚的外地口音，是吴宗尚带来的。而外面横置一个屏风，挡住这背后的"醒醒故事"。

猪奶子是吴宗平对八筒这张牌的戏称，因为是八个眼而且还是左右对称的，像极了以前自家养的老母猪的奶子。记得自己小时候，最大的兴趣就是扒着自家猪圈去观察那个老母猪喂小猪了，自己那个时候就在思考，为何猪是八个，人也是八个吗？这一思考就是二十年，直到娶了老婆才恍然大悟。

"猪奶子！"吴宗平又打出一张，同时嘴撇得吱吱直叫，意在说明刚才不应该打出那个八筒。

此时的德宝则在观察这桌的牌局，他此次可不是来赢钱的，而是来输钱的。之前向吴宗平请求的事情三天都没有动静，让他如热锅上的蚂蚁。一通电话打给吴宗平，换来的却是要一起搓麻，他顿时领悟到，得"输点钱"才对。但他不知道该出啥牌才能让吴宗平赢，于是将自己的头侧向了吴宗平的那几张还耸立不倒的麻将牌。

"你他妈的不讲究，瞎看啥？"吴宗平显然不理解德宝的意思，他只是认为这个家伙输不起，开始耍赖了。

看不到牌就不知道该怎么让这个祖宗赢，但他却知道怎么让自己不赢，早已上听的牌，就是不去和它，显然另外两个人也和他一样不肯赢牌，尤其那个外乡人。只可惜吴宗平的牌技太烂，快要和局的时候他才喜上眉梢。

"和了！"

吴宗平的和牌也宣告另外三个人的胜利，他们终于输牌了。

而此时吴宗平的手机也响了起来，电话那头传来的声音让他不解。"请问是吴老师吗？"

"谁是你老师，打错了！他妈的！"随后他不耐烦地将那个红色按钮连按三遍，来表达他打牌被打扰后带来的不爽。

"吴哥谁啊？"德宝问道。

"推销的！妈的老子的信息又被泄露了！"

"吴哥别管他们了。"德宝的眼睛一阵骨碌碌转动，立刻接着说，"哎，上次求您的事咋样了？"

听到这句话后，吴宗平没有做出任何回答，而是坐在那里哗啦哗啦地点着赢来的钞票，乐得露出被烟熏得漆黑的牙齿。"来接着打！"吴宗平的话告诉德宝他的钱还输得不够。

而那个外乡人则一声不吭地坐在那里，他觉得火候还没到。

电话那头的尚峰有些郁闷，他不知道哪句话没说好，上学的时候都是这么尊称不认识的人的，对方大多也会以礼相待，没承想这招在这里竟然换来一顿谩骂，他本不想再去打这个电话了，但看到联系表上只剩下吴宗平的名字，只得硬着头皮继续拨打那个电话。

"请问是吴老师吗？"

"谁他妈是你老师，你打错了！别再给我打了！"吴宗平一手好牌让尚峰的这个电话给搅和了，让他倍感愤怒，随后又挂掉了手机。

"这人真讨厌啊！"德宝乐呵呵地道。

"是呗！"

而那个外乡人始终没有说话，则继续搂着牌。其实自打这个人进来以后，吴宗平就时刻观察着这个陌生人，他一向不和陌生人打牌的，要不是这个人是吴宗尚带来的，他早就抬屁股走人了。主要的原因是现在的人是无事不登三宝殿，来这里甘心情愿给自己输钱的人肯定是求自己办事的，目前风头开始紧了，他多少有些怕"麻烦"。但就这样沉默下去不是个法子，吴宗平决定先开这个口："你有啥事？说吧！"

此话一出，那人终于有所动静了，立刻一笑，满脸的皱纹堆积在一起，像个瘪了的气球。"哥，也没啥事。"此人叫孙璨，是个开网吧起家的商人。

"没事？你跟着搅和什么？"吴宗平的口气非常不客气。

那人听后立刻向吴宗尚使了使眼色，示意他说话。吴宗尚立刻心领神会，连忙补充道："嗯哼——就咱县里那栋楼！"

吴宗平一听就知道这货葫芦里卖的啥药，漫不经心地说道："你是想租还是怎么着？"

"当然是租了，我要开个夜店。"

吴宗平吧唧嘴说道："歌厅我大儿子就搞了个，一直赔，你有啥法？"

"我有啊！"孙璨很有自信地说道。

"啥法？"

孙璨指了指牌桌上的白板，笑嘻嘻地向吴宗平示意道："白面！"

听到这词，吴宗平立刻浑身抖动了一下，破口大骂："瞎鸡巴搞！"这四个字已经表明了吴宗平对这个外乡人的态度，他感觉这个人挣钱有点不讲原则。

"怎么会是瞎搞呢？您有您的白道资源，我有我的渠道，收益平分！"

"扯！你他妈这是犯法你懂不？"

那人听后有些不高兴了，但却要强装笑容："您这话就言重了，我的都是冰的，软性的，不严重。"

"瞎扯淡！我是认识不少政府的人，开个歌厅、搞个洗浴中心啥的，人家觉得无伤大雅，但搞这玩意儿，那没人愿意帮我！"

"说得对，说得对！"德宝立刻附和道，"我顶多就开个洗浴中心，你这家伙，玩得有点大。"

那人的脸色更加难看了，从那翘起的嘴里蹦出几个模糊不清的字眼："那就是没的谈了呗？"

吴宗平不想再和这人交谈下去了，他深知这人就是想借自己的地方搞非法买卖，出了事由他担着，他可不想做这个冤大头，可目前又找不到离席的借口。

此时他的电话又响了。

"请问是吴老师吧？"吴宗平觉得这个人应该不是打错了，要不不可能一连拨三次。

"我是姓吴，但不是老师！"他回答道。

"那太好了！我通知您一个会！下午两点，大队部，要开例会。"

"瞅见了吗？"吴宗平拿着手机在众人面前来回晃动，"要去开会呢，先告辞了！"

说完转身就走，将德宝和那个孙璨扔在了棋牌室，而孙璨则咯吱咯吱地打着响指，今天这鼻子灰让他颜面全无。

夏天的午后是个任何生物都要休息的时刻，看门的吴冬水也不例外，他蜷缩在门房里，憨憨地睡着。一个手拿包裹的中年人看准时机，迅速地走进了这个院子，又迅速地走进了那座小洋楼。绕过印着"为人民服务"的白色屏风，直上二楼。深幽的楼道里唯独办公室的门敞开着，泛白的阳光从房间照射到楼道里，就像黑暗里的灯塔一般指引这个人向那个方向走去，他缓缓地走进办公室，如同幽灵一般不发出一点声响。此时尚峰低着头，写着他这几天入职的体会，刚刚写到这里百姓纯朴善良的时候，这个人就将那包裹重重地摔在了桌子上，把尚峰惊得从椅子上跳了起来。他定睛看去，一个男人，系得严严实实的格子上衣，整齐的西裤，嘴里含着香烟，他用了好长时间才让自己从惶恐中恢复过来。

"哦！您请坐。"尚峰犹如毫无生机的机器一样找出一次性纸杯，如套入公式的计算机一样放入适量的茶叶，随后倒入了开水。尚峰觉得如果失业了，应该、仅有、也就，饭店等服务场所会要他了。

"您喝茶！"尚峰端着茶杯轻轻地放到了桌子上。

"不喝！你是村干部吗？"那个人冷冷地说着。

"是啊！"

"那我找你们负责的头！"

尚峰思考了下，明白了这个人的用意，于是让这个人跟着他一起来到了赵书记的办公室。"书记，有人找你！"他本以为可以交差回去继续写自己的心得，可是赵书记的表情让他感到自己做错了事。

赵宝钢见到这个人后立刻紧皱眉头，一脸的不悦，随后恶狠狠地瞪了尚峰一眼，那眼神差点没把尚峰瞪在地上。这下把尚峰吓坏了，他傻站在那里不说话。

而那人的反应就如同苍蝇见了粪一样的兴奋，欢跳着来到赵宝钢身前，用卑贱且沙哑的声音说道："赵书记！我可算找到你了！"

"你咋又来了呢？"赵书记咧开嘴露出常年吸烟被熏黑的牙齿，他满脸褶皱的皱纹证明他不想见到这个人。

他的回答仿佛是把钥匙，瞬间打开了这个人的话匣子："我找的就是你！我家坟地就这么让你们给刨了??！！"

"你瞎嚷嚷啥！什么坟地?!！"赵书记的语气也开始激动起来。

那人听后开始变得狂躁起来，双手仿佛不再听使唤，张牙舞爪地挥动起来，粗暴的叫喊声从他嘴里蹿蹦而出："你们刨人家祖坟还装傻?!"

赵宝钢皱纹纵横的老脸充满了迷茫，手舞足蹈地挥动着自己的手臂，他想用自己的知识与才学和这个不讲理的家伙理论。

"你这个同志，你说话要讲证据，再说了，不是给你安置金了吗?"他说道。

那人显然是有备而来，才不理会赵宝钢的大道理，继续叫喊着："乡里说每个人头十万，为啥就给我五万?！你们这些当官的，钱肯定都被你们贪了!!"说着那个人抱着包裹扑通坐在了地上，如同狗皮膏药一样，黏在了地上。"今天不说个理出来我就不走!!!"

"你……"赵宝钢语出又止，随后看了眼尚峰，他用手指了指这个人示意尚峰把这个人轰出去。这可难住了尚峰，他从来没遇见过这样的事情，只得站在那里发呆，但赵宝钢的眼神就如同军令状一样，又让他不得不去做，犹豫了片刻，他只得用手轻轻地拽了一下那人的胳膊。

这下可好，那人感到自己被怠慢了，开始狂叫起来，把包裹像摔皮球一样往地上一放。那个包裹如同摔碎的西瓜一样摊开了。尚峰顿时凝住了，随着包裹的打开，一个夹带着黄红色泥土的头骨展露了出来，并且泛着恶臭，那臭味比村口的那条臭河还要强万倍，尚峰被这股恶臭熏得连退好几步，一屁股坐在了沙发上。

而那个男人却十分冷静，默默地说道："这是我大伯，你们不给个答复，今天我俩就在这耗着!!!!"

| 年轻气正

赵宝钢见状眼睛瞪得溜圆，他不敢相信发生的这一切，他所能做的只有用语言来攻击，用自己那点理论知识来与这种野蛮行为抗衡。

"胡闹！！简直是胡闹！！"他喊道。

随后他迅速从写字台后面走了出来，想要离开这里，他根本不想和这些野蛮之人有任何瓜葛，这是出于他知识分子的那份傲骨，俗话说，宁跟明白人打顿架，也不跟混蛋说句话。

结果他还没出门，就被那人给拽住了左腿，抱得死死的不肯松手。

"今天不给个答复，别走！！！！"

赵宝钢想要摆脱，可那人劲头很大，一股愤怒冲上了他的眉梢，他攥紧拳头想在这个混蛋的头上狠狠地来上一拳。但很快理智又占领了他的大脑，身为支书，必须以身作则解决群众难题，岂能出手打人。可面对这么个狗皮膏药，他这个老学究真是有些束手无策，无计可施。于是用手向尚峰挥了挥，有气无力地说道："快去找吴宗平！！"

4

在村里有一种人最叫人讨厌，俗称"上访专业户"。这种人大都没有正经工作，也不种地，就靠假上访要挟政府讨好处。一旦官方向他妥协，那就如同狗皮膏药一般粘着就揭不下来。赵宝钢的原则就是对这些人批评教育，向他们灌输积极阳光的观念，让他们明白要靠自己的双手活下去，为了就是稳住这些人，不要让他们没事就去政府门口"吆喝"。而吴宗平则认为这些个就是狗改不了吃屎的臭混蛋，就跟吸毒一样，尝到甜头他就忘不了，就得大嘴巴扇回家去，让他知道上访讨不到好处，他下回就不来了。两人在此观念上意见分歧很大，也是二人矛盾的开始。

吴宗平坐在奥迪车里，半仰卧着，眼皮微微闭合着，他心里有点不高兴，一是刚才那个外乡人的话语让他有些担忧，现在年轻人挣钱有点不要命。二是因为自己的午觉被赵宝钢那个老家伙一个会给搅和了，要开中央八项规定精神通报会，这是他最无法忍受的事情，来了那么多支书会没少开，实事没干多少，小学文凭的他一直无法接受，天天整那些主义精神啥的，能致富？倒是自己一身赤胆，闯出自己一片家业，承包采石场，又在县里开歌厅网吧，让自己发了财致了富。想到这里，他激动了起来，张口就喊道："党就是会多！大事小事都得他妈开个会。"

坐在旁边的老会计吴宗尚听完此话乐了，他翻了翻手上的笔记本，找出以前所记下的笔记。"吴哥，按照赵书记会上说的，您这是政治立场不牢固，思想觉悟不彻底……"

"停停！别跟我这扯！"吴宗平立刻打断了老会计的话，这个赵宝钢另外一个让他最受不了的，就是整天的转文，嘚瑟自己那点墨水，其实都是些发了酵的落伍知识，别说吴宗平了，就连村里的小孩都听不进去。但想到吴宗尚今天带来的那个外乡人，他就气不打一处来，开始训斥吴宗尚："以后这种亡命徒别他妈给我这领！什么东西啊，弄白粉！掉脑袋的事！你不会不明白吧！"

"是、是。"吴宗尚自知理亏连忙认错，其实他最清楚，这两年网吧不行了，一直赔钱，而歌厅，自打八项规定一出，以前的那些官老爷自然就去得少了，他这也是出此下策，想给家族弄点来钱的事。

"对了，回头请下咱乡的王所长，把挖煤小子那点破事给办了。噢还有，你找人去处理宋万兴那事了吗？"吴宗平倚靠在座位上，对这个大管家发号施令。

"冬强带头，不下手，找了些混混，他们可愿意干了。"

"这破孩子，办事我怎么这么不放心。"吴宗平半眯着眼，思考着，从怀里拿出一个精致的紫砂壶，喝了两口茶水，这是一位县里的高官送给他的，他常年拿着它，希望好事能连年降福他的家族。"对了，石板厂怎么样？"

"嗯……这个月卖出去八百吨，最近县里卖地卖得狠，好多地产商都来了，需求很大！哥，地产点很大啊，要不咱也进去蹚蹚？"

吴宗平闭着眼睛，轻轻地摆了摆手，多年的从商经验告诉他，这行当水太深，路太杂，资金需求太大，依他目前的路子和能力搞不动，还是干自己拿手的资源产业比较稳妥。

"我儿子搞的歌厅呢？"

"也还凑合，就是最近……上头老来警察查，一个月查三次。"

吴宗平眯着眼嘴角微微一咧。"哼！这分明是来催债的，该给祖宗上香了！就这要搞粉，咱都得进去！"

老会计吴宗尚轻轻地点了点头，随后又翻了翻本子，突然想起了什么，乐呵呵说道："今年年底支书任期马上就到了，看老赵的劲头八成不想干了。吴哥你还不上？"

"拉倒吧！"吴宗平摇了摇头，"我可不干这个支书，事太多，这多自由，给个主任我就先干着，不给我就搞家里生意，挺好！还是让上头再派个吧。"嘴上这么说的吴宗平其实心里最想干的就是这个支书了，那他将更加一手遮天了，而且现在政策也鼓励一肩挑，即书记主任都为一人，可以避免不必要的人为矛盾，提高办事效率。只可惜自己年轻时蹲过监狱，这污点始终伴随着他，让他做不成这个支书。

奥迪车快速驶入了大队院，吴宗平下车后没有立刻去办公小洋房，而是习惯地观察院子里的建材有挪动丢失的迹象没有。今天他比较安心，因为没有任何动静，但看到大门门房的时候，他的眉眼紧皱，因为他发现门房里没人。他挺着肚子、背着手，如同一个久经沙场的将军，向门房缓缓地走去，等到了门房他才发现，那个吴冬水竟然趴在桌子上睡觉呢。

"东水！我雇你来睡觉的?!"他喊道。

吴冬水缓缓地抬起头来，右脸由于侧趴着，被压得变了形，口水随着嘴角滴落到了桌子上。"哦，没事，没人。"

他话音刚落，尚峰就从后院跑了出来挨屋挨门地乱窜，那阵势就如同得了狗瘟、见了饥荒似的。吴宗平看这神经病一样的青年十分纳闷，他心说哪里来的龟孙？于是指着尚峰怒斥吴冬水："他是谁?!"

吴冬水抹了抹睡意蒙眬的眼睛，笑嘻嘻地说："那是新来的村官。"

"新来的村官？我咋不知道呢?!谁叫你让他进的?!"吴宗平瞪着圆溜溜的眼睛质问着东水。

吴冬水像做错了事的狗一样，低着头、弯着腰，卑贱顺从地回答道："那个……赵书记让进的，我也不敢不叫进……"

听吴冬水回答后，吴宗平的态度立刻一百八十度大转弯，语气立马缓和了起来。"哦！赵书记同意了？那就行！"他虽然和赵宝钢在政见上有所不同，但毕竟搭班子，要搞好团结，不能在一些小事上结下梁子。

尚峰匆匆忙忙，满头大汗地跑着，多想能有个明白人出面处理一下啊，对于毫无基层经验的他，这突如其来的事情比高考考砸了的感觉还让人焦急。

当他看到看门的老头和一个男人的时候，那感觉如同鱼儿见了水、苍蝇见了粪一样兴奋，他甩动着胳膊，慌慌张张地跑了过来。

看到这个愣头青跑过来，吴宗平多少有点惊讶，他再琢磨这个学生官会有什么动作。随着尚峰身影的临近，他上下打量着这个新来的村官，不用多看就是个雏，一脸的稚嫩，棒槌一个。

而尚峰甚至根本没把他放在眼里，因为他只认识那个看大门的黑瘦老头，他直勾勾地走到吴冬水跟前，开口就问："老头，你能帮忙找到吴……吴祖宗吗？"

"吴祖宗？"吴冬水听后惊讶了一下，"没有这个人啊。"

"不可能，赵书记让我找他呢！！"

吴宗平听后，呵呵一乐，虽然尚峰叫错了人名，但他知道定是找他的，可他却不主动接上这个话茬子，因为多虑的他在没搞清楚老赵找他到底做什么的情况下是不会轻易应答的。

"赵书记找他做什么？"吴宗平问道。他想探探口风。

尚峰打量了一下面前的这个人，他很有保密意识，不想让太多人知道有人来村大队闹事，在他看来吴宗平就是个外人，和那些刁蛮的村民没两样。

"没你啥事！"他喊道。

吴宗平立刻紧皱眉头，依他在村里的威望，还没人敢这么对自己说话，于是高昂着那个黝黑的脑袋，用低沉且严厉的声音说道："你这年轻娃，哪村的？说话这么不客气！"

被他这么一训斥，尚峰这才注意起这个男人，从神态和衣着来看应是个很有地位的人，让他感到应该是个领导，回想自己刚才的话语确实有些冒犯了，于是连忙解释道："我是新来的村官……哎呀没时间跟您老解释了……"尚峰心急如焚，他和吴宗平没说完，就又冲那个黑瘦的吴冬水说开了："老头，有人闹事，缠着赵书记呢！快找吴宗什么的那个人！"

吴冬水一边扇着蒲扇一边用尖锐的嗓音说道："这事你还就得跟他说！这是咱村的村主任！吴宗平，吴大主任！"

听完吴冬水的话，尚峰深感自己有眼不识泰山，立刻后悔刚才说话那么大不敬，也后悔叫错了人家的名字。

"我就是吴宗平，咋了？"吴宗平的嗓音洪亮浑厚。

尚峰被这洪亮的嗓音震得内心一颤，一下就吓蔫了，停顿片刻后才支支吾吾地说道："一个……一个人拿着个死人头，在办公室闹事呢！"

"奶奶的！又他妈来了！"吴宗平一听这事，立刻嘴歪斜着，从里面蹦出气话来。

他就知道又是那个狗皮膏药来这讨生活费来了，于是二话没说大步向前走去，那步伐的速度之快，连尚峰都有些跟不上了，可没走两步他又立刻转过头来，吩咐黑瘦的吴冬水快去找些人手来，而他自己则背着手，势如破竹，目空一切，挺着肚子大步向白色洋楼走去。

来到二楼，他从楼道那头就一眼望见敞开着的办公室门，随后迅速走进赵书记的屋子，见到那个人用力抱着赵宝钢的腿，如一座石佛一般。而赵宝钢则坐在沙发上无奈地抽着烟，那个头骨则放在茶几上，像个监护人一样注视着一切。

吴宗平见状，哼了一声，微微地笑了一下。

"行啊，书记，你收了这么个小弟啊！"

赵宝钢抬头一看，见到了吴宗平，眉头一皱，嘴直吧唧。

"你说你……就别在这跟我闹笑了！"

那个人看见吴宗平，仿佛又见到了更高级的上访对象，立刻松开了赵宝钢的腿，快速地站了起来，拿起头骨走到吴宗平跟前，用生硬的声音说道："我大伯在这呢，你看着办。"

吴宗平微微一笑，走到办公桌前，缓缓地坐下，如同法官审视犯人一样看着那个人。"盛德！你够有本事的啊！这次竟然搬上我三叔一起来要挟我了？说吧，这次想怎么着？"

尚峰站在门口，惊恐加好奇地看着这一切，他倒要看看这个叫吴宗平的主任怎么解决这个闹事的。

"不要钱，我就要个理儿！！"那人喊道。

"你要啥理啊？！"

"我就要问问为啥刨我家坟地给五万补助，别人家就给十万呢！！"

吴宗平挠了挠自己的肥脑袋，眼睛骨碌碌转着，他在思考着怎么回答这个混蛋的问题。"就为这事？就为这事，你就把我躺着的三叔也给带来了?"他瞧了瞧坐在沙发上的赵书记,用手指了一下赵书记说道:"还跟狗似的缠着咱村书记。"他同时又看了下门口的尚峰说道:"看把咱村新来的村官给吓的,我都替你丢人!"

"别跟我说这个!!"那人说着。

"你他妈知道不知道自己养老保险好多年没缴?五万块替你把之前断的给补了,省得自己拿着瞎花去!"

那人并不买账,而是更加激动起来,歇斯底里地叫喊着:"用得着你替我交!老子自己的钱自己支配!!"

吴宗平听后挥了挥手,漫不经心地说道:"我给你五分钟,赶紧滚蛋,别他妈跟我这扯!"

那人也不示弱,也同样叫喊着:"你少要挟我!今天不把钱给我!我就去乡里闹去!!"

此话如同炸弹的引线一般,嗖的一下点燃了吴宗平内心深处压抑的怒火,在他看来,这个村里竟然还有敢在大庭广众之下和自己叫板的,自己的威望被一个傻×挑战了,他在黑白道混迹多年,这要是传出去岂不成了人家的话柄。

"妈的!跟我这闹事来了!!"吴宗平大步上前朝那个男人的脸上一个嘴巴就扇了过去,打得那个人连退三大步,一下撞到了办公室的门上,门随后撞在了墙上,发出很大的声响,如同在楼道里放炮一样回声四起。"滚你妈的!"随后他又补了一脚,那人双腿离地飞了起来,重重地撞在了楼道的白墙上,头则随着惯性也重重地撞在了墙上,洁白的墙体留下鲜红的印记。而赵书记则坐在沙发上静静地吸着自己卷着的土烟,用看关公战秦琼的心态,欣赏着这出大戏。他根本不想劝阻,这其实也是无奈,他感到这些流民真是无法教化,让他又气又恨,根本就不知道什么是规矩,"欺负"自己是党的代表,真如吴宗平说的那个样子,狗皮膏药贴上就撕不下来,最后真贴上了,还得请姓吴的帮忙撕。

吴宗平朝着闹事人的屁股又是一脚，闹事人嗷嗷大叫着跑到了楼梯口，脚一落空从楼梯跌落，就像个皮球一样，从二楼滚落到了一楼，将写着"为人民服务"的屏风撞翻了，仿佛故意地还在上面打滚、踩踏，随后像落水的狗一样连滚带爬地跑出了办公大楼。这一幕都被吴宗平看在眼里，这都把自家的招牌给掀了，那还得了，这让他更加愤怒。那个人跑出大门趴在地上大喊打人了，但却没人管，只有吴冬水站在边上，带着笑容，如同看耍猴一样默默地站在那里观战。见状，那人就如同撒气的孩子一样，在地上连滚带翻地闹了起来，嘴里大喊着不活了、要出人命之类的宣泄。

　　"告诉你！下次再他妈来瞎整事，我把你全家埋了！"吴宗平手里拿着墩布把站在门前，如镏金的关公像似的，驱赶着进犯的各路鬼怪。那人听完吴宗平的威胁后，哭天喊地挣扎着站起来想要反击，结果被赶来的吴宗尚一行人抓住了，犹如便衣抓捕嫌疑犯一样，一个下扫腿顺势一个锁肩，就给按倒在地上了。那人侧脸趴在地上，脸沾满了黄土，狂骂起来，那声音歇斯底里，充满绝望，嘴边的黄土随着谩骂往外激烈地喷射着，内容极其恶心低贱下三烂，连吴宗平的八代祖宗都捎上了。

　　"再他妈骂！"随着吴宗平的一句反击，他手里的墩布把也随之抛了出去，兴许是有意的，那墩布把没飞多远就一头栽在地上，铲起地上的尘土，从众人身边掠过，没有造成人员伤害。

　　压制的几个人心领神会，立刻将那人架了起来，连拖带拽地扯出了大队院子，任凭那人怎么挣扎都无济于事，地上只留下两条拖地的痕迹，仿佛告诉其他人，这里曾经有人来闹过事。

　　尚峰望着这一切，大脑一片空白，在他生活的二十四个年岁里，没有一本教科书有过这方面的记载，也没有一部影视资料有这类场景的表现，他感觉自己犹如一个婴孩，见到的事物都是前所未有的，都是新的，自己都怀疑是否在做梦，他费尽脑力和所学都想不出这究竟是什么工作方法，村干部怎么能用这种方法处理群众问题，这是对法律的践踏啊！他感觉自己四年的大学法律所学都浪费了，在这个男人面前就是一堆一无是处的垃圾。再看看那个倒下的白色屏风，上面"为人民服务"的五个大字已被踩得模糊不清了……

呆了许久他才缓缓地回过头来，看着抽着闷烟的赵书记，唯唯诺诺地问了一句："书记，这……用写个信息向上通报下不？"

"通报啥？你还不觉得事多吗？"

听完这句话尚峰心里才悟到，赵书记对于这种工作方式是默认的，而且不止一次了，这让他更加迷茫，不知道自己究竟该如何应付他所认知的基层工作。

平息事态后的吴宗平大摇大摆走进办公室，嘴咧着，露出那排黄金牙，他那个圆圆的秃头，在日光下分外锃亮，好似一个人体台灯。他很是得意，因为他又在赵书记面前卖了个人情。"我早跟你说过，这种老赖就得干他！"

这话说得赵书记心里不是滋味，挖苦道："这事也就你能干，我可干不出来！"

"您是指挥的，我是实操的，珠联璧合！"

会前的这出大戏，使困倦的气氛被吹得灰飞烟灭。参会的人员个个都精神倍增，不一会儿，会议室里坐满了好几个村委委员，刚才的大戏立刻成了这些人的侃山话题，窃窃私语的低沉声充斥着这个不大的会议室。

尚峰随着赵书记走进了会议室，低沉声立刻消失了，大家像见了新奇动物似的打量着这新来的村官，尤其坐在最边上的一个嗑瓜子的女人更是用话语来表达着对尚峰强烈的好奇心："赵书记，这小伙谁啊？"

说话的是村妇女主任蔡淑芬，早年丧夫，无儿无女的，四十多岁，丰硕无比，那对奶子犹如篮球一样，在她胸前来回摆动。尚峰一直盯着看，这不是什么欲望驱使，而是震惊和新奇，他长这么大就没见过这么大的"胸肌"。

"这孩子谁家的，真讨厌，老盯着人家看。"那个女人喊道。

尚峰立刻反应过来，自己的意图被识破了，脸涨得通红，很尴尬地连忙摆手，以表清白。

赵书记很是不爽，他龇着牙说道："你跟这瞎白话啥！赶紧给倒茶！"说着他指着尚峰，"这是新来的村官！你别跟这闲着！快去忙乎忙乎！"蔡淑芬噘着嘴，嗑着瓜子，扭着自己肥硕的屁股，不情愿地转身去倒茶。

这让尚峰感到很不自在，他随后将桌子正对着门的主座给书记拉开，可奇怪的是书记并没有坐在上面，而是自己静静地坐在了旁边的位置上。

"都来了哈？"一个洪亮的声音问道。尚峰立刻闻风转过头去，正是吴宗平，他顿时被一股突如其来的士气镇住了，这种感觉让他窒息，坐在那里只能默默地注视这个人。只见吴宗平拿着一袖珍的紫砂壶缓缓地从自己身边走过，又缓缓地坐在主座上，刚一坐稳，就用洪亮的声音说道："谢谢你替我拉开椅子。"

"啊?！我……我应该干的。"尚峰答道。

吴宗平又从怀里掏出一个精细无比的小烟盒，慢慢地打开，从里轻轻地抽出一支香烟，将他递给旁边的赵宝钢："抽支？"

赵宝钢摆了摆手说道："不抽了不抽了，最近嗓子发炎了。"

"瞧不上我的烟呗。"

这话就是在将赵书记的军，一般说这话就没法再拒绝了，赵书记当然要给吴宗平面子，他可不想惹这个火药桶，所以立刻话锋一转。"好吧！我尝一支，就一支哦！"说完从怀里掏出打火机，但不是给自己点上，而是先给吴宗平嘴里的那支点上。

吴宗平边吸烟边问道："老赵，啥事啊？这么着急开会！"

只见赵宝钢低着头，看了两眼桌上的文件，随后高声说道："第一个事是要抓近期的人口普查和计生工作，二是我来通报下中央关于八项规定的一些意见，再一个事就是咱村来了个新村官，让大家见见面！"边说着边指了指尚峰，"这可是乡里指派给咱的高才生啊！政法大学毕业的！了得！"

"该抓抓，您抓就行了。"吴宗平说完，就开始注视这个新来的尚峰，他之前可领教过了，幼稚加棒槌，每年来的村官基本一个模式，干三年就走，所以对于什么大学来的、有多大本事，他都不听，也不想去听，他摆了下手说道："挺好！！快坐！！"

当然赵书记的工作部署他也不会去听，他有自己的一套门路，岂能让这个赵宝钢指挥。

"你有啥要说的吗，老吴？"部署完工作后，赵宝钢看着吴宗平。

"有啊！"随后将目光投向坐在座位后面的老会计吴宗尚说道，"老吴，给书记汇报下最近的工作进展啊？"老吴瞅了一眼吴宗平，深深吸了口气，吞吞吐吐地说道："村里……村里平坟的钱乡里准备再追加一笔。"

书记听完，深深地吸了口烟，将它习惯地吐了出去，顿时烟雾缭绕，看不清他的脸，突然一个烟盒吧嗒掉在了桌子上，清脆的声音响彻了整个会议室。"这下可好了，吴兄啥意见？"

吴宗平想了一下："好！赶快给他们发下去，尤其刚才那傻×，给了他，他就不会整天在门口瞎哔哔了！"

话音刚落就见赵书记连忙点头。"就按吴主任说的办！"

蔡淑芬看了一眼吴宗平后，习惯地托了下她那个肥得如篮球一样的奶子，准备发言，这一举动被尚峰看得实实的，着实恶心得他快要吐出来，真的无法理解怎么会有这么厚颜无耻的女人。那个蔡淑芬的声音尖锐得让人难受，就像玻璃刀划过玻璃一样吱吱作响。"嗯……咱村的王柱儿他媳妇又怀上了……"

"操!"吴宗平骂着嘴张得老大,黄金牙乌黑牙并列着从嘴里爆出,仿佛把牙都要爆裂出来。"他他妈的开繁殖基地啊!!家里都仨崽子了,都罚得成啥德行了!!还他妈生!"

蔡淑芬无奈地撇了撇嘴:"嗨!不见儿子不收手嘛!"

赵书记听后,一手夹着烟,一手来回摆动着,示意蔡淑芬不要说了。"这得进行思想教育,告诉他们孩子多不见得好。"

吴宗平最受不了的就是赵宝钢所谓的说服教育,对于那些文化素质高的人,兴许管用,但对于这帮臭流氓,就得使用手腕。"思想个头头!给我拉医院去流产!"他掏出手机,饶有架势摆弄了一番。"我认识个医生,专门干这个的!把手机号给你,散会后,马上必须立即——给我办了!"

蔡淑芬看了看赵书记,因为流产这事是有风险的,会出人命的,她不想担这个责任,想从老赵那里得到个明确信息,在她看来如果书记都同意了,那出了事责任就是国家担着,而不会落在她这个寡妇身上。赵书记给的答复是:"最近风头紧,还是劝阻为好!"此事就这样在会上暂时搁置了。

老会计吴宗尚再次扯了扯衣领,坐得笔直,又假惺惺地清了清嗓子,按照吴宗平的旨意,他要把这个月的公务开支通报给大家。"这个月村委会的总共开销八千元,主要是采购了两台电脑,一个凳子,还有……"

没等他说完,赵书记轻轻地打了下手势,打断了老会计吴宗尚的汇报,"就那几块钱,你看着够花就行!"他知道这是吴宗平在给他做戏呢,在屏风村这个穷村里,一没资源,二国家也不占地,没啥大钱,就连村口集体所有的石板厂,当初也被吴宗平给承包了,自己手里只有每年乡里给的几万块钱党务经费和困难户救助专项资金,其他的就啥也没有了。甚至村里的办公楼、办公用品,全是由吴宗平置办的,因此老会计说的那些跟他没啥关系,寄人篱下

　　　　　　　　　　　　　|　年轻气正

的感觉让人又爱又恨。

"最近各项工作都在稳步进行中，但团的工作由于就我一个人，所以好几次会我都没参加，实在脱不开身了。"蔡雪梅汇报着。

"没事！尚峰不是来了吗？让他主持团工作！"这是老赵唯一一件可以做主的事情，因为人事任免是他的权力，吴宗平是无法干涉的，蔡雪梅点了点头表示认可。

吴宗平这次果然没有干预，而是默默地注视着这个村官，在他看来，这些村官都是摆设，基本都是混日子来的，来也匆匆去也匆匆，到了三年基本就都拍屁股滚蛋了。这样的人对他也没啥用，就赏给赵宝钢那个老学究吧。

"行！我没意见！"吴宗平爽快地同意了。

"好！没意见，那就进行下一议程，我读下关于学习中央八项规定的通知！"

吴宗平一听见这个眉头一皱，那个光溜的肥脑袋就来回地摆动着，随即他就起了身来。

"吴宗平你要去哪？"赵书记问道。

"我有点事先走！"

"坐下！听我念完！！"

"我就不听了，让年轻人学学吧！"

此话一出，赵书记立刻脸被憋得通红，他拍案而起，大声怒吼道："我叫你坐下，你没有听见吗？我还是这个村的书记?！"

会议室静得可怕，连蔡淑芬嗑瓜子的声音都听不见了，吴宗平背对着赵宝钢，没有说话，那劲头憋足了要爆发，大家也都没有说任何话，等待关公战秦琼的好戏。突然他面带笑容地转过头来，乖乖地坐在了座位上，用半开玩笑的嘻嘻直乐，仿佛在用这种姿态来道歉。

"成！听书记的！"随后两眼注视着赵宝钢，仿佛在用这神态来暗示他有矛盾私下说，别在众人面前现眼。而赵宝钢则同样用他的眼睛与其对视着，思忖着对方的底线，二人就这样僵持了约莫一分钟的时间，赵书记才缓缓地拿起文件读了起来，给自己和这个"土匪"一个台阶下。可气氛变得十分紧张，大家都没心思去听了。

赵宝钢知道吴宗平不爱听政治讲话，他想惩戒一下这个混蛋，于是他故意念得很慢，并且还反复打着磕巴，让这个家伙如坐针毡。而吴宗平则一动不动，如同一个镏金佛像似的坐在那里闭目养神，心说你有你的将军肚我有我的独木桥。

"好了，今天的会议就到此了，同志们回去要好好学习八项规定的含义，散会！"

"散会"二字刚从赵宝钢嘴里蹦出来，吴宗平二话没说推门就走，他一刻钟都不愿意在这个地方待了，大家都默默地不说话。只听见在楼道里响彻着皮鞋所发出的咔咔声，那声音振聋发聩，穿透了楼道直击会议室内让赵宝钢的心脏阵阵隐痛，他侧卧在椅上，眉头紧皱，左腿跷着二郎腿，消瘦的上身则如土狗般蜷缩着，肥大的高档T恤被挤压得没了模样，他左手扎在怀里，右手夹着香烟，这是他这次例会里抽的第五根烟了，从他那黄牙与黑牙相间就能判断出他是个资深"烟枪"。

这一切都被尚峰看在眼里，他虽然没基础经验，但他并不傻，他能看出书记和主任不和，而且还很严重。他所能感到的就是自己一点都不能出差错，那样自己将处于极其不好的地界。

5

县里的宏天歌厅是吴家的产业，是吴宗平早年买地盖的三层楼房，目前由他儿子吴冬强一手经营，一、二楼都是歌厅，而三楼则是网吧。这里就是个大酱缸，社会上的各类人群都会来这里消费，所以当歌厅的老板得硬气，否则压不住场子，吴冬强那结实的身板非常符合镇场子的条件，再加上他父亲的人脉，没人敢在这里闹事。

按父亲的旨意，那两个欺负宋万兴女儿的混蛋必须得揍进医院去，他不理解为何父亲总是招揽这些擦屁股的烂活，而且还跟圣人似的分文不取。

而看着自己经营的歌厅每况愈下，父亲却坐视不管。结婚的时候父亲就和自己说好了，至此分家，财务两清，歌厅给自己，自负盈亏，可从小就口含金汤匙的他现在是根本没办法扭转亏损的状态。

现在如何对那两个小子下手都让他毫无思绪，他那肥硕的脑袋里除了脂肪没有智慧，这对他已经是道难题了，因此他迟迟没有动手，托宗尚叔回去替自己撒谎。可是这事终究得办，这让他如坐针毡。

救星出现了，在吴宗平那碰了壁的孙璨又找到了吴冬强，希望能从这个见钱眼开的儿子身上打开突破口。据他了解，这个大公子没什么脑子，却一心想干大事业，完全可以忽悠进来，与他一起搞"粉"。为了和他搞好关系，在酒桌上，当这个狡猾的外乡人知道吴冬强有这块糟心事的时候，连拍着胸脯说，这"脏活"他搞定了，只需吴冬强提供个喝酒的地方。这简直是件雪中送炭的大好事，吴冬强爽快地答应了，来自己的歌厅就行。

当吴冬强看到这两个纨绔子弟的时候，他自己都有股想上去削一顿的冲动，因为这两个人长的就是一副欠揍的样，走道摇头晃脑，嘴里叼着烟卷，满嘴自己亲戚是县里领导，一副不可一世的架势。

"两位兄弟来我这里，是我三生有幸啊，今天你们唱半价。"吴冬强故意上前搭话。

"别说那没用的，有大包间不？"

"有有！让小弟领你们去！"

二人就被领到了一个豪华包间内，还没坐稳，就开始闹着找陪唱。

"你给我找几个能喝的丫头，今儿要是不把那两个小傻×给我灌趴下，你就别来了！"吴冬强指着主管陪唱小姐的老女人一通数落。

在这里吴冬强的任务就同如圣旨，那老女人岂敢怠慢，立马叫了几个酒量不错的女人进入包间进行轮番轰炸。

吴冬强在包间外面透过小窗户注视着里面发生的一切，手里打着响指。"不行！接着上！"他的话语一出，酒保立刻又拿进去两打啤酒，意思是老板送的。很快就见效了，那两个小混蛋的膀胱忍不住了，其中一个摇摇晃晃地走出包间，向厕所走去。

就这样一直喝到深夜，这俩货才想起要走，于是摇摇晃晃的眼皮都抬不起来了，稀里糊涂地坐上一辆汽车，离开了宏天歌厅。

而孙璨的人驾车紧随其后，他用标志的点头来向吴冬强示意，这事包给他放心吧。

……

"操你姥姥的！"随着骂声一个啤酒瓶子重重地击在一个脑袋上，那破碎的声音穿透了小巷里的屏障，刺得站在远处的吴冬强的耳膜生疼。随即一个满头是血的男人跄跄地从小巷里走了出来，还没来得及站稳，就被一个蹿出的黑影一脚踹倒在地，两个鼻孔如洒水车般喷出血来。那个黑影随后又拿起一根棍子，重重地拍在了那个人的腿上，那个挨打的人原地打了三个滚，痛苦地哀号着，鼻子里喷出的血，在空中划出了一道优美的抛物线。

随后那黑影又拿起一个凳子，迅速地走上前去，将那个刚要起身的男人一下拍倒在地，那铁碰肉所发出的砰砰声比火车铁轨发出的隆隆巨响还要刺耳。

另一个更是如架子鼓一样，被人用棍子一顿暴敲，发出的声音也如架子鼓一样，产生不同的声响，随后又是一个啤酒瓶子打在他头上，发出的声音就像架子鼓的镲一样清脆。

"让他们轻点，打打就行了！"吴冬强打了个电话，随后坐上自己的蓝色大皮卡扬长而去。

这两个可怜的混蛋，被干得如同烂泥一样瘫倒在地上，都住进了医院，由于喝得太多，谁打的，为何被打，他俩全然不记得了，只记得是在宏天歌厅喝的，而那个小巷子，也没有摄像监控。

人最大的特点就是适应能力极强，尚峰这个城市里的青年，很快就已经习惯基层乡土的那份原始，也已经习惯了这简陋的办公室、恶臭的小河，但是让他有些不解的是，就是村部旁边土平原内的大坑，显然这里是挖掘好的地基，但不知道干什么。尚峰跟随着女汉子进行今年的人口普查工作，大山的险峻，与四处散落的村庄，让一个简单的人口普查工作变成了千难万险的红军长征。

"那坑是准备盖楼的，可惜没盖成！"蔡雪梅的回答，让尚峰多少有些不理解。

"为什么没盖成？"

"没钱啊！钱都让上一个书记给挥霍了！"

"太可恶了！"

"这不为了避免这类事情发生，又从上面调了个赵书记！再说大家也不愿意搬进楼里面。"

"白给房住还不行？"尚峰很是疑惑。

"你不懂！"蔡雪梅的口气仿佛有嘲笑尚峰的意思，"搬进楼房就得交水电钱了，一年要交很多！你看看咱这穷村，没人负担得起啊！"

尚峰一听觉得多少是个道理，只得感慨："这……坑挖的，多浪费啊！"

"还说哩！"听到这话，蔡雪梅立刻激动了起来，"你也看到目前大队里的现状了，赵书记说话不好使，大家都不听他的，只有吴主任最硬气，可吴主任说了，他不是支书他才不掺和这事呢，所以……没人搬，就这么耗着了。"

"那既然吴大主任这么有威望，为啥不让他当书记呢？"

"他年轻时犯过事，而且……"蔡雪梅犹豫了一下，但最终还是说出了下半句"有人反映他涉黑"。

"真的?!"尚峰惊讶地喊道。

"你觉得是真的吗？"

蔡雪梅隐晦的回答让尚峰摸不着头脑，就他目前对吴宗平的印象，他觉得这个男人应该肯定八成是个黑社会头目，但显然都是大家的猜测，在他的印象里，有钱人都不干净，发财都得用些旁门左道。

在烈日炎炎的照射下，二人就这么挨家挨户地进行人口普查，享受着日光的洗礼，体验着柏油马路的烘烤。尚峰终于知道蔡雪梅的皮肤为何是麦芽色的了，这个女人真是个女汉子，这么严酷的日光下，丝毫不做防晒处理，而这个女人的工作作风也不辱其女汉子的荣誉。

当二人来到一户，接访的男人很是不礼貌，女汉子发起飙来。

"别跟我这瞎扯了！你姐都嫁出去那么多年了，不算咱村的了！"

"你才瞎扯呢！那我姐是我娘生的，怎么就不是咱村的了？"

"户口都迁走了，你还瞎说啥？"蔡雪梅在跟一户男人争执着，这户的男人有个姐姐，但已经出嫁，户口外迁，但报人头的时候那个男人还是坚持将他姐姐也算作一个户口。

"这是政策！迁出去的就不算！"蔡雪梅的口气十分强硬，丝毫不甘让步。

"别跟我说这没用的！小丫头片子！"那男人也不甘示弱，"你们活生生把一个活人给整成黑户了，我告你们去！"

"去！去！找吴宗平告去！这是他说的！去啊！"蔡雪梅拽着那

男人的胳膊就往出走，"欺负我一个女人算什么本事！"

那男人听后立刻缩回了手，态度立刻来了个一百八十度大转变："我明天再去告！我家就四口人！"

"三口！别跟我说了！不听！"蔡雪梅边说着边在登记表上写着。

"四口！"那男人继续叫喊着，但明显是一种无能的抵抗，是一种矫情。

"就三口！"说完蔡雪梅就大步向下一个门户走去，毫不理会那男人的谩骂与讽刺。

看着这一切，尚峰也只能躲在女汉子身后不说话，完完全全成了一个打下手的驮夫，背着那一书包的文件夹。

"就这素质，你能接受吗？"蔡雪梅边走着边对尚峰说着，她用一种过来人的口吻和眼神刺激着尚峰这个大学生村官，也可以说是对尚峰这个雏的不屑，她目前的看法和吴宗平一样，这些村官来三年就会走，丝毫不会改变农村的现状。

"可以理解。"尚峰答道。

"呵呵，我只是吓唬你，也不是所有的人都那么不讲理。"

二人下一个查户口的地点可把尚峰给累坏了，也让尚峰惊讶地发现在这个极力推进城市的村落，竟然还有上不起学的孩子。

二人沿着山脚下的一条公路，一直沿着石头台阶往上爬，足足爬了十八个弯，来到了一个山顶上，那热乎乎的气浪拍打在尚峰的脸上，甚至让他窒息，这个山头荒芜凄凉，绿茫茫的草甸在清风的吹拂下哗哗地发出声响。这是个欣赏风景的好地方，他感觉是蔡雪梅想带他来看风景。但女汉子矫健的步伐不像那么有雅兴，尚峰吃力地跟在她的后面，汗水从他的脑门上争先恐后地排出体外。走了大概二十分钟，女汉子停住了脚步。

"到了！"

已经累得半残的尚峰早没了欣赏风景的雅兴，他现在更多的是惭愧，惭愧自己还没个女人能走。

当听到"到了"二字后，他才慢慢抬起沉重的脑袋，这才惊讶地发现，这么个偏僻的山头上竟然也坐落着一户人家。映入尚峰眼帘的景象，仿佛就是小学语文书里的铅笔插图标准且古朴，一栋石板垒成的破旧土房，一个脏兮兮的小孩子，还有一群圈养的白绵羊。此地此景，让尚峰感觉自己穿越了，穿越到了解放前的农村。

一个脏兮兮的小女孩坐在石头台阶上，见到蔡雪梅和尚峰后，像蹦跳的猴子一样，边快速跑进屋里，边用稚嫩的声音呼叫着她的奶奶。

蔡雪梅矫健地走到了那栋屋子，推开了这户的木门，伴随着木门发出的吱扭声，一个银发的老人走了出来，用热情饱满的笑容看着蔡雪梅，仿佛这个女汉子就是她的孙女一样。

"梅啊！我等你老长时间了，不用查了，我家就我和我孙女！"那老人用坚毅的语气说道，听着就能知道这个老人身体非常安康，语气中没有丝毫的老迈。

蔡雪梅呵呵一乐，用略带调皮的语调说道："老太太，您怎么知道我是来查人口的啊？"

"我腿脚不好使，耳朵还是好使的，天天听吴大匪劣在大喇叭里广播！"说完，老太太的眼神立刻转向身边这个年轻人尚峰，她许久没有见到陌生人了，这荒郊野岭的地界，这个小伙子倒成了个稀罕物，"这白白净净的年轻人是谁啊？"

"白白净净？"蔡雪梅听后，强忍住笑意瞥了一眼尚峰，她这才发现这个男人确实很白，白得她多少都开始心生嫉妒。"新来的村官，叫尚峰！"

尚峰立刻礼貌地打了声招呼，这让老太太喜上眉梢。

突然老太太走近蔡雪梅，用她如树根一样的大手紧紧地攥住了这个村姑还算细皮的小手，这一举动让蔡雪梅小小地惊讶了一下，

年轻气正

还没等她发话，那个老太太很不客气地说道："炒菜油快没了，咱村啥时候发？"

蔡雪梅这才缓过神来，立刻拍着胸脯说道："吴主任给您想着呢！下午就叫人给您送来！"

"太好了！吴大匪劣没白当这个主任，梅儿也是好样的，共产党好啊！！"

简直是和谐社会，这正是尚峰想看到的官民状态，一点也不假，就和电视里演的一样。从这个慈眉善目、通情达理的老妇人口中听到赞美，这让他这个年轻的村官脸上都有光彩。老百姓有困难，政府及时帮，嗯，很有必要写一篇文章，就叫《最可爱的屏风村》。

但他这个美好的念头很快就被随后的情况给扑灭了。

问题出在那个小女孩身上。她是老太太的孙女，父母都已经不在了，而她已经七岁了，到了上学年龄，可家里一分钱都没有，只得靠卖羊毛换取一些生活费，根本没钱让她去上学。

"九年义务，每年只需几百块钱就行啊！"当从蔡雪梅口中知道这个事情的时候，尚峰惊讶地喊道。他不敢相信，这个时代竟然还有上不起学的小孩，政府都干什么去了？

"说得真轻巧，几百元对于她俩就算大钱了！"蔡雪梅回答道。

"这事村里为啥不管？"

"没有这方面的资金，吴主任也不是慈善家，已经在她俩的吃上有补助了，不可能在上学的问题上再给帮助了。"

尚峰听后，深感不解，堂堂一个屏风乡，竟然解决不了一个孩子上学的问题。他觉得自己应该再做些什么，不能眼睁睁地看着这个女孩就这样辍学，于是他将这个女孩家的景象照了下来，并且发了个微博，内容大体是希望有人能够资助这个女孩上学，但他没想到的是，这事日后给他的前途埋下了很大的隐患，甚至差点丢掉了村官这份职业。

中午二人回到了村委会，尚峰长这么大从来没走过这么多路，而且还是山路，他饿极了，他现在就想把所有能吃的东西都吃掉。

村里的用餐，是承包给了一个叫龙子的当地青年人，这个家伙手臂上文着铁青的龙字，一脸的土痞乡霸的气息。他在乡里开了个饭店，主营农家乐，屏风乡不是旅游胜地，没多少游客，这里就自然成了周边村里的工作餐定点采购单位了。

"来仨馒头！一份炒土豆片！！一份菜花……"尚峰大声地说道。

显然龙子有些不情愿，村里结算是看人头的，一个人头给多少钱，他少卖点，就能多赚点，于是很客气地说道："不够吃再来打！！"

随后尚峰就坐在座位上，犹如某种动物，疯狂地饕餮起来。

没一小会儿饭就吃完了，随后他快步走到打饭窗口，把饭盆如扔石头一样扔在龙子的跟前，嘴里咀嚼着还未下咽的食物同样很不客气地说道："打饭的，一个馒头！半份炖牛肉！！"

这个打饭的字眼明显激怒了龙子，他在这片青年人里还是有一定威望的，这让他的面子打了折扣，于是他恶狠狠地回答道："没有！"

"怎么会没有呢？"尚峰看着满盆的菜，心中有些不满地说道。

龙子斜眼看了一下尚峰，打心眼儿里有些瞧不上这些外来村官，他很不屑地说道："我这儿不是养猪场！"

这话激怒了尚峰，这分明骂他是猪嘛，他感到这个人在挑衅自己，如果不反击会让人觉得自己是个孬种。"你怎么说话呢！"说着将饭盆往桌子上一扔。

"你怎么说话呢！谁是打饭的！连狗见主人都汪汪两声呢！就不给你了！"龙子喊道。

"你再说一遍?！"

　　　　　　　　　　　　　　　　　　　　　　　　年轻气正

"就看你不顺眼!"龙子一边撸着袖子一边走了出来,拿着铁勺挥动着,气势十分夺人,"怎么着,想闹事吗?!"

吴宗平用暴力处理农村问题做了个不好的榜样,这极大影响了尚峰的价值观,也让他以为在农村见到这些个不讲理的就必须以暴制暴,但殊不知,这得具体情况具体操作。不懂这个道理的尚峰觉得也要用吴宗平那"霸气"的方式处理这件事。"自己嘴贱都不知道,低能儿,只配一辈子干厨子!"尚峰狠狠地说道。

"我的暴脾气!"龙子说着将铁勺往地上一扔,借此提高自己的阵势,同时也在说明要和尚峰大干一场。

见到这情形,尚峰并没有退缩,年轻气盛,怒发冲冠,一股无名的力量推动着他继续对抗着。

"你脾气暴个软蛋,有种的来打我啊?"尚峰抹了抹嘴上的米粒喊道。

"我靠!"只见龙子大吼一声,一下将尚峰扑倒在地,尚峰一个团缩,两人就一同倒地,在地上互相厮打起来,犹如散打比赛的倒地角力,貌似谁也不服对方,开始在地上转起圈来,把本来不怎么干净的花岗石地板擦得锃亮。

二人互相拽着对方的衣服领子,怒视着对方,恨不得一下掐死对方。蔡雪梅的劝说反而起了推波助澜的作用,越劝二人攥得越紧。

这吵闹声将来吃午饭的吴宗平和老会计吸引了过来,听动静,他就断定是有人闹事,打架呢。于是加快了步伐,当他走进食堂,被眼前尚峰与龙子的角斗惊住了,他翘着嘴,挠了挠自己那肥厚的头皮,汗液被溅起老高。他没想到的是这个表面文绉绉的书生这么有血性,竟然跟村里出了名的刺头龙子打了起来。真是初生牛犊不怕虎啊,但也是个愣货,该说什么不该说什么,该做什么不该做什么,一点也不清楚。他指着尚峰向老会计吴宗尚俏皮地问道:"兄弟，大学现在就这风气吗?"吴宗尚轻轻一乐来表示他的无奈。

不过这打斗很快就进入了僵持状态，二人相互掐着对方的脖子不肯松手，都憋红了脸想将对方置于死地。吴宗平见状，知道自己该出手调和一下了，于是这才缓缓地走到跟前。

"这不赖，地面擦得可以，以后你俩可以一起去乡里大戏台擦地。"吴宗平蹲在地上看着他俩说道。

"吴主任!"尚峰见到吴宗平很是惊讶，但那个龙子却不肯松手，所以继续掐着他，"我跟他干完了再和你聊。"

"主任!"龙子大喊道，他知道这么面对吴宗平太没礼貌了，随后先松开了手，缓缓地站了起来，却又被尚峰一把拽了个跟跄，他一边倒地一边喊着:"这家伙肯定中了疯狗病了，让他快回去瞅瞅吧。"

尚峰听后立刻反驳道:"你才得疯狗病了呢! 还在这做饭，想传给所有人啊!"

"我看你俩都病得不轻! 宗尚，把这俩杂种操的给我拉到办公室去!!"

随着库房门重重地关上，消了气的尚峰才意识到自己干的蠢事，竟然跟这个没啥文化的厨子干了起来，立马像撒了气的皮球一般，静静地坐在那里。无聊的他无意地巡视了一下屋里的摆设，却发现这里码放着各式各样的马桶，还有不少没开包的冲便器的蓄水箱，密密麻麻的得有上百号，这让他想起自己来这儿履职的另一个无法忍受的东西，那就是如厕。对于他来说，每次去厕所的路程都是对自己三观忍受能力的挑战。需要经过一个狭窄的小胡同到达，这个胡同，只够一个人过，如果对面碰见个靓女，人家都得护住自己的私处经过。脏兮兮的红砖墙根成了男人们如厕的根据地，这里生满了各种菌类生物，在尿液的精心"施肥"下，长的是又大又壮，极像那勃起的男性生殖器。这让在城市里生活了二十多年的尚

　　　　　　　| 年轻气正

峰大为震惊。等到了胡同尽头才会见到一种叫茅房的建筑物，由几块大板石围成，上面放上两条木质横梁，再堆砌上稻草，形成一个棚子结构的建筑，里面挖个坑，一个茅房就产生了。当然这里的空间非人类独占，是共享的，里面各种厕所特有的生物都有，上个厕所必须得和它们做斗争。他向书记问询为什么不修个好点的公共厕所，得到的答复是没钱，可是这个仓库里如此众多闲置的坐便器，让尚峰感到疑惑，是真没钱还是怎么的？

"这些都是干啥的？"尚峰问着那个龙子。

龙子大名叫龙飞，是吴宗平的远房亲戚，中专毕业找不到工作，是个小有名气的混混，吴宗平怕这家伙在村里闹事，于是资助他在村口开了个小饭馆，中午负责给大队送饭，平时也替吴宗平打理一些粗活。

只见他轻轻地点了一支烟在那里吞云吐雾，随后用极其蔑视的语气说道："卖啊！还能干啥？"

"那为啥不拿这些修个好点的厕所呢？"

"别问我……我啥也不知道。"龙飞很明显在装傻，但尚峰也不愿意再继续多问，他知道也问不出啥来。不过经过这次对话，刚才互斗的火烧的气氛降了下来，也让二人有了更多谈话的空间。

冷静下来的尚峰，回想刚才的出格行为，连他自己都无法相信平日里文静的自己竟然如此狂野，他想来想去得出了一个结论，那就是环境影响人，这里的人都这么野蛮，自己自然也要用野蛮的态度加以应对，那个村主任那么勇猛，自己这个兵自然受到影响了。

"哎！小子！听说你是学法律的？"在这寂静的仓库里，龙子的这句话显得格外响亮。

"是的！"尚峰答道。

"那你说你这学法律的知法犯法，怎么个说法？"龙子歪着脑袋看着天花板问道。

尚峰听后平息的怒火又被慢慢地点燃了，如草堆下逐渐兴起的小火，但很快他的理智一下又扑灭了心中这份怒火，他安抚了自己一下，觉得没必要跟这种人一般见识，他觉得可以用自己的智慧小小地调戏一下这个文盲加盲流。

"这属于非理性行为，法律上对这类行为是会从轻评判的！"他说道。

听完这话，龙子立刻如苍蝇见了粪、土狗闻见骨头一样，两眼发出莫名的光亮，他迅速站了起来，快步走近尚峰，近得甚至都快要贴到尚峰的身体了，这一举动让尚峰顿时浑身汗毛竖起，一阵冒汗，随后攥紧了拳头，准备再大干一场。

"哎？听着挺专业啊！虽然我不懂！"

听完这句话后，尚峰攥紧的拳头松弛了下来，真是虚惊一场。

"呵呵！"尚峰用一句呵呵来回应，表示这个人让他很无奈，也代表他不愿意多回答这个家伙的任何问题。

"我再问一个问题！"龙子撸了撸自己的袖子，露出那青色的文身，尚峰这一忽悠让他来了兴致，"我一哥们儿，他爹死的时候把房产和财产全给了他哥哥了，你说气人不？这可咋办？"

尚峰听后笑嘻嘻地看了眼龙子，敏锐地察觉到这个家伙话中有话，随后用极其挑逗的语言说道："你家亲戚？"话语一出，他心里又开始琢磨着，没准就是他自己，于是故意要逗逗这个没知识的："如果遗嘱是这么写的，那完了，钱肯定全归人家了！"

龙子听完像猴子一样蹿起来老高，大声吼叫道："那还得了！上法院呢?！"

从龙子的行为反应，尚峰能看出来，他说的这个哥们儿根本不存在，应该就是他自己，他轻轻地咳嗽了两下。"法律这东西一般是忽视人情这个因素的，所以如果是亲戚，能民事调解最好。"

龙子听完气势汹汹地说道："调解？跟他调解？一个混蛋白

眼狼！"

　　尚峰再回答，他在大学所学的法律案例里，这类兄弟之间为遗产反目的案例太多了，只要闹到法庭上，基本就是兄弟亲戚之间的亲情荡然无存，他开始并不相信这种事情的真实性，一直以为这是教材为了突出典型性编造的极端案例。但当他看到龙子那种原始的歇斯底里的状态，他已经能感到欲望这个东西，确实在特殊的情况下会超越亲情，甚至会消亡亲情。

　　门突然打开了，吴宗平走了进来。"想好了没？还打吗？"

　　二人保持着出奇的一致，那就是默不作声。只见吴宗平挥了挥手用他标准的洪亮嗓音说道："龙子！来！我弄了两只羊，替我打理一下，我一会儿去乡长那！"

　　"好！"龙子说完就一跃而起大步走出了门，当快要走出门的时候，他仿佛又想起了什么，随后他又迅速转过头来冲着尚峰说道，"咱俩私下里再谈。"

　　吴宗平听到这句话后立刻给了龙子那光秃秃的后脑勺就是一记结结实实的手掌拍。"还他妈打啊？"

　　龙子捂住自己的头委屈地说道："我是说想跟小尚同志私下里探讨法律知识！"

　　"跟他妈谁学的这么油腔滑调的，赶紧去！"

　　随着龙子的脚步声逐渐远去，屋里只剩下吴宗平和尚峰，他打量着这个书生气浓厚的村官，治理那些村民他很拿手，可如何教育这个学生官，却成了他的难题。说理论？这个大学生满腹经纶，还是学法律的，自己那初小的文化底子，哪里说得过他。不批评？刚来就打架，比闹事的村民还野蛮。最后他想了想，这教育人的事还得让书记干，于是他深深地吸了口烟说道："咱新来的，低调点行不？"

　　"我不是故意的。"尚峰立刻接话说道。

　　听到这话，吴宗平更加断定这小子的嘴皮子不好惹，脑子里的大道理比自己睡过的女人都多，那架势仿佛在告诉自己，你吴宗平来说吧，你说啥我顶你啥，想了半天，他也不知道下面的话该怎么说。

"行了，该忙忙去吧！"最终从他嘴里就蹦出了这么几个字后，大摇大摆地走了出去，因为他有更重要的事情要办。

6

吴宗平拉着宰好的羊不是去卖，而是供奉他认为的"祖宗"，他想从乡里多要点三座楼的配套设施钱，这样自己就能多落下点。但就目前赵宝钢这个木头疙瘩，肯定不会办理这件事。所以他必须亲自动用一些多年经营的人脉，其中之一就是去乡里找"祖宗"。

乡里管理基建项目的副乡长老李是他儿时的玩伴，同是沟里的乡土娃出身。这关系必须得用，他知道老李虽然坐上管基建的副乡长位置，但每月那几千块的工资拿出去都可怜，所以还是很需要他们这些个大队干部滋养的。

屏风乡乡政府很是气派，古色古香的三层小楼房拔地而起，中间一座汉白玉底座的国旗杆耸立在哪里。门口也是一个巨大的屏风镶嵌着镏金大字"为人民服务"。

吴宗平之所以一直当不了村支书，还有一个最大的原因就是政治觉悟一直没有提高，他一直很鄙视这几个字，他内心深处一直抱有一个观点，那就是自己都混不好给谁服务，所以他一直致力自己发财，随后再造福乡里乡亲，当然他也是这么做的，采石场的工人、县里歌厅的服务生，都是从乡里招的，可作为干部，光有这些还不够。必须要做到会说，能白话，显然他这方面天生有缺陷。

老李坐在自己的老板凳上，上着网浏览着网页，吴宗平则夹着小包走了进来，见到老李，立刻蓬起无比亲切的笑容，使他本来就很大的脸由于咧嘴更加的滚圆。

"老李在啊！"

老李闻声而视，他知道这个水深土肥的主任来找自己定是没好事，他太了解他这个同乡了，从小就是个混世魔王，什么幺蛾子、坏主意，准是吴宗平想出来的，而且最牛逼的是他还能加以行动。他没有说话而是默默地注视着吴宗平，看看他有什么牌要出，好给自己留个后手。

只见吴宗平慢慢地走了过来，抵在老李的耳朵边小声说道："我给你带了两只羊！回家的时候带上！"听完此话老李更加确定自己的判断，这家伙肯定有事相求，在没有确定是什么事的时候，他定不能答应。于是立刻咧开嘴，露出由于多年吸烟而发黑的牙齿，用夹着烟的两个指头指了指吴宗平说道："干吗？贿赂我？"

"怎么是贿赂！"吴宗平听完这句话明显有些不高兴，他眼睛瞪得溜圆，提高了嗓门，"咱俩这么多年兄弟了！知道你肾不好，给你补补！羊肉性热，你没听过男人吃山羊，晚上震翻床！"

老李听完此话后愣在了那里，但没多会儿他终于醒过闷来："谁跟你说的……"他本想反驳，但是面对这个脸皮比城墙拐弯还厚的吴老黑，他想了半天也不知道该用啥词来训斥，也可以说，啥词也无法让这个家伙感到脸红羞耻愧疚，于是憋了许久才从他嘴里蹦出两字："淘气！"

吴宗平知道，老李说这样的话代表他原则的壁垒开始松动了，他觉得可以开始自己的话题了。于是掏出香烟，给老李点上，老李并没有拒绝，他也是个老烟枪，对所有香烟从不拒绝。而这香烟的魔力，在于它就像是母猪下崽的催产剂，吸了一口，立刻就将憋了许久不畅的事情把弄成水到渠成。一顿烟雾缭绕之后，出乎意料的是老李先开了口："你吴宗平无事不登三宝殿，说吧，找我啥事。"

"也没啥事！"吴宗平答道。

"没事我开会去了！"说着老李拿起衣服假装要走。

"哎！有点事！"吴宗平立刻拦住了老李。

"你这老东西！"老李用手指点着吴宗平，又坐回了自己的座位，"老狡猾！跟我还卖关子，快说！啥事！磨磨唧唧，娘儿们！"

吴宗平了解老李的性格，他为人纯朴实在，最不喜欢的就是拐弯抹角了，于是立刻切入正题。"腕（方言）们村的那三座小红楼工程款啥时候能到位啊？"

"着啥急，屁股还没焐热呢！"老李说道。

"不着急还行！"吴宗平说道。

老李眨了眨眼睛，他觉得吴宗平就像个小孩儿似的在跟他撒娇，他觉得这马屁拍得他多少有些不舒服，屁股直痒痒，于是说道："要建你们随便建，不用跟我打报告！"

吴宗平看着老李，他觉得老李可能还不知道实际情况。"有点问题。"

老李听到这里，终于明白吴宗平的来意了，于是扯了扯衣袖一脸不屑地说道："就知道你没事不会来！啥问题？"

吴宗平知道是他该提要求的时候了，但怎么措辞他必须拿捏好，直接说钱的事，会伤和气，不说，自己的目的又无法达到，稍想片刻终于开口了："这盖楼的钱能给点补助吗?！"

老李一听愣在了那里，用很大的声音喊道："没有！乡里的钱都是按照定量来的!！"

吴宗平立刻觉察到这是老李在跟自己卖关子，是跟自己提要求了，他觉得自己必须拿出诚意来，才能打动这个老狐狸，于是立刻抖了抖衣袖连忙说道："这个盖楼的钱如果乡里再给多来点，我吴宗平打包票，一半的钱就能盖好，省出的钱还能给咱乡里当酒钱！"

老李要的就是这个答案，这也是他见吴宗平的原因之一，这钱多拨给他，就能多拿些回敬的"酒钱"，这是约定俗成的"规矩"，可那个赵宝钢偏偏一脸的假正经，拿到钱后一分也不孝敬，让老李大为光火。还有一个更重要的原因是吴宗平为人处世比较地道，说到做到，不反悔，行话就是讲信用，跟自己是同乡，这事必须得跟熟脸运作，毕竟是关乎生死的"大事"。但是他还是有些不放心，因为最近上头很紧，他必须多考虑一些。"别说没用的！你屏风村有出来闹事的，你吴宗平这个村主任得压着点！"

吴宗平知道老李说这些都是矫情，他也不会往深了听闹事的缘由，因为事情已经办妥了，所以话题开始漫无目的了。

"好好！没问题！我保证！"

"行了！我要开会去了！"

吴宗平知道这是这个祖宗在催促自己赶紧滚蛋，也是答应了自己的要求，自己没必要再多停留了，于是撂下一句话："羊搁你后备厢了，放心！"随后快速地走出门去。

"等等，你屁股抬得还挺快！"老李叫住了吴宗平，从抽屉里拿出一沓票据，硬生生地拍在了桌子上，"这点发票你那能给处理下不？"

看着那一沓发票，吴宗平先是皱眉，但很快就疏散开来，那沓发票少说也得有五万，他知道这是买路财，今天不撂这个五万六万的是说不过去了。他二话没说连点都没点就将这沓发票塞进了自己的兜里，立刻从他那个小腰包里拿出一沓钞票，递给了老李。此时的老李再没了开始的客气，也二话没说就将钞票放到了一个羊皮纸袋里，放到了抽屉里。

二人都默不作声地看着对方，都心领神会，也都遵守着彼此的规矩，这规矩一般关系是建立不了的，可一旦建立就很难打破，一旦有一人破了规矩，友谊的小船说翻就翻。

完成"任务"的吴宗平坐进自己的奥迪车，如释重负般地叹了口气。

"回村!"他喊道。

此时的赵宝钢板着一张驴脸,这张脸充分表露着他心情很不爽,一是之前吴宗平对自己的大不敬,让自己这个德高望重的村支书丢尽了面子。二是这个他比较看重的村官来了没几个月,就和人打了起来,起了很不好的带头作用,他本想将尚峰树立为学习标兵,这下倒好,自己打了自己的嘴巴。越想这份苦闷越是无法发泄,他必须要找个出气筒捅捅,于是他叫来了尚峰,准备给这个大学生村官好好地上一堂基层理论教育实践课程。

而尚峰早已做好挨批的准备了,他知道这顿批评躲得过吴主任,躲不过赵书记,他不请自来想来个出其不意。这倒吓住了赵宝钢,他瞪着眼前这个大学生,一时半会儿不知道说些啥。

"要适应!"在这空旷的办公室内,二人尴尬地沉默了许久后,赵宝钢才语重心长地说道。

他也知道,一个巴掌拍不响,这事肯定不是尚峰一个人的责任,那个小痞子龙飞不是什么省油的灯,都是他吴老黑的"黑道"家族成员。于是他又缓和地说道:"这些人可没大学里的人那么有修养,你一个大学生别跟他们一般见识!"

尚峰默默地低着头不说话,在理亏的情况下,人都会选择默不作声。可他觉得不说点什么,好像不给赵书记面子,于是支支吾吾地嘟哝了一句:"我不是故意的。"他说完这句话就感到有些后悔了,因为这一切都是借口,毕竟事情已经发生了。

可随后赵书记的话让他感到无比温暖。

"那小子就是个流氓!你以后别搭理他!"赵书记说到这里就急切地站了起来,那阵势仿佛龙飞跟他有杀父之仇似的,"尚峰啊!这个村水深!你要学会保护自己!尤其某些势力深广的家伙!"

某些势力深广的家伙!听到这句话后,尚峰心里一阵咚咚直跳，他仿佛能感觉到赵书记所指的是谁，但又不敢胡乱去猜想。

"阶级斗争无处不在！知道不？"赵书记意气风发地说道。

听完这话尚峰顿时感到好笑，感觉赵书记有些矫枉过正的倾向，在这个时代无非就是人与人之间利益上的矛盾，根本没有上升到所谓阶级之间的矛盾。可看到赵书记那认真的劲头，他只好勉强地乐了一下表示认同。

"我可不是开玩笑！"赵宝钢很认真地说着，"开会你也看见了，那是干部吗？整个一个土匪！连党的章程都不放在眼里！黑社会一个！"

这话不用解释尚峰都知道说的是谁，他也不好搭话，不理解为何赵书记会跟自己说这些，他能做的只能是默默地点头，肯定赵书记的观点，同时他也开始想起蔡雪梅曾经的话，那就是大家都谣传吴主任涉黑，并架空赵书记，看来以往电视里演的宫斗剧，现实生活还真有，而且自己竟然涉猎其中。

"行了！多了不说，明天跟我一起去搞计生宣传去！"

吴宗平回到家面对着自己的儿子吴冬强，他现在想要做的就是给他两个大耳刮子，因为这个不孝的儿子竟然把那个他不待见的外乡人孙璨带到家里来了。

"爹，这小子人挺仗义，帮了我不少忙。"吴冬强的话并没有改变吴宗平对这个外乡人的看法，因为他始终感觉这个人做事没原则。

孙璨见到吴宗平严肃的面孔并不惊讶，他知道做买卖必须要有耐心，尤其这个水深土肥的吴宗平，这块骨头要一口一口地慢慢啃。

"吴叔你抽着，这是古巴雪茄！"他拿出一支上好的古巴雪茄，剪掉了烟尾，双手奉上。

吴宗平并没有去接，而是冷冷地说道："谁是你叔！不抽！谁知道是不是大烟呢？"

孙璨将雪茄缩了回来，低着头说道："您放心，咱倒腾烟的，那东西咱一般都是不碰的。"

"哦？"吴宗平立刻精神了起来，"你也知道这玩意不是好东西啊？不是好东西，你竟然还要在我的歌厅卖？"

吴宗平的质问让孙璨无言以对，他这是将他的军，同时也在用这种方式逼迫孙璨赶紧滚蛋，但他儿子随后的行为，让他更加想上去扇上两个耳刮子。

吴冬强见他爹态度如此的强硬，立刻解释道："爹，这溜冰风险不大，属于软毒。咱歌厅最近一直赔，可以靠这个再弄点！"那意思是他俩已经私底下谈好了。"孙璨开的条件可以，五五分成。"边说着，边把自己五个肥厚的手指头竖立在吴宗平的面前。

"放你妈的狗臭屁！"吴宗平的怒骂吓得在座的二人都站了起来，"你他妈算老几啊，那歌厅老子出的资！你没资格跟这做决定，滚出去！！"

吴冬强被骂得成了一条落水狗，他不敢再发出声音了，在家族里他爹就是权威，就是话语，自己的一切都是他爹给的。

"小兄弟，真对不住，我训斥我儿子吓着你了。"吴宗平笑嘻嘻地对孙璨说道，但这个表情却充满了虚情假意。"真对不起，我对你的生意确实不感兴趣。"随后他做出送客的姿势，"天快黑了，这条沟路不好走，您得尽快出沟才是。"

孙璨此时的表情比驴子、马、骡子三个牲口加一块儿的脸还长，他调研过整个县城，唯独吴宗平能黑白道通吃，可以打通公安那方面的关系，可他没想到吴宗平竟然如此坚持原则，让他的生意算盘摔散成了珠子，现在自己手头的货的唯一出口就这样被封堵了，让他大为恼火，于是二话没说，推门坐上汽车走了，此刻在他的脑海里充斥着一个非常邪恶的念头。

"这个人以后不准你再接触。"看到远去的汽车，吴宗平用沉重的语调对自己那不争气的儿子说道，"这个人定是个见利忘义的家伙。"

"爹，现在都什么年代了，这人都是为钱才交朋友的。"

"闭嘴！不争气的玩意！我不管你们什么年代不年代的！这他妈是犯法你知道不？！你爹我真他妈成黑社会了！我这个主任还当个啥？"

"难道不是吗？"

吴冬强的质问惹怒了吴宗平。"滚你妈的！"边喊边将一个大脚丫子结结实实地踹在了吴冬强的屁股上，而吴冬强则将自己父亲那一脚的力道传送给了自家的铁门，他一脚将铁门踹开，谩骂着离开了吴家的大院。

7

村里的计生工作可以说是基层农村工作的重中之重，这也是考核干部的重要指标，如果计生工作干得不好，其他贡献一切全白费，所以每年这个事都提到阶级斗争的高度，超生农户就是敌人，要对他们严加看管，这是赵宝钢的观点，虽然国家规定每个村可以计划外超生百分之五，但让谁生不让谁生是个麻烦事，所以赵宝钢规定屏风村谁都不能超生。

早饭刚吃过，尚峰就跟着赵书记往大队门口走去，门口的计生工作阵容十分华丽——一个女汉子军团，领头的是蔡淑芬和蔡雪梅，她们都在等待一把手赵书记，带着她们一起搞计生工作。

这是赵宝钢书记第一次带尚峰出去，让他感到非常兴奋，他觉得这是赵书记要手把手教他一些工作技巧了，让他从那个小小的办公室里真正走出去，去看看这片沃土。

"他也去啊!?"蔡淑芬的这句话让尚峰感到既刺耳又心疼,这句话饱含了蔑视与不屑,但是他忍住了发泄,他谨记书记的训导,要适应。

"对啊!尚峰是咱村的高才生,必须让他学学,以后是中流砥柱呢!"赵宝钢听出这话的酸劲,立刻替尚峰辩解。

尚峰没有多说,像个小狗一样,跟着书记挨家挨户地转悠,同时他又做了一回驮夫,这次他背着的是一书包的计划生育扇子。计生工作不能空手去,老百姓都实际,不认别的,就认东西,所以必须得带点什么,夏天热,扇子是最好的东西,把计生儿歌印在扇子上,每天扇扇子就知道计划生育的好了。

屏风村总共一百多户,规模很大,前几天他和蔡雪梅累出了一身臭汗,一天才区区转了十多户,所以这次每户都不多待。在到达每户前,尚峰就像一只猎狗一样,率先去敲那个门,他希望用自己的微笑去面对每一个村民,用自己的真诚去打开工作局面,但每次得到的都是那句冷冷的问候"你找谁啊?"也是每次等赵书记走进来后,那冷冷的问候立刻变成了"呦!赵书记大驾光临啊!"几次反复后,尚峰就没了动力,也没了微笑,默默地跟着赵书记一片一片地走,一户一户地转。

赵书记不愧是清廉干部的标杆,到达每户都是茶一滴不沾、干果一个不嗑,一边让蔡雪梅统计着人口,一边宣传计划生育的好处,讲解养一个孩子的好处。倒是蔡淑芬,很不客气,嘴不闲着,每进一户就一把瓜子一口浓茶的,没多会儿就招呼着要去厕所,招的赵书记一顿白眼,嘴里骂着来干什么来了,吃席来了?当然老赵也不忘给尚峰练手的机会,让他这个学法的大学生来讲解国家对于独生子户的鼓励政策,讲述生一个的各种优势,但村民根本听不进所谓政不政策不策的,最后都会问一句,如果生俩罚钱不,能罚多少,每次被问到这个,尚峰就哑口无言,以囧相对,最后还是赵书

年轻气正

记让他往多说，这样能让村民不敢再生。

一个上午只转悠了十来户，但扇子却发出去不少，这都缘于炎热的夏天村民对于扇子强烈的需求，拿一个想占俩，拿俩想捎仨的心态。而赵书记正直的结果就是让他们几个人中午没饭吃，农户的盛情都被他一一拒绝了，这符合他国家干部的身份，这样才会让他的内心得到慰藉。

"走吧！我请你们吃面！"赵宝钢觉得第一次带大学生村官转村，再回大队吃有些不上档次，所以必须得表示表示，于是说出了这句话。

到达了公路边上的面馆，点了四碗面，但蔡淑芬显然不是特别满意，欲要一盘小凉菜，结果却换来赵宝钢书记又一顿白眼，觉得这个老娘儿们就知道吃，肥得奶子比牛都大，立马拿起了那盘小凉菜，又将它放了回去，这一举动同样换得蔡淑芬的一阵白眼外加一句谩骂。

"抠死！"

大家都在稀里呼噜地低头吃着，而蔡淑芬则被一个从小超市走出的女人吸引，她直勾勾地注视着这个微微发胖的女人，突然她连忙拉了拉赵书记的肩膀，指着那个女人说道："那是不是——李强家的媳妇啊？"

赵书记紧皱眉头盯了少顷回答道："好像是！她和她爷们儿不是去城里打工了嘛！"

"是啊，这回来了？"但蔡淑芬很快话题一转，随后立刻又拉了下赵书记的胳膊，这一拉一下将赵宝钢手中剥好的青蒜招呼到了地上，惹来赵宝钢的谩骂，但她丝毫没有听进去，而是指着那个女人说道："她肚子好像大了！"这句话就像一句魔咒一样，将愤怒的赵书记拉向那个女人身上，他如猎狗见到猎物一样觉察到了一些端倪。

"她家几个娃了?"赵宝钢问道。

"应该有俩闺女了!"

尚峰听着他们的谈话,苦笑着吃着面,心里感觉赵书记不像个村干部,倒是像极了电视剧里演的农村老娘儿们,整天游手好闲四处溜达就好打听人家消息一样,磨叽且招人讨厌。

"走!跟上去!"赵宝钢说完就起身大步走了过去,另外三人包括尚峰,见状面也不吃紧跟上去。那肚大的女人在人群中穿梭,时有时无,但赵宝钢始终盯紧了这个女人,他要确定自己的判断。

"看看她的动作,总是杵着后腰,表明腰酸,哈腰不自如,走道儿还气喘!肚里有东西,定是他妈怀上了!!"赵宝钢说道。

尚峰听到这些更感到无奈,他更加感觉赵书记不像个村干部了,怎么像个刑侦人员在缉拿罪犯,但强烈的好奇心驱使他拉住了蔡雪梅小声问道:"赵书记这是干什么呢?"蔡雪梅之后的回答让尚峰这辈子听到了最无法接受的基层现实,也是他从书上从来也没有看到过的。

"如果怀上了,她就是超生,必须让她打掉。"蔡雪梅说道。

"人家肯定不打啊。"尚峰说道。

"那就强制,要不超了计划,乡里领导年度考核全零分。"

"那怎么强制?"

"你看着呀!"

几个人跟着那个大肚女走进了她家,这时那女人才发现跟随进来的赵书记。她的表情惊讶,甚至有些惶恐,那表情就像犯罪嫌疑人见到警察一样,知道自己犯的事终归要来的。

只见那女人嘴里嘟嘟囔囔地叫着孩她爹,结果从屋里率先出来的却是两个脏兮兮的小孩,叫着妈妈一头栽在那个女人怀里。见到此景尚峰十分惊愕,因为他看见的小孩简直和村口的土狗没啥两样,光着小小的身子,沾满了白花花的脏土,脚上只踩着一双破烂的小凉鞋，小脸黑乎乎的看不清楚五官，小鼻子下面挂着鼻涕与尘土混合的黑色痕迹。

他看到这些又忍不住乐了起来，因为那黑色的痕迹像极了希特勒的小胡子，可随后走出的一个大汉让尚峰再也乐不出来了。这个五大三粗的男人正是蔡淑芬所说的李强，他走出来所带着的气势一下把刚才还很积极的赵宝钢一行人压下了半截。

"呦！赵书记？"李强的声音粗犷有力。

"你小子啥时候回来的？"赵书记背着手问道，此时的他倒像极了村干部。

"回来没几天，您……来我家有事？"和之前农户的态度截然相反，李强话中带着不客气的语调，从中能够感觉他并不欢迎计生小队。

"来看看你的几个娃，统计下户口！"

"这不，老大、老二都在这呢，总共四人！"

说着，他媳妇好像被问及了关键处，开始小步往屋子里走去。

"哎！他媳妇干吗去啊，胖了啊？！"赵宝钢见状故意刺激那孕妇的神经。

那女人听后的表情显得很是惊讶，随后小声地说道："城里饭油大……"

"对对，你看我都胖了！嘿嘿！"李强说着立刻走到了赵宝钢跟前，用身体故意挡住了他的视线，那块头足足能装下两个赵宝钢。

"行吧，你就要俩吧，可别再生了！你看你这穷的，老话说得好，少生孩子多养猪！"

李强听后哈哈大笑："书记您别逗我了！现在养猪就是赔！卖的钱还不够饲料钱哩！"

赵宝钢可没心思跟他开玩笑，他看见这个大块头就眼晕，在他眼里这些都是蛮夷，都是吴宗平之流的黑道家族，少接触为妙。于是手一挥意思让大家撤，可就在这个时候，其中一个小娃抓住那女人的手用含混不清的口吻说道："妈妈妈妈，你肚肚里的小弟弟怎么不算进咱家啊？"

这孩子无邪的一句话后，尚峰将经历他这三年村官生涯最魂不守舍的一天。

8

尚峰回忆起那些进各大律师事务所的同学，那不叫啥，又回忆起那些当法官的同学，那算个啥，随后又想起了自己崇拜的学长，那个国家纪检干部，觉得那也不算啥，他就觉得自己是最了不起的，能够接受党和国家对自己的考验，顶住了百姓对自己的拷问，也亲眼见证了基层农村的根本矛盾究竟是个啥样。

"操你祖宗的！！"李强洪钟般的吼声震耳欲聋，就像轰炸机从天而过，把整条街的土狗都吓着了，发出长久不衰的空袭警报。

"李强！我告诉你！别跟这耍混蛋！"看着拿着铁镐、用自己身体护着自己怀孕的媳妇、如同一头愤怒的大黄牛的李强，赵宝钢书记毫无畏惧，"你说你俩了，你必须给打了！"

"谁敢动我媳妇我砍谁！！"说着拿起手机就打了起来，话语中全是在找人来帮忙的。

赵宝钢心里其实很害怕，他目前的职位最怕动武了，一是身为干部被打还不能还手，二是真打，他这个岁数也是落下风的。但是作为被委派到这个村的村支书，他代表的是国家，所以他丝毫不能退步："我给你三个小时时间，如果不去打了，我就动用警察了！"

而尚峰站在胡同外的拐角处，用自己的眼睛偷偷地窥视着这一切，对于他这个刚入职的村官来说，眼前发生的一切已经大大超出了他的能力范围了，他的脑海里出现的又是那个词汇，那就是以暴制暴。

而赵宝钢仍然在用语言刺激着这头愤怒的公牛，不用多想，随着李强拿起镐把追击四人，人口普查加计生宣传工作今天就此落幕，成为了逃命活动。

"我告诉你，别要挟我，这孩子我要定了！"

尚峰跟随着赵宝钢快速地向大队部奔跑着，让他们几个既懊恼又沮丧，尚峰也逐渐了解赵宝钢嘴里所说的阶级斗争是个什么东西了，那就是群众日益增长的不切实际的需求与政府限制这不切实际需求之间的矛盾。

想到这里，他喊道："这事怎么处理呢？"

"我明天就去找乡里派出所领导，让他们处理！对于这种混蛋你就不能给他讲道理！"

"要不找下吴主任？他认识人多！"蔡雪梅气喘吁吁地说道。

"找他干吗？你还嫌事不多吗？"赵宝钢回答道。

听到这些，尚峰开始在脑海里想象着这个吴宗平的各种实际，他现在非常想知道，这事如果交给这个"黑道"家族首领手里，应该怎么处理呢？他肯定干不过这头愤怒的公牛，越想越焦急，随后一阵哆嗦将他又惊了一下，这时候他突然发现少了个人。"哎，蔡淑芬呢？"

在追逐中，肥胖的蔡淑芬很快落在了后头，篮球一样的奶子上下剧烈地波动着，消耗着她的体力，慢慢地，她没了气力，坐在了地上，眼睛直勾勾地注视着那头"公牛"向她跑来，干脆腿一蹬身一趴，像发情的母牛似的瘫跪在地上，等待这头公牛处理。

"我念你是个娘儿们，不动你！回去跟你们书记说，谁都别想让我打胎！老子市里有人，弄急了我把你们全办了！"

"哎！好好！"蔡淑芬气喘吁吁地回答。

见到那家伙渐渐离去，蔡淑芬才偷偷掏出了手机，手机上显示着吴宗平的字样，她的直觉告诉她，这烂事还得找吴宗平。

第二天上午，尚峰坐在大队一楼的大厅内，整理着收集上来的计生承诺书，整整齐齐的六十多份，看得他是眼酸头疼，眉目难受，他想远眺一会儿，放松一下自己疲劳的眼睛。但眼睛反而更加地紧张起来，他灰褐色的瞳孔里映出一个高大的身影，晃荡着向他袭来。他的瞳孔缩进，对焦这个身影后，他终于看清了，正是那头"公牛"李强。

他随即从座椅上一跃而起，心中一阵惶恐，心里所想的语言，默默地念叨着，竟然跑这闹事来了！但也只是停留在想象的空间内，他没有做出任何措施。因为他和这个家伙站在一块儿简直就是蚂蚁和大象的区别，更何况自己跟他没有什么深仇大恨，没必要剑拔弩张。果真，李强走到尚峰跟前，严肃的面孔上立刻迸发出孩子般稚嫩的微笑，笑得尚峰都有些不自在。

"小同志！昨天真对不住了！哎！可不可以给我个承诺书啊？"

尚峰缓缓从那沓纸里拿出一张崭新的计生承诺书，缓缓地放在桌子上。只见李强迅速地在那计生承诺书上签上了大名，丝毫没有昨天的那份不爽。这一幕让尚峰内心满满都是疑惑，一个疑问油然而生，这家伙是怎么了？是什么力量竟然让他突然开窍了？还没等他想完，李强又开口了。

"我想好了，不要孩子，我一会儿就去打，你们放心！对了，跟书记说一声，对不住了，我……我不好意思见他了，怪没脸的。"

说完就转身离去了，看着转动着巨大身躯离去的李强，留下满是疑惑的尚峰傻傻地站在那里。

当尚峰向赵宝钢汇报情况后，他从这个正直但办事死板的干部

　　　　　　　　　　　　| 年轻气正

嘴里得出了个模糊的答案。

"你跟谁说过昨天发生的事没？"看着李强签署的计生承诺书，赵宝钢问道。

"没有啊？"

"那就是老蔡！"赵宝钢肯定道。

"没准，这有什么问题吗？"尚峰问道。

赵宝钢看着窗外思考了许久，他知道是谁干的了，他也能想象得到，但他没有直说，只是从他的嘴里吐出了句含糊的话语："无非是威逼利诱呗！"

计生宣传失败的晚上。一辆奥迪车在前面飞快地行驶着，后面还跟着一辆吱吱嘎嘎响的白色金杯车。奥迪车里坐着吴宗平，司机是龙子，旁边则是他的副手、村里的老会计吴宗尚，这是他每次处理棘手问题时都要带的"班子成员"。这两个人各有特点，龙子，年轻气盛，敢下手；老会计吴宗尚办事稳健，可以处理后事。但面对今天那个强壮得有点不像人的李强，吴宗平怕龙子和老会计俩人摆不平，于是拉了一车石板厂里做工的年轻后生坐在金杯车里。

他不知道今天出了这档子事，即使知道他也不想插手，因为他自己就比较反感这只能生一个的该死政策，要不他至少能再多俩儿子，满满的一大家子，多幸福。这下可好，儿子也没崽子，女儿也常年不在家，让他很是懊恼。但身为村主任，他也深知，计生工作干得不好那就是一票否决，乡里的"婆婆"们年度考核就没了，想让人家多"照顾"自己，那就得给人家个面子，如何给面子？就得把这些糟心恶心事压到最低，让"婆婆"们少些烦心事，所以他要出马摆平这个超生问题。

吴宗平率先敲响了李强家的门，里面洪亮的声音再次响起，随之一阵急促的脚步声，门打开了，是李强，他见到吴宗平后先是一惊，显然他对这个主任多少有些敬畏，话语里少了白天的蛮横。

"怎么，您亲自出马了?"

吴宗平知道这个李强的混蛋性格，所以要先礼后兵。"李强，论辈分，我还是你姑父呢!"

"哪个辈分啊?"李强说话很不客气。

吴宗平丝毫没有生气，继续他的礼节:"叔找你说点事儿。你总不能让我站在外边吧?"

"家里乱，就这说吧!"李强并不相信吴宗平的话。

"放心，我吴宗平不会把你怎么着的。"

李强知道吴宗平来这里的目的，就是为了让他打掉自己的第三个孩子。"媳妇孩子睡了，有什么事我明天找您。"不容分说就将大门关上了。

吴宗平的礼被折了，他早先就预计到了，这事就不可能通过常规方法解决，什么法制社会，在这里他就是法，就得用他的方式处理这件事! 可没想到这个李强反应却这么激烈，让他在下属面前丢了面子。正在他下不来台的时候，他年轻的帮手龙子开口了，这也正是他要带年轻后生来的目的。

"叔! 别跟他来客气的了，上吧!"龙子早就等不及要大干一场了。

侄子这句话正合他意，他觉得是后兵的时刻了，先把人给拿下再给他讲道理。于是头一扬，意思让龙子先进去打开大门。

只见龙子一个跃身，用手一撑，随后一个翻身就翻过了那道土墙，这时后院子里传出叫喊声"谁啊?"话音刚落，那扇木门就打开了，吴宗尚带着几个小青年一拥而入，展开了制服行动。

虽然李强壮得像头牛，但双拳难敌四手，很快就被石板厂的那些工人给按倒在地上了。他的老娘闻声从屋里跑了出来，跪倒在吴宗平的面前，一把鼻涕一把泪地向吴宗平哀求，说孩子不懂事别伤害他，毕竟论辈分还是他外甥。这可把吴宗平给吓坏了，他觉得自己给别人的印象，一定如同解放前的地主似的，飞扬跋扈、欺压百姓，便换了一副面孔，立刻笑着一把搀扶起了老太太。

"老姐姐干吗呀，我又不抢你家东西，就是想给你儿子做做思想工作！"

"我就跟他说不让他再生了，他随他爹非要什么儿子！"

"是，是，您放心，我跟他说说，保证不伤害他。"

李强真是壮得不能再壮了，龙子也十分肥壮，但在他跟前却整整小了一号，得四个人才能将其按住。"叔，我带着塑料扎带呢，给他系上吧！"

吴宗平一听眉头一皱，气就不打一处来，感觉现在年轻人怎么都这么没脑子。"系个毛啊，系上你就是非法拘禁，还做个什么思想工作。"说到这他就更加气了，因为他想起了那个不争气的儿子，上到中专就不想上了，非要跟他做家族的生意，把他气坏了，他自己就没啥大文化只能守着自己这半亩田，想让儿子上大学，那可是好地方，能学到好多知识也能开阔眼界，提升自己家族的威望。没承想儿子这操行，也跟他一样只知道守自己这半亩田，想到这他就指着众人脱口而出："让你们多读书看报，就鸡巴知道天天鬼混，一点法律知识都不懂。不争气的东西。"众人只得默默听着，本来是来给李强做思想工作的，没承想演变成老板痛批下属的闹剧了。"把他放开！我看他还能把我拍死？如果拍死我正好让国家拉出去毙了，还省得做思想工作了！"吴宗平说完，众人这才将李强缓缓地松开。

李强虽然脾性凶猛，但还不是个亡命徒，他知道今天是过不了这道坎了，只得和这个吴老头子谈谈了，倒要看看他有啥说法。随即站了起来，从墙根拿起一个木凳，缓缓地坐下，用眼睛直勾勾地盯着吴宗平。

此时吴宗平缓缓地从兜里掏出那个精致的小烟盒，拿出一支香烟轻轻地点上，他注视着李强，知道只有这么一闹才能获得和这头无法理喻的"公牛"谈话的机会，他在想如何说服这家伙呢？农村人都很实际，无非就是他能得到啥好处，其他一律别扯，什么法不法、律不律的，没用。这也是他对赵宝钢很不屑的原因，净扯那些大道理，工作却开展不下去，穷酸书生。

"你家的那半个山腰子怎么一直荒着啊？"吴宗平问道。

"没钱，可不荒着。"李强语气里明显还带着气愤。

"种点葡萄吧。"

"种那玩意干吗？"

"隔壁青慧乡要建个红酒基地，那基地的老板跟我有交情，可以往那送。"

"没钱！"李强头一扭回答道。

吴宗平乐了，他知道这句没钱的含义，这也是农村人的特点，有着一把子力气，可就是脑子不开窍。"我可以先支给你十五万！你去种上，等挣了钱还我！比你在城里给人开车强。"李强听后立刻两眼放光，充满了不信任，直勾勾地注视着吴宗平，不知道再说什么。

从他的表情，吴宗平已经判断出，李强并不信任他，但已经开始动摇了，只需再来一剂，事情就可妥当。"你媳妇也没工作吧？过阵子，有个老板要包下乡里那片开拓地，准备弄个养老院，我可以说说让你媳妇去那打杂。"

李强听后站了起来，他依旧无法相信吴宗平的话，他感觉这家伙在忽悠自己。

但吴宗平思路非常清晰，他知道自己下面要说的话。"前提是你得把孩子打了！你看你家穷的，这娃一个个脏得跟狗崽子似的。宣传说得好嘛，少生孩子多种树，不过咱村好地少，也种不了啥树，而且那些树只能看也换不来啥钱，你就种葡萄吧！"

李强一听就知道这些好事是有条件的，是让他割舍自己种的条件，于是又坐了回去，狠狠地撂下一句话："不打！"

"不打？不打就罚死你！"

"我有钱，不怕。"

吴宗平立刻转过头来看着老会计吴宗尚，故作正统的声腔问道："宗尚你跟他讲讲咱这地方超生罚多少。"

"按照现在的居民收入标准，咱这地方是二十万。"老会计回答道。

"二十万，你们吓唬我呢吧，不是才两万吗？"听完吴宗尚的话，李强惊讶地站了起来。

"你那都啥时候的行情了。"吴宗平说道，"你看看你周围的人，哪个不是小汽车都开上了。现在咱这边每户平均收入已经达到五六万了，就你拉低了……嗯……那怎么说来着？"

"平均值！"吴宗尚补充道。

"没钱！看你们拿什么罚！"李强喊道。

吴宗平可不怕这种光脚不怕穿鞋的要无赖的方式，他最了解村里人了，只要威逼利诱准能成。"宗尚，再给他说说国家的政策。"

"如果当事人拿不出罚款，那将用当事人家产抵押。"吴宗尚回答道。

"啥意思？"

吴宗平站了起来，铿锵有力地说道："啥意思？就是抄你家！"

李强听后也站了起来，很不服气地说道："什么年代了，还有没有法啊？抄家，我上乡里告你们去！"

"傻丫的！"吴宗平恶狠狠地瞪了他一眼，"这就是法规，明明白白写着呢！到时候可不是我吴宗平来，那可都是派出所的干警来，我看你上哪告去。到时候也没人给你钱种葡萄了。"

面对吴宗平提出的条件，李强没有做出回应，只是在那里焦急地抖动着腿，吴宗平知道，现在李强已经到了处于决策的阶段，他需要再来一次猛剂刺激刺激他。"儿子有啥好的，闺女也一样争气。你看我闺女就争气，考出去了，还在县里任个官哩，你再看看我儿子，"说着吴宗平就将目光投向远方，"不争气的东西，整天糟蹋钱。"

李强反倒觉得吴宗平说得有些过了，连忙劝解道："您这说得有些过了，儿子终归是儿子。"

"我就觉得闺女好！"吴宗平反驳道。

李强默默地点了点头，表示肯定，这时候他媳妇走了出来，用微弱的声音说道："咱别生了，姑父说得对，搞点事做才是好啊，你看咱家孩子，都这么大了，还脏兮兮的，这以后传出去嫁人都不好嫁了。"没等李强说话，吴宗平立刻跳了起来，大声赞扬道："你看，你媳妇都比你懂事理。"李强陷入深深的沉思，吴宗平知道李强的心理防线已经彻底垮了，他无需多说了，俗话说欲擒故纵，他给这个家伙一定的时间思考。

"来。"他边说着，边招呼李强来到墙根。从他腋下夹着的小腰包里拿出了一沓钞票，点都没点就塞进了李强的衣服兜里。"这钱给孩子买点衣服。"

李强也倒不客气，就此收下，他觉得这是吴宗平承诺的定金，只要有这个，他才会去打孩子。

"钱拿着了，事得办！"

李强默默地点了点头。

9

尚峰认为自己四年的学识，如同一张门口茅厕的擦屁股纸一样卑贱，他开始怀疑自己的所学与所想，面对基层百姓对法律的空白，好像这种黑社会一般的治理，效果出其不意。

他现在多少有些佩服这个吴主任，他觉得这个人虽然粗野，但基层工作却能开展下去，不像赵书记，正直刻板得让人反感，也不知道是故意装的还是放不下架子。

龙子开始像瘟疫一样整日纠缠着他，整日让尚峰帮忙解决他家亲戚的财产纠纷，这让尚峰感到很是无奈，自己明明任的是村官，却成了社区矛盾调解员，不但是法律顾问，很有可能到时候还是律师。

"说实话，这事是不是就是你和你哥的矛盾？"尚峰质问着龙子，龙子低着头不说话。

"那我怎么帮你？"

龙子觉得隐瞒解决不了问题，于是支支吾吾地从嘴里蹦出了一个字"是"。

尚峰低着头看了看自己手头的文件，小声地嘀咕了一句："你还是找书记或者是主任为好！"他想将此事推掉。

"找过。"龙子眉头紧皱，"都说亲戚之间的，上法院不好，伤和气。"

"那倒是。"尚峰立刻回答道。

"谁跟他和气啊。"龙子立刻激动了起来，"他出去打工那么多年，我老爹瘫痪了，一直都是我照顾！这倒好，人没了，他又回来跟我这争遗产。"

"是啊……我一会儿得去开个会，咱们回头再聊。"

尚峰的本意是想赶快摆脱这个难缠的小流氓，他可不想掺和这农村的那点破事，结果还没出门就被龙子一把抓住了。

"你必须得给我出出主意。"

"为什么？"尚峰喊道。

"因为你还得在这干三年呢。"

"哟嗬！你要挟我？"尚峰一脸的不屑与不服。

只见龙子拍了拍自己的胸口："告诉你，这条沟小半大的，提我龙子，没人不给脸的。"

尚峰一听这话就浑身不自在，这都什么世道，还搞这一套，他对眼前的这个家伙一脸的唾弃与蔑视，想一脚将其踹出去。"这山沟里还有青年吗？"一句代表着他自己极度蔑视的话语从他嘴里蹦了出来。

"有啊？还很多咧！"

"得了吧，全是留守老人。等我回来吧，我真得去开个会。"

"兄弟，我等你。"

尚峰无奈地摇了摇头，走了出来。

可面对十几公里的山路，让他感到更加无奈，那可怜的公交车一个小时一趟，这分明是要迟到的节奏啊。

"开我车去！"龙子的一句豁达的话语，解决了尚峰的燃眉之急，也让他觉得自己在这里混村官是得结识几个当地的"土豪"，兴许能帮自己更好地开展基层工作。

尚峰参加的是党员积极分子培训会，他是一名党员积极分子。

党员积极分子培训会的场面着实把他镇住了，满满的一报告厅的人，目测至少有二百余人，主席台上挂着红底白字的巨幅标语，红底白字，十分醒目。

"尚峰，你怎么在这？"

尚峰随着声音的方向望去，看到了那熟悉的身影，高挑挺拔，穿着公务员标准的笔直黑色西服，系着鲜红的领带，此人不是别人，而是与自己相别半年有余的学长何少为。

"你怎么也在这？"尚峰纳闷地问道。

"我从市纪委调到你们了，这不，让我代表先进干部作积极分子思想报告嘛。"

尚峰听后有点小小的惊讶，他支支吾吾地问道："调……调到我这？"

何少为感觉有必要说明一下，但在这公共场合有些事还是小点声为好，于是贴近尚峰的耳朵小声说道："现在中央想要老虎苍蝇一起打，尤其那些小官巨贪的行为，上面要求派巡视组严查，这不，我就借调到你们县来了。"

"要查大的？"

"不是，主要查那些村官。"

尚峰听到这里顿时一阵激灵，查村官，那岂不是查自己，瞬间他的脑海里就开始像硬盘读取一样，迅速地扫描着这半年来自己的所作所为，看看有没有违纪的情况。

何少为看到尚峰紧张的神情，一下乐了，觉得自己的话吓着他了，于是拍了拍尚峰的肩膀说道："哈哈，放心，不是查你这个村官，是查那些大队书记和主任。"

"哦！"尚峰这才放松了下来。

"一定要好好干哦，别给咱政法学院丢人。"何少为说道。

好好干……尚峰听到这里深感无奈，看来少为并不知道基层的情况，那是想干就能干的啊？上有官僚主义，中有黑道家族，下有野蛮村民，于是苦笑着答道：

"好好干啥啊，我就一小村官，能有啥大抱负。"

何少为听后有些惊讶，他不相信这话出自尚峰之口。

"这可不像你的性格。"

"你不懂，巧妇难为无米之炊，就这样吧……"

尚峰的话里充满了无奈与忧伤，可何少为这个站在高处的干部又怎么能看到他的苦衷呢，他也不屑于跟何少为解释，因为他觉得解释是懦弱的表现，觉得这一切都是自己无能的结果。

他找了半天座位，终于坐在靠后的位子上，还没坐稳，一阵芳香似有似无地钻进他的鼻孔里。他立刻下意识地抬起了头，本能地想要去寻找那芳香的出处，只看见如优柔小溪般的纤细腰身在椅子间来回扭动，如柳条般的胳膊在支撑着身体，那动作是如此轻柔，看得尚峰的心立刻顶到了嗓子眼，堵得他都说不出话来，当她转过头来，看了坐在那发愣的尚峰，红润的嘴唇微微一乐，说道："这位同事，我能坐这吗？"

尚峰被这柔弱的声音彻底击垮了，他都不知道要说什么，只是机械地嗯嗯了两声，随后直勾勾地注视着这个女人坐在自己身旁的凳子上，他用眼睛的余光偷偷打量着这个女人，女孩身材匀称，白皙肤色，梳着齐刘海，戴着一个没镜框的眼镜，调皮和清纯的尺度拿捏得很到位。

"你是哪个部门的？"那女孩问道。

尚峰听后内心立刻炸开了锅，他不知道该用什么字眼去回答她了，嘴里只是支支吾吾地吐出了两个字："村官。"

"哪个村的？"那女孩一边摆弄着头发一边问尚峰。

"屏风村的。"尚峰答道。

那女孩听后立刻停住了手中的工作，转过头来打量着尚峰，这一打量，惹得尚峰浑身鸡皮疙瘩生起，让他如坐针毡。

"屏风村的人我都认识啊，你是……"

"我是今年来的村官。"

"哦，原来如此。"

那女孩说完后继续摆弄着自己的头发。尚峰则欣赏着那女孩精致的面孔，他感觉自己二十多年看过的女人都没有这女孩的面孔完美，凹凸有致，精美绝伦，比维纳斯那个黄金比例还要黄金。

"那个村感觉如何？"那个女孩问道。

"挺好……幕府执政。"

说者无意，但听者有意，尚峰随口的一答，那女孩听后却十分惊讶，用好奇的大眼睛直勾勾地盯着尚峰："你刚才说什么？幕府？那个不是日本古代官场的名词吗？"

"你也知道啊？"尚峰一下就对这个女孩有些刮目相看。

"怎么个幕府法？"

这个女人的问题一下让尚峰不知怎么回答。如果说了，就是把吴主任和赵书记的丑事外扬了，弄不好会得罪人。可不说……那女孩好奇的大眼睛一眨一眨……最终他妥协了，贴近那女孩的耳朵，闻着芬芳的发香，悄悄地说道："我跟你说，你可千万别说出去啊！"

"没问题。"那女孩答道。

尚峰这才悄悄地絮叨着他的认识与观点："我们村的书记，名义上是一把手，但是却没钱，相当于有地位没兵力，好多事解决不了，而我们村的主任，名义上是二把手，但是很富有，好多事能用钱摆平，相当于很有兵力，你说这个村听谁的？"

那女孩想了想后用轻柔的声音答道："毛主席说过，枪杆子里面出政权，当然谁有兵听谁的哦。"

"对啊！这不就跟日本幕府时期一个政治形势嘛，书记就是天皇，但没权力，只是供着，主任就是将军，但有实力，他才是真的说了算的人。"

女孩听后用手捂住嘴，轻轻地笑了起来，那动作是那么柔美，那声音是那么的动听："你这人真逗，一个村民自治都让你说成了这样，不光日本，咱国古代也有这样啊。"

"哦对，慈禧垂帘听政嘛。坐在屏风后面对皇帝的决策指手画脚。"

"你说的这俩人我知道……"那女孩说着拿出了手机，开始摆弄起来，"书记呢，叫赵宝钢，主任呢，叫吴宗平，对吧。"

尚峰听后立刻后悔自己的意志力为啥那么不坚定，被女人一个眼色就给缴了械，说了不该说的话，这下好了，八成是捅了自己人了，没准这个女人是他俩谁家的亲戚呢，想到这他就想要确定这个女孩的身份："美女，你是哪单位的？叫什么？"

那女孩想都没想回答道："我是屏风乡的团支书，我叫吴冬玲。"

听到这三个如雷贯耳的字眼，尚峰脑海里第一个闪现的就是吴宗平的大儿子吴冬强，都姓吴，第二个字还相同，肯定是同宗，可是不论怎么看这个仙女般的美女，也无法联想到那个五大三粗的吴冬强，难道和吴宗平也有关系？更不可能了，那个吴大主任又老又黑，还满嘴脏话，粗野无比，还有黑道背景，不会是……想到这他就再也不敢想了，但强烈的好奇心驱使他继续问下去："你和吴冬强是啥关系？"

"哦，那是我亲大哥。"

听完此话，尚峰站了起来，就像毛茸茸的苔藓地突出一个金针菇，在台下坐着的黑压压人头里显得格外扎眼。

吴冬玲被尚峰这一举动吓坏了，她连忙拉下尚峰的衣服小声地说道："你快坐下。"在吴冬玲的几次拉扯下尚峰才缓缓地坐下，他现在脑海里充满了悔恨，后悔办事严谨的自己竟然败在了石榴裙下，后悔自己立场这么不坚定。

"你干什么呀，快坐下。"吴冬玲问道。

"姐姐……我……我刚才说的都是玩笑话，你别当真啊，没什么幕府执政，真的。"尚峰支支吾吾地说道。

"怎么，害怕我回去告诉我爹？"

"吴宗平真的是你爸？"

"怎么？无法想象吧，不可思议吧？有些接受不了吧？"那女孩质问着尚峰。

"没有，虎父无犬女！可以想象得到。"

"你这人真逗，还自己改成语。"

台上的何少为正在发表他所撰写的干部纪律演讲，大体内容是干部要严于律己，做一个爱党爱国家的人。

　　尚峰听到这些还是表示认可的，觉得何学长就是有思想，共产党人就要对自己标准高些，不能松懈。可当何少为念到要一心向民、要多为百姓做实事做好事的时候，他听不下去了，他不知道自己该不该记了，因为当村官之前的理想已经离他那么遥远，遥远得连他自己也看不清那究竟是个啥了。为百姓做实事？如果真行那真是太好了，可眼下自己有口饭吃就不错了，因为自己说错了话。

　　培训完后，每个人都会颁发一个鲜红的党章。

　　但当他拿着这个能指引自己成为光荣党员的党章的时候，鲜红的颜色竟然激起了他沉闷的内心，他用食指沿着党章的边缘缓缓地碰触着，体会作为一个党员应该以何种精神和理想去严格警戒自己，任何杂念都是考验自己的恶魔。

　　"保存好了！你现在就是中国共产党的一名成员了！"何少为看着尚峰拿着党章说道。

　　"是啊。我也是有证的人了！"

　　"淘气。"何少为指点着尚峰。

　　"哈哈你也一样。"

　　"过阵子同学聚会啊，我组织。"何少为说道。

　　"没问题，我准到。"

　　今天除了成为正式党员这个欣喜外还有一件事让尚峰同样的欣喜，那就是吴冬玲竟然邀请他搭自己的车回屏风乡。坐在吴冬玲的沃尔沃轿车上，他欣喜若狂，他从没坐过这么高级的车，而且还是女神的座驾，一进车内他就四处碰触着车内的一切，但突然又停止了，他怕吴冬玲认为自己是个土包子没见过世面似的。

　　过了少顷，他看着专注开着车的吴冬玲，有些尴尬，于是开始假装自己是个汽车专家，找寻话题："车不错，定速巡航，自适应大灯都有！德国车就是硬啊！"

吴冬玲白了一下眼，没气力地回答："大哥，沃尔沃是瑞典的好不。"

尚峰听后立刻慌张了起来，真是弄巧成拙："哦，是吗？我记得是德国的。"

吴冬玲头一撇，觉得这个家伙真是个木头，于是不想再继续这个话题了，随后车内又寂静得只能听到发动机的唰唰声，逐渐地，她也觉得车内寂静的气氛有些尴尬，于是转过头来看了一眼尚峰。

见到尚峰如此紧张与刻板，吴冬玲觉得肯定是自己的身份让他紧张了，而且这个傻瓜刚才还在自己面前说了爹的坏话，也让他对自己有了防备。她觉得有必要说明一下："你放心，我不会跟任何人说的。我也不是传闲话的人。"

"说什么？"尚峰问道。

"你刚才的幕府政治啊。"

"哎，我都忘了。"尚峰必须表现出自己大度的一面。

"那就好！不过你说的这都是事实。你有啥办法破除这种情况呢？"

我能有啥办法，我一个小村官，干两年就走了，我可不想惹任何事端，这是尚峰听后的真实想法，但他肯定不能这么说，他要在这个女人面前卖弄下自己的才华。"这东西，先要从体制上入手，建立有效的监管机制，每个人干什么不该干什么必须要明文体现出来。再次要加强基层法制建设……"说到这，尚峰怒火不打一处来，自己就是个学法律的，结果自己不但没有发扬法律，反倒开始质疑法律了，"唉，一说到这个法制建设我就来气，一个个的都没法律观念，整个一个恶人治理。"

"基层就这样。"吴冬玲说道。

"那也得追求点精神啊！要不整日吃吃喝喝，岂不猪也。"

见到这个有点书生气的尚峰如此单纯可爱，吴冬玲乐了起来，毕竟见多大老粗的她，眼前这个内心纯洁的大学生让她有点耳目一新的感觉。

"你说到这个，我倒想起一件事来。"她说道，"你们村团支书是谁啊？"

"鄙人。"

"我猜到了，下个月有个文化下基层演出，要去咱乡的三个村做演出试点，我把这个机会给你们那吧，你能办好吧？"

"需要我干什么？"

"负责出场地，负责接待人家，还负责组织大家去看。"

尚峰一听心里一咯噔，他知道这些他都无法办成，因为这些都需要花钱，要想从赵宝钢嘴里抠出钱来那简直比从土狗嘴里抢骨头还难，但面对着眼前这个女神指派给自己的任务，他又怎么好意思说出"不行"那二字呢。"没问题，妥妥的。"他硬着头皮答应了。

"好的，我可看好你哦。"

车子到了屏风村的大队门口，吴冬玲却没有下车，而是撂下尚峰就一脚油门消失在山坳的拐角处，这让尚峰很是纳闷，感觉她好像见了瘟疫一样，如此迫切地离开这个生她养她的地方。

尚峰目送女神的那辆白色沃尔沃离去，心里多少有些苦闷。

"有钱就是幸福！"他感慨道。

10

有钱就一定幸福吗？吴冬强不这么认为，虽然接手家族的生意让他变得富有，可却一直得不到父亲吴宗平的认可，这让他苦恼，也让他懊丧。为什么父亲就这么看不起自己？谁年轻时候不犯错误？为啥自己犯个小错就挨骂？就因为自己不好好学习？他越想越烦躁，那个肥肥的脑袋里怎么也解脱不了，于是叫来自己的死党一起大喝一顿，一醉解千愁。

"仨加号！"吴宗平的独子吴冬强竖起三个手指头，"我他妈现在尿的全是糖，不是精子，去医院一查仨加号！"

"那……还能种上不？"说话的是屏风乡派出所的小警司赵冯。三十多岁，一头乌亮的头发，齐刷刷地耸立在他那个同样乌黑的头颅上，浓眉大眼，嘴唇发紫，干瘪的下巴与纤细的脖子连接在那个干瘦的身子上。吴冬强经常请他吃喝，意在出了事给个照应，赵冯自然乐此不疲，这也是他这个基层穷苦小警官唯一的额外"俸禄"。

"喝，这酒大补！好好补补咱的小蝌蚪。"吴冬强说道。

"兄弟，咋了这是？"赵冯问道。

吴冬强没有回答，而是低头狼吞虎咽了起来，硕大的汗滴从他那个肥厚的脑袋上哗哗掉落。"哥呀，兄弟我太他妈没出息了。你说一个当爹的，他天天骂儿子，究竟是个啥意思啊！"

赵冯一听就知道这混不吝的二货定是又挨他那个爹骂了，自己又得硬着头皮给他做心理疏导，谁叫自己嘴贱吃人家的呢，这叫陪吃陪喝陪谈心，自己就一个三陪人员。

"我跟你说吧，你给他生个大胖儿子就啥事没有了。"

吴冬强摸了把那喝得涨红的脸，无奈地说道："我也想要啊，可他妈的种不上啊。"说着那眼泪如泄闸的洪水似的泼洒了下来。

二人喝到很晚，吴冬强才醉醺醺地开着他那辆白色福特进口大皮卡回到家，把钥匙咔嗒一甩，鞋子连同袜子一同脱下，潇洒地飞跃着一头扎在沙发上，深深地叹了口气，享受平躺带来的片刻宁静。他微微一抬头，放松的脸孔立即被紧皱的眉头代替了，他看见里屋肥硕的媳妇躺在床上，嗑着瓜子，目不转睛地看着电视剧，不知怎的就将生不出孩子的怨气撒在他媳妇身上了。"他妈的天天看，你说你还会干什么!"他媳妇继续看着电视，没有搭理他。"瞧你胖的，那俩乳房胀得跟奶牛似的，也不减减!"他媳妇嗫着肥厚的嘴唇瞪了一眼吴宗平。"你个傻×! 今儿又哪灌酒去了?"

"你管得着老子。你他妈学学人家媳妇，多关心关心自己的爷们儿，天天就他妈看那个破电视。"

媳妇扭动着胖身子，把脸转过去，把那肥硕如磨盘一样的屁股连同那如古槐树一样粗细的肥腰冲着吴冬强，继续嗑着瓜子，漫不经心地看着电视，丝毫不理会这个男人的感受。这下可把吴冬强惹恼了，破口大骂"肥猪!"媳妇继续看着电视没有搭理他。这让他的怒火如同泼洒了汽油一样轰地点燃了，他二话没说上去冲着媳妇那个磨盘屁股就是一脚。"看死你妈的!"

这下他慵懒的媳妇终于有了回应："你疯了。"随后站了起来指着吴冬强的鼻子就骂："你看人家好找人家去啊，别他妈跟我这儿撒野。"

吴冬强涨红着脸，气喘吁吁地喊着："你说我怎么娶了你这么个猪!"

"怎么娶我，你扒开你那裤裆问问你的屌，为什么娶我。"

"我他妈眼瞎。"

"早他妈干吗去了。"

这下吴冬强的怒火如同沉睡了千年的火山一样喷发了。"我弄死你。"他媳妇也不退步，"来，弄死我。"

吴冬强被堵得哑口无言，他气涨着脸，抄起床头柜的台灯往地上狠狠地摔了下去。"日你妈的。"

"摔! 摔! 都摔了! 日子甭过!"

操你娘的! 吴冬强骂着，拉开门跳了出去，开着他的大皮卡飞速奔了出去，他不想再回这个家了，这个让他恶心的家，这个丑陋的肥媳妇让他感到厌恶，这全是他父亲的主意，因为他的老丈人也是个富农，俗话说强强联合，因此他就娶了这个他根本不爱的女人。想到这里，再借助酒劲，他的脚不听使唤了，将油门深深踩了下去，在漆黑徘徊的山路上狂飙着，他想用这疯狂的行为刺激自己麻木的神经，他想要找到那份玩命的快感，整条山沟都充斥着马达的轰鸣声。

　　一次工作彻底改变了蔡雪梅对这个书呆子大学生的看法。

　　"呦呦！昨天看女神的眼睛都快拔不出来了吧？"

　　一上班蔡雪梅就开始调侃尚峰，这让他害羞了起来，他想解释可话到嘴边又被堵了回来。

　　蔡雪梅调皮地晃动着马尾辫，问道："我想说，现在请你帮我个忙可以不？"

　　害羞的尚峰当然不想让人拿这事当成自己的小辫子，高亢地答道："没问题！"

　　"那走，体力活哦。"

　　"全是肌肉！"尚峰耸起自己的肱二头肌，但换来的则是蔡雪梅的白眼，她感到这个男人真是有点二。

　　尚峰和蔡雪梅二人走上由各种不规则石板铺成的台阶，上面由于多年失修，爬满了荒草。就这样一段石阶一段石阶的往上爬去，每段石阶都是依着石板砌垒的田坝而建，尚峰累得气喘吁吁，他这才发现他爬的不是什么山，而是一亩一亩的梯田，而蔡雪梅却身手矫健，将他落得老远。突然拐过一片小树林，立刻看到满山的红色，平日里由于陷在这座山坳当中，在下面是看不到的。那满山的红色犹如猩红的地毯铺满了全山，在这点点的红色中还有阵阵的绿色从里面映衬出来。待尚峰走进这片红色，才发现是一大片樱桃林。他跟着蔡雪梅缓缓地走进这片樱桃林，地上大片的红色再次映入了眼帘，这次是一片片掉落在地上的樱桃，像红地毯一样覆盖在地上。尚峰踮起脚尖蹑手蹑脚地移动，生怕踩坏了这些红润饱满的果实，但由于掉落得太密了，很快，满脚还是被糊上了一层湿乎乎的果子。

"这些太可惜了。"尚峰看着地上如红地毯的樱桃说道。

"你也觉得可惜？我觉得更可惜！"蔡雪梅看着满地的樱桃树感慨道，"当年老书记带头栽的好几百亩，本来是让村里人致富的，现在可好，果子出来了没人摘，就烂在地里，真是可惜了。"

尚峰缓缓地蹲下，从满是一片红的地上拿起一个樱桃，擦掉它上面的尘土。"能吃吗？"

"能吃！一点农药都没打。"

尚峰小心地咬了一口，这红红的樱桃真是个百味瓶，首先袭上他舌尖的是一阵酸意，但当这酸意还没有让味蕾大开，那润甜的后劲就急着露出头来，并略带些淡淡的苦涩——这味道太特别了。尚峰不由分说又拿起了一个，上去就是一口，同样的酸，同样的甜并同样的带着淡淡的苦涩。"真不错！"

蔡雪梅蹲在地上，轻轻地抓起一把樱桃，拨去上面沾着的杂草。"都是好东西，可就是卖不出去，都烂在地里了。"

"找吴主任啊！大神啊！无所不能。"尚峰不经意地喊道。

"找他？！"蔡雪梅立马站了起来，走到尚峰跟前，直勾勾地盯着尚峰。看得尚峰内心发麻，随后又低下了头，"哎！"蔡雪梅无奈地叹息道。

尚峰听到了蔡雪梅那无奈的叹息，心里多少能够理解这个女孩对家乡的那份挚爱。"那跟咱村书记没说过？"尚峰打探道。

"那个赵宝钢，他才不感兴趣哩。"蔡雪梅说着就将樱桃扔了出去，"都是煤矿惹的祸。"

尚峰被蔡雪梅突如其来的怒吼吓了一跳，他第一次看到这个女汉子如此的愤怒，肯定是有让人无法接受的事情。"以前书记会带领大家一起上山植树造林，下场子，找车拉出去卖，虽挣得不多，但很快乐，可自打能自己开矿采煤，一切就都变了。人们发现，掏煤挣得多，而且钱来得快。"

"是啊！多好！黑金啊！国家叫百姓致富。"

"好吗？"蔡雪梅质问着尚峰。"人都浮了！果子掉落一地没人捡，玉米都没人收，满山的核桃没人摘，整日想着挖煤拉煤、采石头。绿山全毁了！"说到这里，蔡雪梅气得站了起来，"尤其屏风村……"

尚峰没有说话，只是心里在想蔡雪梅为什么会跟他说这些，可以看出她对现状的不满与无奈，也可以看出她跟自己说这些话是觉得自己能够改变什么，或许更多的是一种乡愁。

"尚峰，我觉得你很正直，才跟你说这些的。呵呵，你别传闲话哦。"

"我不会那么干的。"

"你很有文采，好好干，把屏风村的风气转过来，可以吗？"

"那是！"

尚峰这辈子没怎么后悔过，唯独后悔的是大四开始放弃了锻炼，也后悔为什么答应帮这个土丫头采什么樱桃。这沉重的箩筐差点要了他那二十多岁年轻的生命，他几乎累得喘不过气来，大张着嘴，想要呼吸到那新鲜的空气，可不承想，舌头竟然喘得不自觉地伸了出来，如同土狗般狼狈。而蔡雪梅则健步如飞地走在前面，还时不时回头头来，用特有的微笑看着尚峰。

"这是在嘲笑我吗？"尚峰问道。

"哎哟哟！"蔡雪梅背着箩筐走了回来，"我以为你很行的，可……那句古话咋说着？哦对！四体不勤，五谷不分，孰为夫子，就是形容你们这些白面书生的吧？"

"哎！我这暴脾气。"听到这话尚峰本想发作，可是背在身后的箩筐让他无力去反击，只得作罢。

这段路程就是磨难，就是救赎的道路，或许是让他尚峰成为圣人的道路。这道路最后在他一小步一小步地挪动下终于走到了终点，也让他确认，自己还不是个废物。但随后发生的事情让他越发觉得自己就是一个一无用处的人。

一个小小的"高科技"设备调制，难倒了村委会的一班人。

赵宝钢找来平日里最能咋呼的龙子，让他处理这个由乡里派发下来的奇特设备，叫远程教育终端，一个怪怪的摄像头和一个四十英寸的大彩电，硬生生地摆放在会议室里。可以通过摄像头和县里的机构进行沟通，并进行电视电话培训。

龙子一来，就开始挽袖子，拍打手，那姿态仿佛要拿刀杀猪一般。不过，面对这个奇特的电子设备，他也开始抓瞎了，在摇头晃脑地寻觅了半天之后，从他那歪斜的嘴里蹦出一句话——

"这玩意需要联网！"

赵宝钢一听，眉头一皱，这对屏风村这个现代城市资源本身就奇缺的山村，联网简直就是一个天方夜谭。

"不用它了！"赵宝钢吼了一嗓子，"就扔这吧！"

而尚峰和蔡雪梅的到来，又重新燃起了赵宝钢对这台设备的热情。

他感觉这个事，尚峰一定能搞定。在尚峰摆弄一阵后，给他的答复让他更加沮丧，那就是必须联网才能用。

没有网这个东西就是废的，硕大的电视机仍摆在会议室里，不仅是浪费，还给人的心里添堵。

赵宝钢则开始打起了这台电视机的主意，他觉得自己家里客厅大，可以搬进自己的家里，谁用再搬回来，不用……

在例会上，赵宝钢只字未提这件事，但却被尚峰的另一件事吓坏了。

当赵宝钢听到乡里将文化下乡的活动放到屏风村这个消息后，送给尚峰的不是什么笑脸，而是一脸的憎恶与惊讶。

那种表情尚峰终生都无法忘怀，他不知道自己究竟做错了什么。

"这么大的事为啥不提前通报！"赵宝钢怒吼着，会场里的其他人都不敢吭一声。

在这个气氛下，尚峰也没有说话，他想把批评的权力让给赵书记。

"这活动得搭台子，还得请人，都得花钱！"赵书记说着磕出一支烟，将它轻轻地点燃。"党务方面没有这经费，不过……"赵书记的语调突然变得低沉，"你可以问问吴大主任，他家有路子，兴许能给出点。"

尚峰就这样被赵书记给委婉地拒绝了，但是他可不傻，如果真去找吴宗平肯定不会给他这个经费的，在这个村，他吴宗平就是法，他要是这样做，岂不给天王老子派任务。

正想着，吴宗平到了，他这次迟到了，可他一丝道歉的意思都没有，还是那股狂傲与不屑。

当吴宗平知道这事的时候，脸比赵书记的还难看，他觉得自己就是个傻子，成了一个棒子来回被人拨弄来拨弄去的。

"乱弹琴！"吴宗平看完文件，将文件扔在了桌子上，在一旁的他的大儿子笑呵呵地嘴一撇，表示很认同他父亲的看法。"你既没通报赵书记，也没通报我就搞这玩意，胆子够肥啊！"吴宗平指了指尚峰。

"什么胆子不胆子的，我觉得这是咱村的大好事啊，反倒是书记和主任你们俩来回地推诿。"尚峰这下把两个人都给得罪了。

本想坐在一边看大戏的赵宝钢，气得直在自己的座位上来回挪动屁股，用这种方式来表达自己对尚峰的不满。

"白掏钱让他们看大戏？"吴宗平惊诧地问道。

尚峰用手指挠着桌子，思考着下面的话要怎么说。"吴村长，您看您家大业大的，资助点不是问题吧？"

吴宗平似乎早料到尚峰会来这一手，他看了看赵宝钢，知道肯定是这个家伙指示的，因为尚峰这么个大学生肯定不会想出这么个馊主意的。他挠了挠自己的肥脑袋。"这几年净赔钱了，哪有什么收成。"

看到吴宗平的态度，尚峰知道他必须使用那个撒手锏了，也就只能走这步棋了。"主任，这么说吧，这个活是您闺女派的，完不成您……您闺女的脸面往哪放啊。"

吴宗平听完立刻拍案而起。"你敢要挟我！"眼睛瞪得溜圆，因为他从来没有被人这么威胁过。尚峰被吓得直挺挺地站了起来，周围所有人同样不敢发出声音，连一直吸烟的赵宝钢也停止了吸烟的动作，静静地观看事态的发展。而吴冬强也有些不高兴了，站在那里直打响指，那意思是要把尚峰好好地教训一顿。而蔡雪梅则开始对这个大学生村官的胆识有些敬佩，不管这个活动好还是不好，他虽然有些冒失，处理流程也问题突出，但毕竟是造福老百姓的一件好事。

但很快吴宗平就冷静了下来，一屁股坐在了椅子上，又挠了挠他的肥脑袋，他感觉自己算是被将了一军。要是给钱吧，一个乡里的活动，也没个实际效益，觉得太不值，而且还让那个赵宝钢抢了政绩占了便宜；不给钱吧，会场上这么多人盯着自己哪，人家会认为自己不支持支部工作，而且闺女那儿也不好交代。紧急思索一番后，他觉得这事还是可以干的，因为借此可以跟自己的女儿缓解一下矛盾。

"要多少钱？"

"我得查查！"尚峰连忙回答。

"别查了！"说着他从兜里拿出一万块钱甩给了尚峰，"就这些，多了没有了！跟老会计说下，这就算我赞助村里的，不走村里的账。"

"行，那也行啊！"尚峰激动地回答道。

随后赵宝钢开始阐述远程教育设备的问题，由于村里没网，设备搁在居委会毕竟浪费，尤其这个电视，放在这里还容易丢。

"就先放我家吧，谁用谁再拿过来。"

大家都没有出声，就连吴宗平也没有说话，因为众人觉得这是当领导的权力，就是可以一句话就将集体的东西占为"己有"，是那么的理所当然。

但这在尚峰看来却不自然，因为这是集体财产，怎么处置是需要村民委员会进行举手表决的，这是村民自治法里规定的。

"集体资产，这得大家举手表决才能决定，这是村民自治法里规定的！"尚峰突然说了这么一句连他自己都不敢说的话。

赵宝钢听到这句话后，表情十分吃惊。而吴宗平则在刚才道貌岸然的状态下猛然苏醒，尚峰这一说，才让他觉察到事情的原本味道。的确是，这个远程教育的设备是属于集体资产，他一个书记怎么能随意拉进家里去呢？

"说得没错，需要大家举手表决！"吴宗平突然冒了这么一句。

而赵宝钢则瞳孔放大地看着吴宗平，他不晓得这个小子怎么要和自己作对，但他知道肯定不是什么好事。

"让书记拉家去，我也同意，反正闲放着也多生变故，要么让谁踢坏了，要么丢鸡巴了！"吴宗平说着居然举起手来。在他看来，尚峰是一介书生，他不知道，在基层，法律这东西基本就是一堆废柴，有谁会真正遵守呢？他可不想为一台破电视机和赵宝钢结下梁子，他要见机逢迎。

在他的鼓动下，大家纷纷地举起手来，表示同意电视机由赵宝钢拉回家。而尚峰也悄悄地举起自己的手，表示同意。即使这样，赵宝钢也对这个新来的大学生开始产生出一种莫名的反感，让他开始有些讨厌这个比自己还木讷的傻家伙。

尚峰的这一举动，更是让蔡雪梅刮目相看，这么长时间了，从没有人敢挑战这种一人决策的人治现状，而唯独尚峰的出现，大胆地提出了法这个东西，尤其那封存多年的村民自治法。她干了这么多年了，还是第一次有人提出，而且还是比自己晚来的一个年轻后生。

但很快尚峰就后悔自己说的那句话了，虽然拿到了那一万，可不知怎的，大家仿佛受到了某种命令，每个人都借口自己有事，不愿意帮助他完成这项工作。他感到肯定是赵宝钢在背后说了他什么，人们的态度才变了。而且这钱显然不够，光台子的灯光租赁费，三天的时间就能把那区区一万块给烧掉，还不算别的。尚峰挠得头皮屑如雪花般地掉落也无法想出解决之道了，女神派的活如果就这样黄了，她肯定会对自己失望的。

正在绝望之际，蔡雪梅拉着龙子出现在他的面前。

第二部："土皇"的纷争

"尔虞我诈胜过为民服务"

1

又是一个清静的周末，村里近来相安无事。尚峰被通知到乡政府开团员工作会，无车的他只得搭老乡拉砖的拖拉机顺道前往。显然他来早了，只得在空荡荡的乡政府大楼里闲逛。无意间他发现大楼二层竟然有一间不起眼的图书室，也就两间房大小，但竟藏了不少书。尚峰像发现了新大陆一般欣喜，没想到这么蛮夷的地方，竟然还有这么纯真的地界！他立刻走了进去，看着满屋子的书，尚峰感觉好像自己又回到了大学时期。

图书室里竟没人。尚峰从裤兜里拿出手机，连上耳机，边听着音乐，边挑选了一本自己喜爱的书，找了把椅子坐在窗边，静静地读着。这是路遥的《平凡的世界》，写的是陕北知青插队的那点事……可读着读着尚峰就仿佛看到了自己的影子，感觉自己这个小小的村官就如同当时的知青下乡，怀揣着造福基层的梦想扎根大西北，不过自己是去了京西的山村罢了。读到精彩处，尚峰情不自禁地站起身，在图书馆不大的地方来回踱步，他很是激动。

突然，一个人影挡在尚峰面前，他下意识地低头看下去，一双秀气的红色布鞋挡在前面。可已经来不及躲闪，和那个人影撞了个满怀，被手里拿的书重重打在头上："好疼啊。"尚峰抱着头蹲在原地，缓缓抬起头，厌恶的眼神又瞬间变得满目柔情。

长长的秀发下一张清秀的脸，一双乌黑的大眼睛闪烁着温柔，嘴角绽出俏皮的微笑，浑身上下散发着一种独特的清澈气质——吴冬玲。

"尚峰，你没事吧。你怎么在这？"

"嗯……"尚峰竟不知怎的说不出话来，吴冬玲伸手扶他起来。

手一碰，尚峰心底荡起一片涟漪，心里有一种莫名其妙的感觉，顿时感到时间凝固了，仿佛这个世界只有自己和这个女神。

尚峰平复了一下心情，缓缓地说："嗯……不是来开会嘛。"

吴冬玲笑了笑说："你这来得也太早了吧。"

"是啊，所以来看看书……呵呵。"尚峰说道，"这儿的书能外借吗？"

"能，对团员免费。"吴冬玲说道，"我就是来借几本书回去看，书没找到竟撞到了你……等等，我就找这本呢。"吴冬玲看见了地上的那本《平凡的世界》，像发现了新大陆一般，拿起来竟旁若无人地翻读起来。

"你也喜欢路遥的《平凡的世界》？"尚峰问道。

"是啊，找了好久没找到。"说完，吴冬玲又自顾自地读了起来。

"我觉得路遥写的知青有点像我这种村官的状态。"

"乱比喻！"吴冬玲笑道，"那会儿比现在可艰苦多了。"

尚峰看吴冬玲如此喜欢这本书，于是说道："你先看吧，看完再给我看。"

吴冬玲听了开心地说："那我可不客气了。"两只大眼睛看着尚峰，清澈如水。于是，两人一人抱着一摞书，走出了图书室。

尚峰傻傻地站在会议室的门口，欣赏着吴冬玲将书放在桌子上，拖起了地板。那如优柔小溪般纤细的腰身是那么令人怜惜，而纤细腰身下那丰满的臀部又扭动得那么别致，看得尚峰的心立刻顶到了嗓子眼，堵得他都有些慌乱。这身影的主人似乎感觉到了，她转过头来，看到站在那发愣的尚峰，小嘴微微一抿，说道："别站着了，赶快坐，我一会儿就擦完。"

尚峰被这柔弱的声音彻底击垮了，他都不知道要说什么，只是机械地嗯了两声，随后笨拙地拉开椅子缓缓坐下。坐下后的第一件事不是整理讲话稿，而是继续打量着这个女孩。她调皮和清纯的尺度拿捏得很到位，让尚峰不禁生出许多遐想。

吴冬玲一边拖着地一边问着尚峰："据我所知，屏风村没啥青年啊？"

"有啊，我不是青年吗？"

"哦，也对。"

"把桌上的材料拿一份，一会儿要说。"

人渐渐多了起来，但丝毫不影响尚峰欣赏"艺术品"的心情，他就这么一直盯着吴冬玲，而这个女人仿佛也能察觉到这个傻瓜一直盯着自己，感到这个家伙很不礼貌，但她内心却又有些欣喜，所以故意不去与他对视。

会议开始了，吴冬玲甜美优柔的声音让尚峰如痴如醉，那感觉犹如柳叶抚臂，轻松又愉悦。"我就不用自我介绍了吧，好，会议开始！肯定好多人都彼此不认识，现在都一一介绍一下。"

听到别的团支书一个个意气风发地介绍自己村团员的情况，尚峰感到很是不快，等轮到他的时候，他缓缓地站了起来，支支吾吾地说道：

"大家好，我叫尚峰，团员……我们村共有两名团员，但今年作为同事的那位大姐已超过二十八岁了，所以目前就我一个。"

顿时会场发出爆棚的笑声。

"不许笑了，现在这种空心村大家又不是不知道！"吴冬玲喊道。

会议中尚峰完全忘记所说的内容，他的重点全部投在这个女人身上，这个女孩太漂亮了。

会议散后，尚峰却没有离开，他被吴冬玲叫住了。

"你上次答应我的事能解决不？"吴冬玲问道。

"能！"

"这可说真的呢，可别耽误了大事！"

"放心！"

"来，跟我来。"吴冬玲挥了挥自己那纤细的手指，示意尚峰跟着自己。

"去哪里？"

"让你看看我的乡话剧团。"

二人来到政府后院的一个简易平房，平房从外面看上去不大，里面的空间倒是不小，但同样的潮气熏天。屋子里码放了各种演出道具，有些看上去还很专业，最抓尚峰眼球的就是一个小小的演讲台，上面饶有架势地放着一个话筒。

他二话没说就站到了讲台上，嗯嗯啊啊地模仿起美国总统的就职演讲。

"哈哈，还挺像。"吴冬玲边捂着嘴边笑着。

"是吗？"吴冬玲的夸奖立刻让尚峰脸红了起来，害羞的神态让他无地自容。

"哎，你加入我的话剧团行不？正好缺个演官员的人物。"

"啊？我行吗？"

"完全可以。"吴冬玲走到尚峰的面前，摸了摸尚峰的肚子，"这肚皮，像！"

说得尚峰一脸的无奈，支支吾吾地答道："闹半天因为我胖啊？"

"哈哈哈！"吴冬玲顽皮地笑着。

不一会儿就坐进三个青年男女，一个个都靓丽光鲜，不用说就是吴冬玲话剧团的成员。他们一进屋，都对尚峰这个陌生的面孔充满了好奇，仿佛这条沟里的年轻人都死绝了一样。

"我来介绍一下咱们的新成员！"吴冬玲挺胸抬头站得笔直地介绍道，"他叫尚峰，今后就是咱们的成员了。"

众人鼓起掌来。

"你们可要维系好他哦！咱的舞台搭建就包给他了！"

听完这个，尚峰心里咯噔一下，不知道该说啥了，顿时一股压力压得他喘不过气来，后悔当初说了大话，这岂不耽误大事。

这下可糟了，他摸了摸自己的脑袋，那一万块还真不够盖起那台子来的。

……

一封举报信放在基层办案科何少为的桌子上。何少为坐在摇摆的椅子上，思考着这封信的真实性。内容他已经看过了，是检举屏风村村主任吴宗平涉黑、欺男霸女、贪污国家公款。写得有头有尾、有板有眼，非常详细，但真实性有待考证。领导给他的任务就是：信息须查证，如属实，立刻上报立案，严肃查办。

被调到奉贤县没多久，就经手查办这么一个不大不小的案件，让他有些兴奋。但一旦坐下来，心里又倏然生起一阵惊慌，因为他不太了解农村基层的现状，对于那个吴宗平到底是什么样的人，如何下手调查，他心中一点底都没有。因为他深知，基层的水深又浑，不好蹚啊。

正在他一筹莫展的时候，他想起尚峰在党员积极分子会议上的话，好像说他就是在屏风村当村官，于是拨打了尚峰的手机。

结果让他十分兴奋，尚峰答应了与他会面。他一拍手掌，就从尚峰先入手！

县里调查组要来屏风村调查的消息很快就传到了赵宝钢耳朵里，但他却出奇地平静。倒是吴宗平有点慌张，因为他从县里的哥们儿那得知，这次主要是查他来的，因为有人举报他。虽然他的人脉广阔，乡里老李那也给他吃了定心丸，说只要如实汇报就行，但面对这突如其来的检查，还是让他多少有些措手不及。而且据说，经手的人还是个省里派来的新兵蛋子，这更让他有些不安，因为他知道，对于这些初入社会的年轻人，比如那个尚峰，坚持原则比多个朋友更重要。

"叔，看！买的窃听器。"龙子拿着印着一堆英文的包装盒在吴宗平面前晃动着。

"得得，别给我看，一堆蚂蚁爬似的，快安到会议室去。"吴宗平说道。

"叔，你说这么大的事，书记怎么一点都不着急啊？"

"他要着急那就怪哩。"吴宗平话里有话。

蔡雪梅四处寻找尚峰，但总也见不到他的身影。电话也没有信号，不知道这个愣头娃子跑到哪去了。而进村调查，工作组要找每个人挨个谈话，即便他是村官，也是不能缺席的。不过，这个女汉子多年的经验与交际还是帮助了她。她来到那个荒凉的山头，那个老奶奶与小姑娘的家。

果不其然，在小山坡上，在一群白花花的绵羊包围下，她看到两个人的身影，一个是尚峰，一个是那个辍学的小女孩。

"哎呀，你在这啊。快，领导叫你回去谈话呢。"蔡雪梅气喘吁吁地喊道。

尚峰默默地看了一眼蔡雪梅，没有多说话，只是从书包里拿出一摞课本缓缓地放在那个女孩手里。

"这书你看着，都是哥哥刚从图书馆里给你借的，别弄坏了，我还得还呢。"

小女孩如饥似渴地看着这些书，脏兮兮的小脸乐了起来，用欢快地声音喊道："谢谢哥哥，放心。"

这一幕都被蔡雪梅看在眼里，对她触动很大，尚峰所带来的这股正气风刮得她内心非常的舒畅，来了那么多的村官，这是第一个知道关心村民的人。

"能不去吗？"尚峰问道。

"不行，人家点名要问你。"

尚峰缓缓地站了起来，拍了拍自己的屁股，嘴里絮叨着："还是没躲过。"

就在前天的晚上，学长何少为电话里的一番话，让他有些慌张，说得很是严重，要与他谈谈吴主任的问题，要他一定严肃对待，做好充足的准备。因为涉及贪腐问题，包庇也是犯罪，这就让他感到很为难。

而随后他又回忆起赵宝钢对他说的话，让他更加难做。那天他在屋里写材料，赵书记走了进来。

"哦，在写东西？"

"对，写一会儿要向调查组汇报的材料。"

"好好写！那个吴宗平是不是暴力执法？是不是欺男霸女？一定要如实地写！"赵书记将"如实"二字念得很重，听得尚峰浑身发麻。

而两件事加起来，让尚峰左右为难、不知所措：自己搭台的钱是人家吴宗平给的，自己却还要检举他，还要写反映吴宗平问题的材料，这岂不是恩将仇报，太不仗义了吗？可是何少为的意图是明确的，那就是必须得问出点啥；而赵书记的意思更是明确，那就是如实反映问题。左右夹攻，他就想到了逃避，躲过这件事。于是，他就来到这块还没被污染的净地，呼吸呼吸新鲜空气，也将自己的那份爱心奉献给这个女孩。结果还是被蔡雪梅这个女汉子给找到了，拉回到了难堪的现实。

"哥哥走了，那书你好好看。"

"好。"

望着水一般清纯、无一丝世间污染的小女孩，尚峰深深地叹了口气，他深知，自己又将进入那个清浊难辨、是非莫名的现实社会接受洗礼了。

此时的何少为坐在去往屏风村的车上，思考着一会儿要如何询问，如何从尚峰这个自己当年的小学弟入手，顺利地打开缺口。

旁边的小科员一边整理着文档一边说道："何科，咱就这么去，能行吗？"

"没问题，我大学的好校友就在那村，绝对能问出个所以然来。"何少为回答得很得意，"那小子非常正直，是能给咱们提供点线索的。"

"我看未必，那个村的主任是出了名的有手腕，不见得能问出个啥。"

"有难度才有挑战嘛。"

何少为知道尚峰肯定会将自己看到的听到的如实告诉自己，他不存疑问。

尚峰也坐在办公室里犹豫着，到底该如何写这个材料，让他想得头昏无比，摇摆不定，但很快龙子就给了他一个既定的答案。

"吴主任是俺叔，尚峰你可别乱说哦。"

"你要挟我？"尚峰说道。

"听蔡雪梅说，你要搭戏台、搞活动？"

"倒是。"

"这事我能帮你办，但你得站在我这边。"

在办公室内，龙子的话语深深地刻在尚峰的脑海里，让他彻底认清基层的形势，那就是法治干不过人治，如果自己坚持那所谓的原则，别说生存了，连工作都开展不下去了。

何少为到了，尚峰出门迎接他这个大学时期就非常崇敬的学长。二人紧紧地握住了手，就像两个国家领导人一样亲密与正式。

"我都准备好了。来我们会议室问，你们随便问！"尚峰说道。

"好！"

一行人走进了屏风村的村委会，赵宝钢满带笑容地出门迎接，并招呼蔡雪梅倒茶，何少为想直入主题，迅速开始对吴宗平的调查。

大家都知道龙子在会议室里安装了窃听器……

第一个被问话的是蔡雪梅。

"你说说你对吴主任的印象吧。"

蔡雪梅弯着腰蜷缩在座椅上，那双大眼来回地滚动着，仿佛在为自己说谎找寻节奏。"挺好的。为人好，贴地气。"

"有人反映他涉黑。"

"没有的事。"蔡雪梅连忙摆手，"那些都是杜撰，吴主任只不过是家里有些产业而已，那些人嫉妒他。"

何少为微抿着嘴，低着头记着，他对这个村女的回答不是很满意，显然这个女人在说谎。"那他工作方式强硬吗？"

"一点也不强硬！"

听完这话以后，何少为对这个蔡雪梅彻底失去了耐心，他懒得再去问了，他要找尚峰，要让自己这个大学时期正直无比的学弟告诉自己真实情况。

此时尚峰还在犹豫自己到底要不要将真实情况告诉何少为，正当他要往屋走的时候，龙子一把抓住了他。

"尚峰，说话要注意，你还得在这待两年呢！"龙子拽着尚峰的胳膊，随后他贴近尚峰的耳朵，用略带恐吓的语气轻轻地说道："他们问完就走了，你还得留这。"

龙子的话击中了尚峰的要害，说吴宗平的坏话，究竟能改变什么呢？真的能改变百姓的生活吗？他想，什么也改变不了，能改变的，倒是自己的处境，关系到自己能不能在这里混下去，直至全身而退。想到这里，他深深地咽了一口口水，又经过村委会大厅那印有"为人民服务"的屏风，他故意从它后面走过，不想去看它前面那红色的信念。他走进了会议室。

"尚峰！"何少为看见尚峰，苦闷的脸孔立刻喜悦了起来，他知道自己要找的那个证人出现了，他却发现此时的尚峰已经是满头大汗了，深感哪个地方不对，但又找不出来，很快他就知道问题的所在了。

"有人反映吴宗平利用黑恶势力欺压百姓，欺男霸女……"随行的工作人员首先问道。而何少为则在旁边认真地记着，他要亲自记下这次谈话的每一个字，为日后能处理掉这些贪污腐化的家伙做充分的准备。

"等等……同志。"尚峰举起了手打断了讲话的工作人员。"请你注意措辞，根本就没有所谓的黑恶势力……"他停顿了一下，随后又继续说道，"吴主任顶多就是强人政治，这在全国都比较普遍，不是什么稀奇的事情，对于基层农村，这样的工作方式效率更高。"

听到此话，何少为顿时惊住了，他此时不知道该说什么。

"还有人反映，吴宗平利用手中的财力，架空赵书记……"问话的人还没说完，尚峰又举起了手。

"同志……还得请您注意措辞。"尚峰深深地咽了口唾沫，"根本就没有所谓的架空，实情是赵书记体弱多病长期不在岗，吴主任只是替他主持工作而已。"

听完此话，何少为对尚峰失望至极，他没想到这个正直的学弟会变得如此油滑，变得如此世故，他不敢相信就连尚峰也彻底沦陷了，同时也不敢相信自己这次真的要白跑了。

他轻轻地合上文件夹，用语重心长的话语说："尚峰，你说得如实？"

"如实如实。"尚峰想都没想就脱口而出，他想赶快结束这次谈话，结束这次违心的让他厌恶的谈话。

此时坐在办公室内用窃听器听取全程的吴宗平，已经乐得合不上嘴了，他觉得自己小瞧了这个大学生，没想到这个小子如此会白话，如此会诡辩，他缺的就是这么一个人才，让他暗自下定决心：日后，一定要将这小子收入自己旗下，为己所用。

谈话结束了，何少为没有和尚峰说任何告辞的话就坐进了汽车内，他无法相信这就是自己以前印象里那个天真、正直的学弟。看来是自己太天真了，被尚峰的傻样蒙骗了。想到这，他向窗外望去，看着站在外面低着头的尚峰，深深地叹了口气。

"看来人是会变的。"他说道。

第二天村里大喇叭里传出吴宗平那破锣般的嗓音："咱村就是有那么一些白眼狼，整天想着把我从村长的位置上弄下去，有事没事就想着举报我。我告诉你们，团支书小尚说了，没有证据的举报就是诽谤！就是犯罪！就是阶级敌人！就得打倒他！所以……"

此段风波后，吴宗平的调查就这么不了了之了，究竟是谁写的举报信，谁也不得而知，也许只有那只黑手和吴宗平自己知道。

这事一完，为了搭建戏台子，尚峰就找到了龙子。他又提出了新的条件，帮他跟他哥打官司，要把房子都要回来，如果能够办到，他就帮尚峰找人搭建戏台子，而且分文不要。

面对如今的形势，尚峰这个小小的村官，人生地不熟，也没有任何手下的他，只好硬着头皮答应了。

但是他还是不敢相信这个办事不着边的小厨子，俗话说得好，嘴边无毛办事不牢。

2

"多少米？"远处的蔡雪梅问道。

"二十一米！"尚峰回答道。

他们俩在用软尺丈量楼口空场的面积，准备为村里安装健身设施做测量，边上则是赵书记和飞龙建筑公司的谭总在商议相关事宜。

"赵书记，这面积可以放不少露天健身器械，目测可以放至少十个。"谭总说道。

赵宝钢抽着他的自卷香烟，默默地没有回答，他可没心思去听能够安放多少器械，也没心思去听这家公司有没有资质，他想听的是到底有没有干货。可这个谭总迟迟不提，让他难免有些焦急。

这时那个谭总从包里掏出一个褐色信纸袋轻轻地塞进赵宝钢的怀里，这一切都被尚峰用余光看在眼里，他知道那个纸袋子里肯定是钱，是人们嘴里所说的酒钱。

"这个活不难，您放心！"谭总拍着胸脯说道。

谭总来的目的是要办个养老院。在这个留守老人扎堆的山村，养老院是个非常赚钱的项目。但是要在村里修建这么个玩意，必须得经过村里书记，而且还得给他批块免费的用地。

显然，赵宝钢作为拍板的那个人，自然有很大权力。他也知道这一点，所以他要拿捏好分寸，好充分压榨这个老总的油水。

"这个我放心，我不放心的是我那个刚毕业的儿子。"赵宝钢说道。

"您家公子的事情，已经安排妥了，过几天就能到我公司实习去。"

"那就好！那就好！"

送走了谭总，赵宝钢拿着纸袋子大步流星地走进了自己的办公室，开始摆弄他那个袖珍小保险柜，咔嚓一声，柜子打开了，他将那个纸袋放进了那个保险柜，随后又将它锁上了。一种满意的微笑，染上了他的那张老脸。这是他当支书两年有余，第一次得到"酒钱"，当然令他兴奋。

正在这个时候电话铃响了，是通知他去乡里开紧急会议。他二话没说，拿起腰包，毫不犹豫地迈门而出，向乡里走去。

赵宝钢这种老知识分子有个特点，那就是意识形态非常固化，甚至到了不开窍的地步，表现出来就是无法接受新事物，甚至严重排斥这些东西。网络就是其中之一，他看不上网络这个东西，认为就是年轻人打情骂俏、闲暇时聊天的工具，可没承想，自己的工作就在这个他自己看不上的东西上栽了跟头。

紧急会上赵宝钢的脸色比铁还青，他怎么也没想到，自己这么兢兢业业，今天会上批评的对象竟然是自己。

会上，乡政府的一把手沈乡长一脸的严肃，管基建的老李则很轻松，因为这不是他的管辖范围，他来也只是听会。

"你看看，你看看。"沈乡长拿着一张打印出的A4纸，递给了赵宝钢，"这就是你的人干的事！"

赵宝钢定睛看了一眼，纸上是网页的截图，一个脏兮兮的小女孩用可怜巴巴的眼睛看着摄像者。"这不是我们村吴老太他家的丫头吗？"

"确定了吧？是你们那儿的吧？你再看看下面写着啥？"沈乡长指着A4纸吼道。

赵宝钢有些老花眼，他眉头紧皱地看着下面的小字，大致内容是小女孩家庭贫困，无法上学，政府也不管，求好心人帮助，求转发。

"这不瞎扯吗，是她家不想让去啊！说怕花钱！"看完这些赵宝钢激动地说道，"说一个女孩上学有啥用，就让她一直在家里帮忙放羊。"

"是这样吗？"沈乡长更加气愤了，"外人可不这么认为，现在这事都有电视台的来找县里采访了，说在咱这个公共设施这么完备的县，竟然还有上不起学的人？"

"我……"赵宝钢不知道再说啥好。

看到这个书记如此吞吞吐吐的，沈乡长就气不打一处来。"还有——"他的话语更加沉重了："有人反映，你们村的文体设施不给自己村人承包，包给了别人，村民意见很大。同时还有人反映你乱搞男女关系，你是怎么搞的。"

赵宝钢听完这话，久久地愣在那里。他脑海里反复出现着"吴宗平"三个字，因为村里的事唯独他清楚，而且只有他才有胆子敢这么干。他感到被吴宗平彻底地将了一军，肯定是吴宗平去找人做的工作。

"这事县里很重视！现在八项规定一出，要查处一些基层村干部。你这是往枪口撞啊！"

听到这话，赵宝钢就像个受气的小孩似的，蜷缩在那里，颤抖着手缓缓地将自己的老花镜从眼睛上摘了下来，停顿了许久，才抖动着自己干枯的嘴，用微弱的声音蹦出了一个字："没……"

"那还不赶快去解决！同时呢，村里的工程，组织决定就包给本村的建筑队，肥水不流外人田，也算让本村人致富，就这么定了!"

赵宝钢继续用微弱且带颤抖的声音说道:"好的……"

整个一路,赵宝钢都没有说话,只是坐在车上看着窗外的景色,他感到很疲惫,也感到这些年人心都变了,没有当年干革命时那股子纯真和明亮了,一个个都是背后捅刀子、私底下给人穿小鞋的混蛋。

回到办公室的赵宝钢坐在座位上,默默地注视着门口的那面白墙,此时他的内心如同秋天的松树林,风一过,哗啦哗啦的乱响。

"王八蛋!"赵宝钢喊着,将桌子上的电话、笔记本、笔筒、宣纸、书籍一股脑地招呼到了地上,这显然还不能让他出气。"杂种操的!"随即又一脚将纸篓踢飞,但是他心窝里的火气依然无法浇灭,于是又拿起了那龙头砚台,高高举过头顶,想要把它摔个粉碎。

"书记,冷静!"蔡雪梅惊恐地叫喊着,她随着这一阵阵巨大的响声寻觅过来。

此时赵宝钢才想起屋子里还有个蔡雪梅,自己刚才的失态表现让人觉得不像个村支书。他缓缓地将高举着的龙头砚台放在桌子上,像个没气的气球一样瘫坐在椅子上,闭着眼睛喘着粗气,刚才的盛怒,让他的身体多少感到不适。

"气大伤身啊,书记,这是咋了……"蔡雪梅问道。

"哎!你看看……"赵宝钢指了指桌子上的A4纸,示意让蔡雪梅看看。

"唉?这不是吴奶奶家的丫头吗……"蔡雪梅语出而又止,因为她看见上面所写的内容了。她平日一派女汉子气息,但并不傻,她知道这问题的严重性。"这事乡里怪罪下来了?"

"何止是怪罪……"赵宝钢刚要说完却又突然想起了什么,"你知道这是谁发的吗?"

蔡雪梅连忙摇头,但她心里却想起了什么。

"我告诉你说,这事就咱们村几个人知道,所以出不去这个圈子,别让我查着,知道是谁干的,我绝不轻饶!"说到这,赵宝钢用狐疑的眼神注视着蔡雪梅,"雪梅,不是你发的吧?"

"不是不是。我哪会用这玩意啊,再说我发它对我有啥好处啊!"

"有啥好处,哼!"赵宝钢的话语里充满了挑衅,"别让我查着,查着谁都别过。乡里说了,查不出来都给严重警告处分。"

蔡雪梅一边点着头一边退出了办公室,赵宝钢的威胁让她心事重重。

独处一室的赵宝钢从自己那小小的保险箱里,拿出那个羊皮纸袋子,将它轻轻地放在了桌子上,面无表情看着它,心里十分复杂,就像个五味瓶,既咸又苦还酸得心里难受,同时嘴里絮叨着:"我赵宝钢真不是享福的命啊!"

他得把这钱退回去,可是让谁退呢?他犯了难,现在这个时候他谁都不相信。唯独自己的亲生儿子。

蔡雪梅知道这事是谁干的,只能是尚峰。她感到这个学生官真是不懂事理,竟然这么爱多事,把一个本来很平静的工作环境搞得这么乱哄哄,以至于就连从不挑事的自己都成了被怀疑的对象。她辛辛苦苦干这么多年,好不容易在书记的心里取得了一点信任,可顷刻间,就因为这个傻家伙的无知给葬送了,所以这之前对尚峰的那点敬佩一下子消失了,甚至还有了隐隐的恨意。

面对坐在办公室痴迷吴冬玲话剧的尚峰,她根本无需做任何手脚就能套出尚峰的话来。

"这个你看着眼熟吗?"她指着那张 A4 纸。

"咦,这不我发的微博吗?你怎么截图下来了?"

"明白了,我就是看着好玩,所以截了下来。"

"你也想发是吗?我教你。"

蔡雪梅看着这个无知可爱的家伙，哭笑不得，她不想告发尚峰，她觉得尚峰是个有爱心的人，从他能将自己的书送给二丫，还给二丫讲课的事上来看，她不忍心这么个有才学的人离开这个村，当然，善良的本能使她不想去做这个恶人。

"你赶紧别发了，乡里会怪罪下来的。"蔡雪梅喊道。

听到这话，尚峰一脸的疑惑。

赵宝钢可不傻，他早看出蔡雪梅的表情不对，于是他跟在门外，窃听到了他俩的对话。终于明白罪魁祸首是谁了，他现在所想的就是将这一切责任推给尚峰，或者移交给乡里重新发配，他无法容忍自己身边竟然会出现这么一个"叛徒"。尚峰就这样稀里糊涂地被划到了村支部的对立面上去了，被看作是"阶级敌人"。当然，这只是赵宝钢心里的念头，他不会把它写在脸上。

尚峰自然被叫到办公室内一顿批斗。

"你小子行啊，来了啥也没干先奏了我一本。"赵宝钢狂吼道。

"书记您误会了。"尚峰解释道，"我当时只是觉得那女孩可怜而已，真没有别的意思。"

"你别解释了。"赵宝钢根本听不进去，他坚定地认为，这小子肯定是吴宗平派来插在自己跟前的"奸细"，"你说实话，是不是吴宗平让你干的。"

这话说得尚峰一下子没了头绪。"跟他有啥关系？"

"哼，继续装。"赵宝钢走到尚峰跟前，在他耳边小声地嘀咕了一句，"你只要说出是吴宗平让你干的，我就不追究你。"

这是赤裸裸的污蔑，尚峰内心深处做人的原则让他断然否定道："不是，这是我自己发的，当时并没有想那么多。"

"胡闹，你不想干了你?!"

"我的责任我承担。"

"你承担得起吗?!"随着赵宝钢的一声怒吼,尚峰的离职程序开始了倒计时,"你知道你这么一发,惹多大娄子吗?看来,你别在这儿干了!你是外来的瘟神,我惹不起还躲不起!"

"我还不想在这干呢。"

这就是尚峰给赵宝钢的回答,虽然是情急之下的气话,但也标志着这个新来的大学生村官与这个老支书的彻底决裂。

3

"人究竟为什么活着?为家人?不、不,责任太大,目前承受不起。为了理想?呃,这个更加沉重。为了事业?唉,别提它了。为了自己……"尚峰孤独地站在高高的山岗上,他点了支烟,站在山崖上眺望着这蜿蜒起伏的群山和如白色银蛇盘绕似的公路。

他现在想到了一个人,那就是吴冬玲。

阴霾的天空,如沉重的大锅一样扣在这座大山的上空,让任何想要高飞的人都无法逾越,让任何有所跨越的人都无法伸腿。不过,他眼下居然有些不在乎什么大锅,只想着要做成一件特别有意义的事,就是帮心仪的女孩把戏台子搭好。不管最后有功没功、能不能被宽容,只要一做完,他就立马离开这个是非之地,让自己怀着一种悲壮,飞得更高更爽。

突然他的手机响了,短暂的通话后,尚峰获得了一股莫名其妙的动力,他跨上那辆破得不能再破的电动车,驶向了那个值得他为之奋斗的地方。

他没想到这个不起眼的小厨子竟然有这么大能耐,在仓库里的牛皮不是白吹的,这个号称屏风青年一霸的家伙真就找来一帮小伙子,个个生龙活虎、膀大腰圆。

"听说你要被开了?"

龙子打招呼的方式让尚峰哭笑不得。

"真是好事不出门，坏事传千里！"

龙子吸了口咽，打量着眼前的这个学生官。"你要是这样说，我都不应该帮你。"

"为啥？"尚峰很是惊讶。

"你马上要走了，对我也没啥用了。"

"你！"听完这话差点没把尚峰气个半死。

"哈哈！我啥我！我是那么不讲信誉的人吗？"龙子将烟头一扔，大声说道，"你帮我叔就是帮我，再说吴叔非常欣赏你。你大有前途啊！"

听了这句奉承的话后，尚峰一点高兴的意思也没有，只是笑嘻嘻地说道："有啥啊，明天就走了。"

龙子的眼光还是很独到的，他的马屁在日后帮了他。

很快众人开始量场地，搭台子。连续来了三辆卡车，脚手架的铁管散落在地上，几个小伙子三下五除二就弄好一个脚手架，开始立起背板来。

"这得多少钱啊？我手头就吴主任给的一万。"

"不收钱，不过，你得管午饭！"

尚峰觉得这小子真神了，竟然能认识这么多人，竟然还都不要钱白干活。尚峰觉得欠龙子的人情。

大家如火如荼地在河道里干着。

一个骑着电动摩托的消瘦身影快速地驶来，尚峰用眼一瞥就知道不是别人，这条沟里不会再有第二个，正是女汉子蔡雪梅。

"爱情的力量真伟大！"蔡雪梅边说着边摘下头盔。

"瞎说啥！我这是临走前再给咱村干件好事！"尚峰说道。

"你还别这么说了！快点，骑着我的车赶紧去乡里，那里正开会讨论你这事呢。"

很显然，尚峰的仕途命运并不会这么简单地就结束了，他没想到竟然会有人相助，并且还是他不是特别喜欢的那个人。

这次网络突发事件的处理会议搞得声势还挺大，足以证明领导们对此事件的高度重视。赵宝钢也精心准备了一个既能推脱责任、又让人无法反驳的调查处理意见，其立足点，是将事件的责任全部推给这个村官。而尚峰则目光呆滞，等待命运的审判，他感觉已经没了心情，没了理想，就想图个清闲。

当然这个会自然少不了吴宗平，但他却只是拿着那个袖珍小茶壶缓缓地走进乡政府，表现出一如既往的淡定。他和尚峰在大厅内撞了个正着，这个主任面对着这个大学生村官，竟然不知道说什么好，只得用紫砂壶在自己嘴巴里吧唧了一下，二人一起面对着巨大的屏风。

"你小子够牛的！"吴宗平说道。

"我不是故意的，主任。"

"别说这个了。"

"是！我在等待命运的审判。"

听完这话，吴宗平用手指了指尚峰，一脸的不屑："你们这些大学生，就他妈好拽！"

话音刚落，赵宝钢也走进了政府大厅，当看到吴宗平和尚峰在一起后，赵宝钢反倒心里有些惊慌，他感觉在这个事上吴宗平和尚峰是不是串通好了？因为他可以肯定，吴宗平已经和自己意见不合了，这个黑道"支书"肯定又有什么新的阴谋。三人就这么一起站在"为人民服务"的巨大屏风下，面对着红色的信念，却都暗自为自己的利益互相博弈。

"赵书记。来了。"吴宗平笑脸说道。

"是啊。"

"快快有请。"

"咱俩得保持一致。这都是那小子的问题，可别往咱村里贴。"

赵宝钢的话，听得尚峰十分刺耳，他没想到这个书记在这件事上竟然这么的自私，他感到自己这下彻底地完了，一屁股坐在椅子上，没了气力。

"没事！放心！"吴宗平答道。

说完，赵宝钢头也不回地走进了会议室。

"小子，就等着结果吧。"

吴宗平的回答，让尚峰有了一点希望，感觉这句话里饱含着机会，他还没有被宣布"死刑"。

以吴宗平的经验，大会前必要开小会，尤其这么大的事，先得私下找领导，领会一下领导的真正意图，于是他进乡政府大院后，第一时间就来到了乡长的办公室。

此时的副乡长老李一脸的阴雨天，坐在自己的办公桌里大口大口地喝着茶，吴宗平走了进来，与老李对视了一下，突感来得不是时候，又本能地退出屋去，结果只听来一声吆喝："妈的，见了我又出去，我能吃了你。"

吴宗平嘴一咧，眼睛眯成一条缝隙，笑嘻嘻地答道："哪有，我看兄弟你心情不好！"

"操，能好个屎屎！"老李说着，拿起桌子上的一沓红头文件，重重地摔在了桌子上，震得桌子上的茶杯咣咣直响，摆饰的玉球掉落下来，在桌上来回滚动。吴宗平立刻扶住了即将掉落的玉球，将它轻轻地摆回了原位。

"兄弟！别这么大动肝火啊！"

"大爷的！现在已经上升到突发舆情事件了！人家媒体天天关注，这上头批我工作不力，治理工作不到位！"

吴宗平没有说话。

老李指着天花板大骂："他妈的那小子不光发微博，还在报纸上发表文章，认为农村法治不理想，都传到上头去了！"

"啊？"

"你看。"老李将报纸甩给了吴宗平。

吴宗平根本没心思看，他觉得也没必要看，重点是尚峰闯了祸事，得把这事办圆润了。"我就说嘛！这些个学生官干不出什么好事！"吴宗平递上了一支香烟，"兄弟，抽我的，一哥们儿从泰国带回来的。"随后给老李沏茶，边沏茶边别有用心地说道："知识越多，他越爱造事！你看哪个朝代造反的不都是些读过几本书的穷酸文人。"

"那倒是！"老李比较认同吴宗平的话。

"兄弟，你别看我就小学文凭，但面儿、里儿的事我都拿捏得妥妥的，不像他们非追求个什么……嗯？"吴宗平忘了那个词，这个词他最讨厌，但也最惧怕，因为这个词挑战他旧有的价值观，所以他很讨厌，但是这个词又是现在整个社会提倡的，并且有普及的趋势，所以他又是惧怕的。

"真理！"老李说道。

"对对对，真理！这帮人就是要里不要面，要法不要亲情。"吴宗平将沏好的茶端到了老李的跟前，"就我们村的那个龙子，为了俩房钱非要跟他哥闹到法庭去，还是尚峰那小子怂恿的！"

"有这事？"

"那可不，这东西一上法院，面儿就掰了！"

"这小子得待多久？"老李问道。

"两年就滚蛋！"吴宗平小声地对老李说着，"不像我们这些土生土长的人是真为咱村着想。"

"那是！这一掂量，还是自家兄弟亲，这些外来的什么这博士那研究生的都不行！"

"那肯定的！兄弟你再抽支。"

二人先通了气，下面就得看看大猫的意思了，于是二人来到了沈乡长的办公室，老李要先进去会会乡长。

沈乡长坐在自己的老板凳上，看着老李，他要看看这个副乡长，能给这个出头椽子的尚峰怎么个处理，他本意是很想留下尚峰的，虽然他这么干有些违纪，但从事件本身来说，这个尚峰还是很有改变农村现状的理想的，在农村改革中或许会起到不小的作用。而老李则跷着二郎腿，叼着烟故意不捡这个话茬。俩人就这么僵持着，谁也不想先提出这个让人不悦的话题。吴宗平夹着小腰包走了进来，见到二位乡长，立刻堆出比亲切还更深一步的笑容，使他本来就很大的脸由于嘴的咧动就变得更加滚圆。

"沈乡长、李乡长，都在啊。我给你们带了点东西！回家的时候带上。"

老李咧开嘴，露出那黑金混合的牙板，用夹着烟的两个指头指了指吴宗平，"还是咱宗平会来事，比这些大学生顶用。"

"李兄，瞧您说的，人家一堆证呢，我就一个结婚证。"

"证有啥用哩，又不能吃。"

沈乡长听后无奈地摇了摇头，他自己其实比谁都清楚，为何农村这些年迟迟不进步，无非就是蔑视知识；为何农村腐败多，无非就是法律体系不健全。引进大学生村官，就是要改善这一状况，可事实证明，水深土肥的基层就如同一张血盆大口一样，来一个大学生吞噬一个，毫不怜惜。屏风村来了若干个大学生，又走了若干个，就是像老李这样顽固的老干部太多。可身为乡长的他不想惹这号人物。"哎！老李，听说你建议把尚峰那小子开除了？"

"没有，是他自己愿意的。"

沈乡长站了起来，递上一支香烟。"来老哥，抽支！"

老李一摆手说道："别，不要。"

"那这个小子你是留还是不留呢？"沈乡长问道。

"不要。来了没两天，就挑了这么大的幺蛾子，下次还不把整个乡给掀了！"

"他就是没适应环境呢！"沈乡长语重心长地说道。

"不要。"

"你那不是缺个打字的吗，他打字很快的，要不放你那？"

"可别价。"

沈乡长见老李油盐不进，对自己的请求置之不理，多少丢了自己的面子，有些微怒。"老李，这是行政命令！"

老李可不是吃素的。"乡长，为那个愣头青，你这是要折我啊！"

两个人僵了起来，很是有点下不来台。吴宗平挠了挠他那个肥厚的脑袋，他知道他得给这两个有头有脸的人安个台阶下。立刻插话道："李兄，我觉得那小子就如乡长说的，不知道基层啥样。这样，我带带他，如果一个月还那德行，让乡长亲自给他开了，你说咋样？"

老李吐着烟，没有说话，而是看了一眼沈乡长，他必须把决策的事情留给领导来安排。而乡长终于找到了一个台阶，顺势抛出话来："我觉得这样也好！老李，咱们要给年轻人机会嘛，谁年轻时候不犯错误，你说呢？"

老李觉得是该下台阶的时候了，再抖着脸面就不好下台了。"嗯，那沈乡长，可说好了，那小子再犯事，就让他滚蛋。"

"不用你说，我都让他滚蛋。"

"行了，开会吧。"

一行人走在去会议室的路上，坐在楼道里的尚峰突然站了起来，大声喊道："请领导对我严肃处理，我不想连累任何人！"

这一举动吓坏了沈乡长和老李，面面相觑，打量着这个村官。

"他就是尚峰！"赵宝钢指着尚峰给二位领导介绍。

"行！有骨气，但这是你承担不起的！"沈乡长说完就向会议室走去，随后一行人也跟着去了，只留下尚峰孤零零地站在楼道里。

会上赵宝钢完全就是个棒槌，本来沈乡长想从他嘴里听出留住尚峰的字眼，结果他根本不看领导的眼神，只是在那里默默地念着事件的经过，而吴宗平则紧闭着眼睛，思考着自己下一步该干什么。

　　"这就是事情的真实经过，完全是那个学生官的个人行为。"赵宝钢念完了事件过程报告，他想将这一切事情的责任都推给尚峰，让他携着这些是非之事赶紧滚蛋。

　　"这小子来多久了？"沈乡长问道。

　　"三个月。"

　　"挺好的大学生，年轻吧，只是犯了点小错误而已，你什么意见？"沈乡长继续问道。

　　"开除或者调离？我可不要这出头的椽子。"赵宝钢义正词严地回答。

　　"调到哪儿合适呢？"沈乡长开始疑惑，"再说现在不是调不调的问题，是你们得给乡里说一下这个辍学儿童的上学问题如何解决。"他说着，看了一眼吴宗平。"宗平你啥意见？"

　　此时闭目养神的吴宗平才开始慢慢地撬动起他的眼睛，将那个袖珍的小紫砂壶塞在嘴角，吧唧了一下，慢慢地用微弱的声音说道："事情没像老赵说的那么严重！"

　　赵宝钢听后，急得快要从座位上站了起来。

　　一句缓慢的开场白后，吴宗平这才开始精神了起来。"乡长，这小子是学法律的，对咱基层法规建设很有帮助，这不天天要普法开课吗？这就开除了，那村里岂不又成了法盲聚集地了？"

　　"那小子干的事你给填啊？"赵宝钢质问着吴宗平，"再说那孩子上学的事怎么处理？可不能给乡里添麻烦！"

　　"不就是一个孩子上学的问题嘛，钱我出了。"吴宗平大气地说道。

　　听到这话，沈乡长高兴地站了起来。"老吴。我就等你这句话呢！大气！有觉悟！"

此时赵宝钢的脸铁青，他不知道吴宗平这是打的什么牌，可接下来吴宗平的话语让他更加生气。

"至于那个小子的去留问题。"吴宗平说道，"谁年轻时候没犯过错误，就是欠调教，我觉得调教一下，有了觉悟，今后肯定能给村里做出不小的贡献！"

听到这话，赵宝钢气得站了起来："你调教啊，还是我调教？"

之前摔桌的事还没处发泄，这回赵宝钢又一次跟自己较劲，这让吴宗平很没脸面，他也站了起来，"我调教怎么了，我正好缺人呢。"

沈乡长没想到一个小小的大学生村官事件，就让这两个年过半百的老家伙动这么大的肝火，看来传言二人不合是真的。

"都行了。这事就交给吴宗平干吧，大事化小小事化无，一定要统一口径。"

会议散了。

二人一起走出了乡政府的大楼，却不说一句话，他们开始了冷战。吴宗平坐在了自己的奥迪车里，看了一眼孤苦伶仃站着的尚峰，用手指了指说道："你小子以后就是我的兵了。"

尚峰听后很是吃惊。

吴宗平坐在奥迪车上，见到了赵宝钢的桑塔纳缓缓地行驶着。

"超过他！"

呼的一下，那辆黑色奥迪超过了白色桑塔纳，充满了挑衅与傲慢。

尚峰本以为能够离开这个地方，但却被吴宗平给保护了，他不知道是该感谢他还是恨他。当然他答应替冬玲搭戏台子的工作还得继续，这也是唯一让他对这里有点留恋的事情。想到这，他突然拍着脑门喊道：

"完蛋！赶快！"

喊完，他就跨上电动摩托向戏台子的方向奔去了。

4

蜿蜒曲折的山路上，一辆黑色轿车高速飞驰着。它两侧晚夏的景色是那么翠绿，充满了勃勃生机。山里的动物们轮番上演着交配、觅食的情景剧，都在发泄着最后的疯狂。可坐在轿车里的人却丝毫没有任何心情去观看这些剧目，区商业局刘胜严坐在轿车的后座上，窗外的景色是那么的熟悉，还是他年轻时候每天都要走的那条沟，只不过现在铺上了柏油马路。他没有心思去欣赏这番景色，两只手只是来回地搓着，汗液已经将他的双手打湿，仿佛润滑剂一般让他能更好地来回搓手，发出吱吱的声音。可他内心也发出让人焦虑的吱吱的声音，他感觉自己要完蛋了——他工作很上进，也肯吃苦，但雷厉风行的性格得罪了不少人，他从不把这些放在心上，但这次这件事把他的心急坏了。自己私自挪用公款的证据，被一个他曾经开除过的下属掌握了，要用这个来要挟他辞职。这让他感到世界末日就要到来了，这种事求谁都没用，同行？那是不可能的，都是竞争对手，而且很多人都恨死他了。警察，那更不可能，这种事情怎好对外宣扬。万般无奈下，他只有求助那只黑手、他儿时的玩伴——吴宗平。他早听说吴宗平在县内势力日益强大，山里有石板厂、县城里有歌厅网吧，黑白道通吃，一定能够帮助自己。但由于自己被人检举，调查期被严密监视中，自己单独找他来太显眼了，这次文化下乡启动仪式机会难得，他可以借助这次屏风乡的活动亲自与他会面。

送演出下乡启动仪式暨首场演出如期在屏风村的河道空场举行了。

吴宗平坐着他的奥迪车也来到了现场，他是代表优秀乡镇企业家身份来参会的，同时来的还有坐着桑塔纳来的赵书记，他是代表党委领导来参加的，鲜明悬殊的对比，多少有些讽刺。"抽支不，老赵。"说着，吴宗平从他的怀里掏出那粗粗的雪茄递给赵书记。

"抽不惯，没劲儿，还是我的卷烟好。"赵宝钢委婉地拒绝了他，随后背着手大步走向了会场进行视察，而吴宗平轻轻地点燃了这支香烟，在烟雾缭绕中享受尼古丁带来的满足感，同时也开始溜达进行视察。

白色的沃尔沃带着一辆金杯车到达了，是吴冬玲和她的话剧团。一下车她就很是惊讶，这个尚峰没有食言，竟然搭建了如此专业的演出舞台，灯光音响全部到位，如同明星大腕要搞个唱似的。

她很兴奋，一种感激之情油然而生，她情不自禁地拥抱了一下尚峰。她做得大大方方，但尚峰却像触了电一样，浑身颤抖。

"厉害啊，真让我没想到。"吴冬玲的表扬让尚峰从触电又过渡到了飘飘欲仙的感觉，这让他对这个女子更加迷恋了，觉得这个女孩真是集天上的神仙、地下的人精为一身的好女人。这让他在基层继续干下去有了理由，有了动力。

吴宗平也有些惊讶，他虽然没有参与这事前后的筹办，但他多少还知道点行情，就这架势，那一万块绝对打不住，他觉得赵宝钢肯定拿党务经费支援了。其实只有尚峰、龙子、蔡雪梅三人自己知道这活动资金的真实来源。

"你小子，我好找你哩！"吴宗平喊道。

"主任！事办得怎么样？"

"不错！不愧是大学生，有想法！"

吴冬玲见到她爹，则撅着嘴，死瞪着这个她认为拿不出手、土里土气、让她有些丢人、黑胖又秃顶的农村老头。撅了许久，才从她翘着的嘴里蹦出了几个尖酸刻薄到了极致的字眼："吴主任，你咋来了？"

"我为什么不能来？"吴宗平显然被这话语微微地激怒了。

"你懂什么叫公开场合吗？"说着吴冬玲拎了拎吴宗平的西服底子，嘴撇得更厉害了，"多少年了，上台下地你都穿这件。"吴冬玲叉着手，又打量了一番吴宗平的皮鞋。"啧啧，就这双破皮鞋，你就是不换。"

"我脚有硬茧，穿皮鞋疼。"

"那你把衣服换一下行不？丢人不丢人啊？"

"咋了，瞧不起你爹我了？"吴宗平眼睛瞪得溜圆，手里的雪茄在他激动的怒吼下，顺势掉落在了地上，"我就是让他们瞅瞅，这身破衣服包裹下的竟是一个伟大的农民企业家！"

"拉倒吧你，你就是一个土豪！"

"唉！白眼儿的丫头！"

吴冬玲不愿再多说话，干脆转过她倔强的脸蛋，将长长的马尾辫甩给了吴宗平。面对如此紧张的局势，尚峰哪能袖手旁观，连忙劝解："吴主任一直在支持你的工作，这台子就是他出资搭建的。"

"没你的事，这是我家的事，不用你管！"吴冬玲说完快速地向主席台走去了。剩下吴宗平在那儿独自生闷气，他没处发泄自己心中的怒气，拼命地抽着烟。

"我这女儿把我气死了都。"

尚峰看出了吴宗平想与自己女儿和好的意愿，他自告奋勇地说道："年轻人追求自由，没事，我去给你说情去。"

"行，小子，说好了，我有赏。"

仪式开始了。

老刘坐在第一排靠近中间的位置上，足以显示其在县里的地位，他老早就发现站在台边的吴宗平，而吴宗平也发现了这个他昔日的儿时玩伴，但在这么大的公共场合，他们双方却都遵守官场上的等级规矩，没有去和对方寒暄。刘胜严知道如果再遵守这个规矩，那么他将彻底错过这个机会，所以今天必须把事情办了。很快剪彩仪式开始了，吴宗平这个优秀农民企业家站在了讲台上，而老刘也站上了领奖台，他很快走到吴宗平旁边，两人并排着，等待"长枪短炮"的照射。

"一会儿能借一步说话吗？"刘胜严贴近吴宗平的耳朵轻轻地说了句。

吴宗平立刻警惕了起来，他知道这句话背后的含义，于是他抖了抖自己的衣服，轻轻地咳嗽了一下："行！"

仪式结束，大家观看屏风乡团组织的话剧演出，吴冬玲亲自表演了一个角色。她一上台，就开始用自己眼睛的余光搜索自己的那个老掉牙的爹有没有在看她表演，可是却发现他的座位是空的，这让她感到失望与悲伤，也让她感到无比的愤怒，认定这个爹她再也不想认了。

而站在台上扮演官员的尚峰也注意到了这一点，他能觉察到吴冬玲虽然看不惯自己这个爹，但她还是很在乎二人的父女感情的。

在奥迪车里，不算宽敞的后排座椅却挤着两个有权有势的大佬，正在进行一笔买卖。"说吧，啥事啊？还他妈借一步说话，跟我这耍文！"吴宗平说道。

"老吴啊，这两年势力见长啊！" 刘胜严说道。

"没你牛！咱沟就走出你这么个大人物。"

"哪儿有，你的名气在县里都有声响。"

俩人立马没了词，空气好像凝结了一般在那里沉默着，最终还是吴宗平打破了沉寂："找我到底啥事？借钱，你肯定不缺。办事，不应该找我啊！"

"还真有些事找你办……"刘胜严话还没说完，吴宗平立刻将脸板了起来，向他送去了橄榄枝，两只手紧紧握住刘胜严的手。"兄弟说吧，啥事？"

刘胜严犹豫了一下，他不知道该如何开这个头，吴宗平看出了他的难堪，于是先打开了话题："是不是有辫子让人拿着了？"

"还真是！"

这下，刘胜严的话匣子打开了，他一五一十地将自己的处境告诉了吴宗平。吴宗平则一直点着头，默默地听着，当刘胜严说完以后，他坚定地从嘴里蹦出几个字："你想怎么着吧？"

"让他永远闭嘴！"

吴宗平眉头紧皱，这么棘手的事情太不好处理了，于是委婉地说道："兄弟，现在是法制社会，埋人可是要偿命的！"

"我知道。你开个价吧！"

吴宗平听到这句话后，无奈地拍了拍脑袋，故作委屈地说道："难道我吴宗平给人的感觉就是认钱吗？"说着又深深地吸了口烟。"我知道，你在白道这条路上混得很开，把山沟沟里混的哥们儿弟兄不当回事……"

"你一直是我兄弟！"没等吴宗平说完，刘胜严就立刻打断了他的话。

"是兄弟……是兄弟还他妈跟我这么见外！"说着他用手轻轻地拍了拍刘胜严的肩膀，一脸的不悦，"别他妈提什么钱不钱的！"

"我也知道……这年头再好的兄弟办事也得犒劳一下。"老刘说道。

吴宗平更加不悦了，他板着面孔严肃地说道："这么说吧，我肯定不会要你的钱的，但你这事我帮定了！"

"这怎么行！"

"兄弟！"吴宗平紧握刘胜严的手，"你和我他妈的就是穿一条开裆裤长大的，还用这么见外。"

"好!"

但刘胜严总觉得内心有些愧疚，他觉得必须做出点什么补偿才能平息自己拖欠他人所造成的内心的不平，突然他脑海想起了什么。"县里有块地要开发，下个月开盘，你可以来投个标。"

"我可玩不起房地产。"吴宗平用他的凸眼死死地盯着刘胜严，一边摆手说道。

而刘胜严则满身是汗，他不知道自己还能够承诺什么，吴宗平拒绝自己，说明看不上自己开出的价码。他想了片刻，深深地咽了口唾沫说道："县里要打造个旅游度假山庄的项目，现在还没想好放哪儿呢。"

这正是吴宗平想要的。他做生意要的就是这种底线：不搞自己没把握的，不一口吃个胖子。一听这事，他立马来了精神："这他妈是造福于民的好事啊，你看我村条件不错，有山有水有寺庙！前些年我就有这想法，可惜资金紧缺。我这也是壮志难酬啊！"

吴宗平话里话外都在告诉着刘胜严，这个价码他吴宗平是接受的，这下可高兴坏了他，立马叫喊道："我可以让他们放你这。"

"你他妈是我好兄弟！"

肮脏的交易就在那辆代表权力和实力的黑色轿车里完成了。

吴宗平抖了抖自己的衣袖走了出来，眯着眼睛思考下一步的棋该如何走下去。杀人的事，他吴宗平以前还真干过，那是八十年代末九十年代初全民皆商的年代，时任村大队建筑分队小队长的吴宗平，响应国家号召，拿下了乡里的建筑队，四处去找活修建。勤劳肯干的风格，让吴宗平能够接到很多活，而且他对手下的人也不吝啬，开的工资比别人高，下面人都很信他。

但在争抢一个工程的时候，他与另一拨人起了争议，那人名叫栓子，是山沟里的一霸。他竟然让人带话，如果吴宗平敢接这项工程，就废了吴宗平。吴宗平还就不信这个邪，他就是要与这个家伙硬碰硬来一回。

俗话说，撑死胆大的饿死胆小的。年轻气盛的吴宗平竟然动了杀机，在那个法制不健全的年代，只要没人看见，这事没人知道，更何况这深山老林呢。

一天夜里，他拿着一把菜刀到了那个混蛋的家，等他回来，吴宗平快速地上前去，轻轻地拍了一下他的肩膀，那人回过头来，一脸的疑惑。

"嗯，你是谁?"还没等他说完，明晃晃的白刃就进入了他的体内，还没等他叫出声音来，那白刃就已经三次进出了，他瞪着眼睛，张着嘴，一言不发地顺着墙根慢慢地仆倒在地——死了。吴宗平拿着刀快速地离开了这里，连夜快步沿河走着，最后将刀裹好，扔进因雨季丰沛而波涛汹涌的清河里。这事很快就成了无头案，但在全乡却如瘟疫一样四散开来，它所起到的震慑作用比找到凶手本身还要大。其实谁都知道他是因为强征份儿钱，惹毛了人，只是大家都秘而不宣，就如同幽灵一般困扰着后继的人，从那以后，再也没人敢向这条沟的企业主收取份儿钱了。

乡话剧团的演出结束了，可是吴冬玲一点也高兴不起来，因为自己那个又爱又嫌的父亲并没有观看自己的演出，懊恼与失望夹杂着弥漫着她的情绪。她走下台，见到自己的父亲蹒跚地出现在自己面前，什么话都不想说了。

而吴宗平也没有说半句话，现在什么解释都是徒劳，自己做错了事情，没有去看自己女儿的演出，辜负了她，所以也不作声，二人就这样默默地对峙了许久。

最后吴冬玲跳上自己的沃尔沃汽车结束了这次短暂的会面。

对他父女二人的战争，尚峰是一脸的无奈，他不理解好端端的日子竟然会引起战争，他也不想掺和这爷儿俩之间的事情，只是默默地在远处注视着二人刚才对视的情景。

参加启动仪式的官员散场了，但尚峰和他的台子不能撤，晚上大戏——《关公战秦琼》的京剧马上就要开始了。

观剧的盛况大大出乎他的意料，没想到这些平日里没文化、如此蛮横、土得掉渣的老百姓竟然对文化演出有着如此强烈的热情，吸引了前后五个村三百多人，从台上看去，乌泱泱的人头如同一大窝刚孵出来的小雏鸭，大家都在期盼着演出的开始。他一直以为文化这东西都是有品位的人才会去欣赏，今天的情景重重地给了他一记耳光，群众的需求还是很强烈的。演出开始了，果然是京剧《关公战秦琼》，看得台下的老头老太连声叫好，场面好是热闹。

此时吴宗平坐在办公室的躺椅上，缓缓地扇着蒲扇听着远处的大戏，他现在的心情糟透了。一下午的仪式让他这把老骨头有些吃不消，而女儿对他的态度也让他感到深深的自责，在精神和肉体双重夹击下，他感到很疲惫，得小眯片刻。这下好了，村里的人和干部们都去看大戏了，如此安宁的环境，可以让他享受下小眯的舒心。

可突然，重重的开门声让他眉头紧皱，随后又是急促而来的脚步声，在寂静黝黑的楼道里格外响亮，让他睁开了半眯的双眼。

"谁啊？是龙子吗？"他不耐烦地问道。

没有人回答，他觉得可能是有干部回来拿东西，所以又躺了下去，渐渐地睡着了。

但此时他办公室的门轻轻地打开了，吹进丝丝的凉风。吴宗平此时感受到凉风的侵扰，他又缓缓睁开了自己半眯的眼。突然，他的瞳孔放得老大，想要在漆黑的环境下看清那门外的身影究竟是谁，可是连续眨几次眼后他就无法再睁开眼了，因为那个人点亮了一只手电，刺得他睁不开眼。

尚峰坐在台下，他对京剧这玩意不是很感冒，因为这东西离自己太远了，他静静地坐在那里，思考自己快成老头乐了，一天围着大妈大婶，再看看自己可怜的工资，又回想大学同学聚会，心中的凄凉悠然生起。

为了不让这份凄凉占据自己，他离席跑了起来，想通过运动不让负能量侵袭自己。他飞快地向村部跑去，那里还可以看看书、上上网，让自己忘掉生活的不悦。他来到那个同样土得掉渣的小洋楼，顿时一阵寒战，这可能是在独处之下，放大了自己的凄凉感的结果吧。

他缓缓地打开一楼的大玻璃门，又爬到了二楼，伸手不见五指的楼道让他有些害怕，唯独二楼办公室的门开着。外面的灯光从窗外打入楼道，让他得以借此微弱的昏光勉强行进。来到二楼后，他向那亮处望去，一件让他年轻干净的内心无法承受的事情映入了他的眼帘，吴宗平靠着楼道墙半瘫在地上，满脸的鲜血，捂住自己的肚子，红通通的血如同挖通的泉眼从他的指缝里吱吱地冒着，甚至能从他指缝里隐约看到裸露的肠子。而正对着他站着一个人，让尚峰感觉见到了鬼，这个人戴着一个京剧花旦的头饰，晶莹剔透，在这头饰下是一张恶鬼的面具，在微弱的灯光映射下更加狰狞，这恶鬼手里拿着一把一尺长的凶刀，不断地在向下滴着液体，那应该就是吴宗平的血。

尚峰的动静同时引起了二人的注意，那两个不同命运的人都同时转过头来开始注视着他，而他自己则站在那里不知所措，他已经被这恐怖的景象吓得僵直在那里了。

"快跑……小子……"见到尚峰傻傻地站在那里，吴宗平用最后一丝力气喊道。

这可能是吴宗平这辈子干的最后一件善事了，没错，以后没机会了，因为他觉得自己的命快断了。人好像在死之前都会干一件善事，来慰藉自己临死的恐惧。他喊完这句话后，就缓缓闭上了自己那双足足睁了五十年的眼，也该让它俩歇歇了。

5

一个月后……

又一封举报信放在办案科何少为的桌子上，但他没有看，也没心思看，他现在很是不快。他这个市里调来的年轻干部低估了基层的实际情况，他不敢想象的是这个小小的奉先县竟然如此的水深土肥。

他轻轻地点了一支香烟，慢慢地将注意力转向那封举报信，他缓缓地拆开了那封举报信，读完后顿时兴奋了起来，因为他又有事情要做了，立刻将自己的助手小李叫来。

"现在屏风村书记是谁了？"

"赵宝钢！"

"走！咱俩再去趟屏风村！"

一个月前……

身中四刀、刀刀都扎在致命处、部分肠管外露、严重失血的吴宗平竟然没有死，静静地躺在重症监护病房内。而尚峰坐在急诊室内，目光呆滞，回想着之前发生的一切，任凭医生怎么缝合自己手上那十厘米的大口子，都无法将他从惊恐的回忆中拉回到现实。

"谁他妈干的！"闻讯赶来的吴冬强在楼道里开喊了。

他见到了在急诊室里的尚峰，又冲着他喊着："谁他妈干的！"

这才将尚峰从惊恐的旋涡中拉了出来，看着面前愤怒的吴冬强，他吞吞吐吐地回忆起之前发生的一切。

当吴宗平喊完那句话闭眼以后，那人以为吴宗平死了，便将杀意转向了尚峰，拿着刀向他走了过来。也许是生存的本能，让尚峰很快就知道自己已经很危险了，拔腿就跑，那人也追了出来。二人在院子里开始了老鹰捉小鸡的游戏，只不过老鹰不是人，而是一堆废弃的建材。尚峰往右躲那人就拿着凶刀向他所在的方向堵去，他只好一使劲将堆着的建材扔在了地上，那人显然是练过，一个飞跃就躲过了掉落的建材。

"咦！好身手！"尚峰也不知道为何嘴里会蹦出这么一句话来。

说完他就向村部院外跑去，那人拿着那一尺长的刀追去，来到了前院的大槐树下，二人前跑后追地绕场一周又跑出了村部的院子。此时尚峰累得已经上气不接下气了，他后悔自己没有坚持锻炼，在这关键的时刻掉链子。

二人又跑过了一户人家，门口的老太太和土狗就像看大戏似的，观看着砍杀表演，精彩至极，那老太太看后竟然拍手称赞，嘴里还絮叨着："好，关公战秦琼！"

快到戏台的时候，尚峰跌倒了，他再也跑不动了，他用手抹了抹脸上的汗，发现湿乎乎的，他这才发现自己的手上有一道大口子，正在淌着鲜血。而那人仿佛也跑不动了，站在离他五米远的地方喘着粗气，随后拿着凶刀缓缓地向他走来。

尚峰觉得今天自己的小命就要呜呼了，就在这千钧一发之际，演出散场了，观众如倾泻的洪水往他们这边走来，那人顿时有些惊慌，转头就跑了，身手十分敏捷，眨眼的工夫就消失在寂静的夜幕里。

听完尚峰的讲述，吴冬强的嘴翘到了天上，让他原本肥胖的脸更加变形，他指着跟来的龙子，嘴里喊道，这事必须查清楚，那声音振聋发聩，在楼道里荡漾四起。

但这都无法再撼动尚峰的内心了，他再也不想在这个地方多待了，没想到当个小小的村官，竟然能遭遇这么多奇葩事，今夜必将是个无眠之夜。

这个事情就传开了，震动了整个屏风乡。吴宗平平时的人脉真是关键时刻管了用了，那些个平时散漫的小片警，在大领导的督促下都积极投入到侦破该案的行动中了。

而此时的赵宝钢则坐在自己的办公室内，默默地注视着墙上的国画，摇动着自己屁股下的老板椅。突然他拨打了电话，他要第一时间召开村党支部会议。在会上，他行使自己人事任命的权力让蔡淑芬担任代理村主任，并且还以法人代表吴宗平无法行使其职责为由，提议要收回村口的石板厂，村委会委员们面面相觑，深知吴宗平大势已去，统统举手表示同意。决议速度之快，让吴家的人都来不及反应。当然他们也没时间去反应，现在吴冬强想要做的第一要务就是找出谁是幕后黑手，竟然对自己的爹下这么狠的手段，如果找到这个人他要亲自将这个人埋在村外的干河沟里。他动员了所有身边的力量，黑的白的，甚至还请了私家侦探，甚至殡仪馆的老沈他都用上了，就是为了查出那个人是谁。可几天过去了，丝毫没有进展。

警察几轮紧张的间讯后，反而使尚峰的内心更加惶恐不安，让他如坐针毡。他感觉自己再也回不到从前那份坦然了。而赵宝钢显然也把他当了外人，开会、人员变动都没有叫尚峰，当然如果真叫了他，他也没心思去。

尚峰消失了。

赵宝钢的确没时间去搭理尚峰，他现在要做的就是快速地巩固自己在村里的权威，所以他没空搭理这个外来的，也待不了几年的村官。但也有人感到惊讶，那就是蔡雪梅，她还原指望这个大学生村官能干出点什么名堂来，结果……后来她又想了想这事放在谁身上都会做出不同寻常的反应来，这也算是人之常情了，因此也就不再埋怨。但有些人，她是彻彻底底地讨厌的，厌恶这些人前一面人后一面的家伙，首当其冲的就是那个蔡淑芬。

吴宗平出事的第三天，大队里的氛围就变了天。

蔡淑芬让人见着有些害怕，她开始化妆了，肥肥的脸蛋抹得通红，红厚的嘴唇擦得紫嫣，眉毛画得墨黑。这着实吓出了蔡雪梅一身的鸡皮疙瘩，而且还前言后语、话里话外都是她家的赵宝钢书记受到了老天的恩赐，一个四十多岁的寡妇看上去像是个站街的小姐，这让蔡雪梅感到恶心，最终她忍不住了，问了一句：

"蔡淑芬，这是吗去啊，老大人了，吓死人了。"

蔡淑芬听了蔡雪梅的话很是不悦，女人的嘴可不饶人，尤其是老女人的。"呦，就允许你描眉擦脸的，还不许我抹抹？"

"那也得画好点啊，多吓人啊？"

"哎，你这丫头嘴很是习钻，告诉你，以前老娘让你几分，现在可不给你脸子了，人家赵书记马上就是一村之主，到时候我还怕你。"

赵宝钢和蔡淑芬的那些男女之事蔡雪梅还是有所察觉的，当然，村里的人都有耳闻，吴宗平也是知道的。虽然没人见证过，但是每逢赵宝钢来找蔡淑芬，蔡淑芬就会将屋里的人支出去，所以多少会让人产生怀疑。搞寡妇这在农村是会坏名声的，尤其对一个干部而言更是如此。

看着蔡淑芬扭搭扭搭地走远，蔡雪梅有点暗自忧伤，她不相信赵书记会为这个女人坏了自己的名声。

咚咚的敲门声将夜里加班赶制困难户发放表睡着的蔡雪梅吵醒了，她瞪圆了眼睛看着门外的黑影，缓慢地站了起来，随手抄起放在桌下的笤帚疙瘩，蹑手蹑脚地走到门口，迅速打开了门。"谁？"

"妹子，我！"一个女人的声音喊道。

"蔡淑芬？"

蔡淑芬笑嘻嘻地走了进来。"妹子听说你加班呢?"

"是啊,有事?"

蔡淑芬看了看电脑屏幕,拿手拱了拱蔡雪梅的肩膀。"呵呵,白天我不是那意思,我就觉得,我化个妆你还说我,我就有点气……"

蔡淑芬这是来道歉的?肯定不是,这让蔡雪梅感到这个女人定是有什么见不得人的事情要有求于她,出于礼貌,她的话语中也开始柔软起来:"我也有问题,我年轻,以后说话我得注意。"

"呵呵,没事,工作都得互相帮衬着点,那个什么……大妹子,"蔡淑芬笑嘻嘻瘪着嘴,看了一眼电脑屏幕,"写啥呢?"

"全村特困户慰问品发放名单。"

"那什么……把我也加上呗。"

话一出,蔡雪梅就证实了自己的猜想,这个老寡妇果然有下三烂的需求,她根本不是什么道歉。

"这……不太合适吧?"蔡雪梅很不客气地说道。

一听这话蔡淑芬那红红的肥脸拉了下来,上去一把抓住蔡雪梅的手哀求道:"别啊,你说我一个寡妇,生活怪不容易的。"

"去去!"女汉子推搡着,"你有工作,还有养老保险,这些救济粮是给什么收入都没有的困难户的!"

蔡淑芬有些不耐烦了,跺着脚说道:"是不是困难户还不是你说了算哪!"

"对啊,所以我说你不行嘛。"

"别啊大妹子。"

"不行,说不行就不行。"

蔡淑芬见这个小妮子这么固执,彻底失去了耐心,嘴里很不客气地絮叨着:"喊!神气什么,有点小权力就不知道自己姓啥。"

"这是规章,制度!你不符合条件就是不行!"一边说着一边推搡着蔡淑芬,直至将她推出门去,才把门重重地关上了,把内心无比愤怒的蔡淑芬关在了外面。

"哼，走着瞧。"蔡淑芬喊道。

赵宝钢此时要去找一个人，那就是乡建设办的李乡长。

看着他的一脸奸笑，主管建设的老李一脸的愁容，他知道这个家伙来此处的目的，当然也想好了如何和这个家伙周旋。果不其然赵宝钢开门见山。

"现在这事不用我多说了吧，老李，吴宗平他住院了，你难道还要把工程包给个病人不可？"

老李点了支烟，默默地注视着这个家伙。"你想包？"

"那还能有别人？"赵宝钢的话语里充满了自信。

"这工程今年可能不干了，上头不给拨款了。"

老李的话语一下点醒了赵宝钢，他知道这是这个老狐狸在向他发难。他站了起来，缓缓地走到他跟前。"兄弟，咱俩合力，你让我把这个村的集体产权都从吴宗平那儿拿回来，那个石板厂你见到了吗？"他竖起手指呈现出个 V 字来，"分百分之二十的股份给你！谁也不会知道的。"

老李深深地吸了口烟，看着眼前这个平日里冠冕堂皇地自我标榜一身清白的村支书，扑哧一下乐了，他乐的是，看来没有真正的圣人，不过是没见到钱罢了，在钱面前都他妈是条饿狗。

"你真不应该说这些。"老李说道，"那吴宗平他能干吗？"

"他现在伤了，快要死了，组织完全可以因为他伤重不能从事工作为由撤下他嘛。他一下去，这承包权咱就可以收回了。"

老李想了想，感觉这事不太靠谱，只要那个吴宗平没咽气，他的财产没人敢动。

"工程你可以拿去干，这事再议可否？"

听到这话，赵宝钢心里既高兴又有些失望，看来这个老李还不是那种见了钱眼红的恶狗，不过饭要一口一口吃，钱要一点一点挣，不白来一趟就算赚了。

"不过这个工程……当初来我这要的人可没少答应给我酒钱。"老李突然冒出了一句话。

赵宝钢当然知道这酒钱是必须给的，这是规矩，要不人家为何要把工程给你呢？他的手竖了起来，五个手指头都张着。"在之前的酒钱上再加这个数。"

"大气！"

送走了赵宝钢，老李靠在自己的老板椅上思考着这之间的利益关系，想必这事情不会那么简单，这两人手头都有筹码，哪个都不太好惹。但着重考虑下，倒是那个吴宗平更加腹黑，更是个硬骨头。这事还不能这么快就做决断，还得拖一拖。没错，拖一拖比较好。

6

赵宝钢的乘人之危，惹得吴冬强浑身的不自在，再加上犯罪分子迟迟找不到，叫他的暴脾气更加没地方释放了，但庆幸的是他父亲吴宗平苏醒了，让他的焦虑多少有些缓解。他第一时间赶到了医院，自己的妹妹吴冬玲已经在那里守候多时了。她显然将自己的父亲伤成这样的责任埋怨到他这个同样看不上眼的哥哥身上了。

"你整天出去瞎跑，就没看好咱爸。怎么会出这种事？"吴冬玲质问着吴冬强。

吴冬强一脸的委屈，连忙解释道："我也得工作啊。"

"那你这会儿去哪儿了？又出去瞎混去了？"

"我去查凶手了。"

"用得上你查？"

他俩的吵闹声让熟睡的吴宗平缓缓地睁开了眼睛，他虽然虚弱，但此刻，他内心却无比地温暖，这两个不孝不争气的孩子在关键时刻还是都回到了自己身边了。看着他俩争执不下，他更加感到幸福了，争执是表，里则是对自己的关心，只是表现不太妥当罢了。

"冬……冬玲……"

微弱的声音让这对兄妹停止了争吵，二人迅速围坐在他的身边，用期盼的眼神注视着他。此时的吴宗平憔悴得不成人样，顿时仿佛老了十多岁。他缓缓地用手抓住吴冬玲，又用自己的右手抓住吴冬强，他现在心里想的和以前大不一样了。斗争什么啊，儿女满堂和家庭幸福才是最重要的。

"爹你放心，我一定能找到扎你的人。"吴冬强见到平日里威风飒气的爹现在竟然如此虚弱，他的泪花子盈满了眼眶。

吴宗平听后，用手微微地摆了摆，他不想让自己的儿子再陷入这些争端了，他现在想的就是能够平安出院，安享晚年。

"一定是那个赵宝钢干的！他现在要把咱承包的石板厂收回去！"

吴宗平听后没有说话，而是静静地躺在那里，静静地体会儿女围坐在自己身旁的那份幸福。此时躺在病床上的吴宗平心里还想这样的一些事情——他非常清楚墙倒众人推的道理，他现在最担心的是自己的人脉会随着自己下台而轰然倒塌。

这期间有过很多人来看他，当然还有商贸局的老刘也来看过他，表面上是看他，实际是催促他赶快办交给他的事情，在生意场上，没有真正的朋友，自己如果没有了利用价值，就会被无情地抛弃。而且现在他最担心的就是自己的这双儿女，他们还没有羽翼丰满，也怕自己的儿子会无法控制自己心中的怒火与赵宝钢对拼，还怕自己没出嫁的女儿今后被别的男人欺负。

他的担心是对的，但没想到这事来得会这么快，矛盾会升级到武斗上来。

138

"屏风烤肉坊"，村大队口的一个不足二十平方米的小房子。

店主老升，是个退休下岗的中年男人，为人憨厚老实，一手经营这个店。今天他格外地高兴，炎热的天气让他买卖红火，啤酒卖出去了四箱，吃剩下的扦子如一捆捆柴胡似的堆在墙根底下。可他很快就高兴不起来了，因为自己这个一亩三分地儿，一会儿会挤满村里的各方诸侯势力，竟然还会在他这里发生世纪之战。

第一拨势力是以吴冬强、吴宗尚、龙子一干村干部外加社会混混的地方诸侯，他们在吴冬强的率领下来这里喝酒消愁。老升一边烤着串一边抬头看见了这帮人，心里咯噔一下，后背瞬间冒起了凉汗，但很快他就调整了心态，心说人家是来吃串的不用害怕。"呦，来了，坐外面。"吴冬强看了看外面漫天飞舞的苍蝇牌"飞机"，嘴一撇，"咱们坐屋里吧。"

"听吴哥的！"三人进屋开始聊了起来。只见吴冬强一口气灌了一瓶啤酒，着实吓着了吴宗尚，紧接着他又一口气灌了一瓶啤酒。吴宗尚立刻上前劝阻。

"侄子，你别喝了。"

"我愿意，我不爽。"吴冬强一边喝着一边哽咽地说着。

"事已至此，就等你爹出院……"吴宗尚说道。

"为什么又是我爹?! 我就不能成事?!"

"吴哥，你绝对能成事！"说着龙子又给吴冬强倒了满满一杯啤酒。

石板厂被勒令停工了，原因是法人代表无法行使其权力，需要重新选举法人代表。

这让吴冬强内心很是无法平静，只得在这里灌酒，将自己内心的烦恼统统灌进自己的胃里，直到第二拨势力的到来。

"老升，大热天的也不开空调啊！"说话的是赵宝钢，他缓缓拉开帘子，走了进来，随后他的那个愣头青的儿子赵嫌，当然也不能少了蔡淑芬，这拨乡绅势力走了进来。今天是他儿子回来，他要给他久已未见的儿子接风。赵宝钢穿着他那件整齐的格子衫，习惯性地背着手，总是那么笔直的腰板，走进了包间，没有发现坐在角落里的三人。

"他们也来了？"龙子说道。

只见吴冬强扯了扯衣袖，松了松自己的裤腰带，那裤腰带由于常年负责勒着他那个大肚子，都已经被撑得变了形；又将了将那油油的短发，随后点了一支烟，嘴撇着说道："冤家路窄！"

"咱走吧，别生事端。"吴宗尚说道。

"有啥事端！继续吃！"吴宗平脱下鞋，将一只脚放在板凳上，指了指老升说道，"老升，来四十个肉筋！"

只见龙子连开十瓶啤酒，啪嗒往桌上一放，随后脱光了背心，露出那肥厚的胸肌和啤酒肚。"喝！"

屋外的吵闹声，让屋里的赵宝钢有点不愉，他让自己的儿子赵嫌去看看是谁说话这么大声，赵嫌看了一眼大惊。"是吴冬强，他们也来了！"赵宝钢一听脸一沉，心想真是冤家路窄，都凑到一块儿来了。

"咋办？"蔡淑芬说道。

"该吃吃，他又吃不了你！"

一连几瓶啤酒下肚，酒意立刻袭击了吴冬强的大脑，他开始大放厥词了。"兄弟们，下次村支书改选我爹当定了！"随后站在桌子上喊着，"不就那赵宝钢吗？你看我爹和我怎么压过他。"吴冬强的举动就如同过去戏班子的唱角，表情夸张，神气活现。"他赵宝钢有个啥？论实力，穷鬼一个！论能力，老木头快退休了！无非就是辈分高！"说着他大步向前迈了一脚，可却忘了自己站在桌子上，一个踉跄，跌跌撞撞地滚坐在了地上。

"啊，老子爽也。"吴冬强喊道，随后咕嘟咕嘟将手里的啤酒灌完。

吴冬强那痞气十足的声音立刻传到赵宝钢和他儿子的耳朵里，赵宝钢没有说话，依旧一脸沉静。可赵宝钢的儿子赵嫌可坐不住了，贴近父亲的耳朵旁说道："爹，就任他这么说你！"

赵宝钢扯了扯衣袖，绷着古松一般的脸，缓缓地站了起来，慢慢地走到门帘后面，停顿了片刻，拉开了屋门。

"冬强，喝得很尽兴嘛。"

吴冬强被赵宝钢这突然袭击吓着了，他尴尬地从桌子底下爬了起来，可由于起身的速度太快，差点又来了个趔趄，最后扶着桌子摇摇晃晃地站了起来，系上了自己快要掉下的裤腰带，随后转过头来看着同样惊讶的吴宗尚，又看了看嘴里叼着肉串没有说话的龙子，吧唧着嘴，突然嘴一乐，露出白刷刷的牙齿，左右摇晃着他的那个肥脑袋，用手挠了挠贴皮的头发，汗液溅起老高。"赵叔也在啊，来一起吃点。"

赵宝钢没有说话，一脸严肃地看着吴冬强，那眼神更加让吴冬强浑身不适，如同千万条虫子一样爬满了他的全身。突然赵宝钢的儿子赵嫌指着吴冬强骂道："吴冬强，你小子说话注意点，别老那么狂妄。"

听完此话，吴冬强将啤酒瓶哐当一放，指了指周围说道："我说啥了？我不就说我爹要竞选书记吗？这是我的……嗯……"吴冬强摸着脑袋看了看吴宗尚。

吴宗尚轻轻地说道："公民选举权……"

"对，公民选举权！"吴冬强大手一挥叫喊道。

"选个屁啊，就你和你爹混蛋这样的，谁选啊。"赵嫌说道。

龙子听到这句话急了，抄起瓶子就往桌子上一砸，破裂的玻璃声让矛盾随之升级。拿着碎裂的酒瓶指着赵嫌骂道："你他妈的嘴碎找削呢吧，敢这么作弄我叔和我大哥。"

赵嫌年轻气盛，也不是个省油的灯，脱下外套，露出膀子，一副拼个你死我活的架势。"来呀！"这个时候只见赵宝钢一把揪着他的脖子喝道："你是要干什么？不许和这帮乌七八糟的人打架！"

"爹，他们都欺负咱头上来了！"

"闭嘴。"

吴冬强摸了摸自己的肥脑袋，又挺了挺自己的眼睛，假惺惺地踹了龙子一脚。"你妈的，你叔以后要竞选村长，别给咱家人抹黑。"

只见龙子一个屁蹲倒地不起，一脸疑惑。吴冬强双手抱拳说道："赵叔，我手下人不懂事，你多指教。"

"你爹要想当支书可以，但你身为他儿子得注意自己的言行！"赵宝钢说道。

"是！是！"

"走，回家了。"赵宝钢背着手大步向前，本想快点离开这是非之地，一脚已经迈出了门槛，可怎想他那个愤青儿子临走前吐了口唾沫，成了这堆"火药们"的导火索。

"王八蛋，这沟里还没人敢吐我大哥口水。"龙子喊着就将啤酒瓶扔向赵嫌，赵嫌身轻如燕躲过了这枚暗器。随后闪电般地跑过去，速度之快让他的父亲赵宝钢都没来得及去阻拦，一个飞跃踹在了龙子的啤酒肚上，他的啤酒肚如硬邦邦的墙一样，使劲一挺就将赵嫌弹了回去，落地后差点来了个跟跄。随后龙子一个快拳，速度快得让吴冬强也没来得及去阻拦，一拳拍在了赵嫌的脸上，赵嫌连续退后了三步才停住。

"住手！"赵宝钢抓住了他的儿子。

"爸，他们欺负咱，你没看到吗？"

"别瞎闹。" 吴冬强也拦住了龙子，给了他一拳，随后骂道，"你就这么给你哥我争面子啊！"

战斗规模不大，可动静不小，两张桌子倒地，椅子碰倒若干，啤酒瓶子也碎了不少，这可把老升吓坏了，躲在屋里不敢出来，连忙拨打110。

只见赵宝钢指着吴冬强说道："吴冬强，你要有意见咱摆在明面上，别在这使阴招！"

只见吴冬强嘴一撇，拱了拱鼻子笑嘻嘻地说："叔，可是咱弟先动的手啊。"

"走着瞧。"说完赵宝钢拉着儿子和随行人快速走出人群，可龙子最后的一句话再次点燃了本已熄灭的怒火。"尿蛋，靠爹给你救场！"这下可把赵嫌彻底激怒了，他挣开父亲的手，抄起个板凳朝龙子拍去，速度之快让他的父亲赵宝钢都没有醒过闷来。龙子没有发现赵嫌的怒火与将要带来的袭击，椅子背结结实实地拍在了龙子的肩膀上，顿时人就倒地不起了。

"混蛋！"只见赵宝钢朝着他那个儿子扇了一个大耳光，抽得赵嫌眼冒金星四肢松软，手里拿着的椅子都掉落在了地上，"王八犊子！"随后赵宝钢又朝着他儿子的肚子上就是一脚，赵嫌连退了三大步，一屁股坐在地上不起了。

吴冬强愣愣地看着这一切，摸了摸他的肥脑袋，说道："叔，咱弟真能打，以后来我这给我撑场子得了！"

"别他妈放屁了，看看人有事没事吧。"

此时龙子两眼昏昏，晕头转向，先摸了摸自己的鼻子，还在，又摸了摸自己的头，却发现多了个东西，一个圆滚滚的肉球。"没事，没开瓢，就是多了个包，哥头硬！"龙子说道。

这个时候一辆挂着警灯的小轿车开了过来，响了两声警笛后停下。吴冬强皱了皱眉头，叼着牙签的嘴谩骂道："谁他妈手这么快，报得真勤。"车里下来两个警察，这让吴冬强乐得嘴都合不上了，正是自己的好朋友片警赵冯和他的一个跟班。

赵冯背着手，用很自然的眼神目测了一圈，缓缓地走到了人群中间。"有人报警寻衅滋事！"

"哪儿有的事，你看这人不都好着吗？"吴冬强说道。

"好？那这人怎么躺着了？那东西怎么都东倒西歪的？"

"开party！"吴冬强说道。

赵冯拿下警帽，擦了擦头上的汗，看了一眼赵宝钢："宝钢书记，咋回事啊？"

"就是一些年轻人打哈哈！没大事。"

赵冯扣上警帽。"没大事也给我走一趟！"

众人坐上警车直奔派出所，但吴冬强一点也不惊慌，去派出所对他来说就是去吃顿酒宴。

"仨加号！"喝多的吴冬强竖起三个手指头，又在开始显摆他的糖尿病了。可以说，这也是他对自己的一种自嘲，这是他在酒桌上的一贯伎俩，今天和他一起喝酒的还是那个小警官赵冯，这也是他唯一的爱好。

"兄弟你真逗！"赵冯说道。

"兄弟，你才逗哩。" 赵冯没有再说下去，可他的眼睛一骨碌拍着吴冬强说道："兄弟，你爹这么一伤，村里的集体资产要换位啊。"

"不会的。"

赵冯喝了口酒，缓了缓。"我可听说，乡里的意思是让现在的书记赵宝钢接摊子。"

"什么。"吴冬强就像被人从背后用刀子戳中了后腰，眼睛睁得比牛眼还大，嘴里还没咀嚼完的食物随着他的叫喊喷了出来，手里拿着的筷子不由自主地滑落在了地上。赵冯见到吴冬强吃惊的样子并不感到奇怪。

"不可能。"

"因为人家名声好啊！乡里求稳，当然选个名正言顺的。"

这让吴冬强更加震惊，如果赵宝钢接手石板厂，那他家的好日子就没了，他必须告诉他爹，好商议下这事下一步如何运作。

"那……那我得赶紧走。"

"哎，别走，你现在还在治安拘留呢！"

"拘啥留啊?"

"不行，这事儿，里外里好几双眼睛盯着呢，让你跟这喝酒就给你情面了，你也得给我点面子。"

"面子给足你！"说着将一大把钞票塞给了这个小片警后，一溜烟小跑，他要赶快将这一切变故告诉自己病床上的父亲。

在"土皇帝"的纷争中，唯独尚峰是个绝对中立的角色，带着一点可怜的工资，在县里的网吧玩了一天一宿的网游，好让内心阴影的回忆逐渐地消去，他再也不想回那个该死的村了，流氓、无赖、畜生，还有那不要脸的村支书，都充斥着他的大脑。

他刷夜，玩得双眼通红，为的就是能够让自己忘掉这些在脑海里游荡的丑恶回忆，他憎恶自己为什么要去当这个村官，为何这么没出息，最终他累了，趴在桌子上痛哭流涕，他彻底地崩溃了。

还是一条短信唤起了他内心的正能量。"请屏风乡所有的预备党员于明日下午提交半年工作体会。"看到这条短信他才想起，自己还是个预备党员呢。一个党员，越想越觉得可笑，自己都快没钱吃饭了，竟然能在这个时候想起自己还是个党员。但是，不管怎样，这个时候他的脑海里还是想起了身为党员的职责，觉得任何时候都不应该退缩。自己内心的懦弱与这思想斗争着、拉扯着，让他更加痛苦，眼泪如雨点一般洒落了下来。

随后又一个电话如隆冬的暖风一样，瞬间让他内心充满了温暖。这是改变他命运的一个电话，那自然是吴冬玲的来电。她温和纤细的声音从那个小小的话筒里传递到他的耳蜗里，来回撞击着他的神经。虽然她只是传递她父亲的旨意，但尚峰还是听得内心满满的激动。挂上电话，拿起衣服，嘴乐得都合不上了，他径直奔向医院。

时势造英雄这个成语用在尚峰身上再合适不过了。在如此特殊的时刻，他将完成一个小小的穷村官向村干部的完美转变，将从一个双方势力都不相信，倒向一方倒戈的进化。

很显然拉拢他的人是吴宗平这方，吴宗平之所以能够成为地方一霸，完全在于他的智慧。他早就看出尚峰是个怀才不遇、空有一身抱负却无处可施的有志青年。也清楚这样的人只要给他一个能够施展自己才华的平台，他就能对自己死心塌地。吴宗平坐在床上想着这一切，儿子电话里述说的情况让他更加焦急，必须要快，如果慢了，很多事情就无法挽回了。

他沉思着，就连自己女儿喂到嘴边的食物他都不想去吃了。

"不吃怎么好得快！"吴冬玲见他不吃将碗筷往桌上一摔。

"吃，你把尚峰叫来了吗？"

"打了。"

"还有，也把你吴叔叫过来。"

"好好好，刚坐起来就开始日理万机了。早死了算！"

听到这话吴宗平就气不打一处来。"我死了，我死了你们都别好过。"

"才怪哩！"见到父亲身体好转就开始发威，吴冬玲也开始了平日的叛逆，父女之间的战争又紧锣密鼓开始了。

要说还是自家人亲，吴宗尚是最先到的，来了没等向吴宗平汇报近期发生的情况，就被布置要紧的事情。不过这个任务可难住了吴宗尚这个乡土老会计了，他一辈子和农民打交道，摆平这些山村草莽不在话下，可是面对有文化的城里人，他心里难免有些惶恐。这个任务就是商贸局老刘那个棘手问题，叫那个小公务员闭嘴。吴宗平当然能看出这个跟自己多年，愚忠的吴宗尚没这个能力，他早已想好了对策。

"去找那个开煤窑的德宝，那小子有点本事，在县里开了个洗浴中心，他欠我个人情，你去找他！"这就是吴宗平交给吴宗尚的招，吴宗尚笨拙地点了点头，二话没说腋下搋上个小包就直奔出去。剩下吴宗平坐在床上思考着下一步该怎么办，老刘这条人脉绝对不能断，如果断了他吴宗平再没有筹码了。而还有个翻身的最大筹码，那就是那个至尊棋子的到来。

尚峰来医院看吴宗平的动力根本不是为了他本人，而是吴冬玲，当来到医院看到吴冬玲在一口一口地喂吴宗平吃东西的场景时，他内心激动不已。

"尚……峰。"还是吴宗平第一时间发现了站在门口多时的尚峰。这个时候吴冬玲将头转过来，那长发飘逸的景象让尚峰注视了许久，内心激荡无比。

"呀，大恩人来了，快来。"吴冬玲说着，拿过来一把椅子摆在了尚峰面前。

"啥恩人啊，我就是做我该做的。"

"不，要不是你，我爹可能都得去阎王那报到了。"说完随即转过头去，抚摸着吴宗平的胸口说，"爹，尚峰来了。"

尚峰面带笑容地看着憔悴的吴宗平，而心里却多少有些震惊，平日里那么个呼风唤雨、叱咤风云的人物，面对死亡也是这个落魄搋性。

"我……这是……该还的债啊。"吴宗平用微弱的声音说着。

"不许瞎说，哥去查凶手了，一定会水落石出的。"吴冬玲说道。

而尚峰则久久地站在那里不知道如何插上嘴，当然他也不知道该说些什么。

"小子，等我好了，会报答你的。"吴宗平用微弱的声音说道。

吴冬玲满脸的不悦。"爹，你都啥样了，还想这些，快睡觉。"

"你先出去，我跟小尚有些话要说。"

听到这话，吴冬玲满脸不屑地放下碗走了出去，只留下一个土豪和一个土鳖，不同阶级，不同身份，不同阅历，且不同目的的两个人，将为一件事情结盟。

"觉得农村怎么样？"吴宗平率先开问了。

"还行吧……"尚峰小声地答道。

"还行就是不行。"

"这……"尚峰被吴宗平问住了。

"你也看到了，咱村就这德行，没啥钱，这干部也没啥文化，很多事你想得很好，可他们一实施就马驴拉车，走不直了。"

尚峰低下头，深深地叹了口气，无奈地答道："我理解。"

"但是，村里人也见到……就是只要能得到好处的事他们就愿意干……"

尚峰不知道吴宗平为什么和自己说这些，莫非和自己拉近点关系？

"不过先谢谢你，要不是你我可能早死了。"吴宗平继续说道。

"这是应该干的。"尚峰小声回答道。

只见吴宗平用手招呼尚峰走近一些，他不得不慢慢地往前靠了靠。突然他被吴宗平的手紧紧地抓住了，吓得尚峰浑身是汗，没想到如此虚弱的吴宗平竟然还有这把子力气。

"咱俩是一起走过鬼门关的人了！如果不是差着辈分都能当拜把子兄弟了！"

"不不，吴主任您可别折杀我了，这都是我该干的。"尚峰被吴宗平这一下子弄得无所适从了。

"你很有抱负，我看出来了，就是没平台。"看着尚峰低着头，吴宗平知道自己说到了他的心坎里，可以继续往深说去了，"农村人就是奴才相，就认当头的，谁是领导谁老大。"

"呵呵。"尚峰不敢做决断，就像个学生一样听吴宗平训话。

"你想成事就得当领导，小村官可成不了任何事，明白我的意思吗？"

"明白，我就一村官，当两年就走。"

一听这话吴宗平直摇头。"你想气死我，你就不想做出点成绩吗？"

听到这句话尚峰内心一股倏然的激动涌上心头，他当然想做出成绩，可自己职位的局限性，绑住了他的四肢，任凭他有各种念想都无法施展。

"我刚才说了。"吴宗平觉得他该说出自己要说的目的了，当然也是尚峰最想听的那句话，"这个位子很重要，你要是当个主任啥的，什么普法啊，什么基层法制建设啊，那还不猴子摘桃的事。"

"主任，您别逗我，我就一小村官啊。"

"我可以提你啊！"

目瞪口呆。

这是听到这句话后尚峰唯一的表现，他不敢相信吴宗平竟然会跟自己说这些，这个老油条吴宗平不是在骗自己吧？

吴宗平看出尚峰的不解，他能理解现在这小子的想法，这小子不相信自己。随后他立刻补充道："我刚才说了，你救了我的命，咱俩是生死之交了，我认你这个人，我得报答你，就是这个。"

"主任，我……嗨，真不用。"

"你难道就不想在基层做一番事业，也在全县通报你的光荣事迹，多光宗耀祖的事情啊，说出去多有面子。"

吴宗平的话彻底激起了尚峰内心深处的虚荣心与渴望有所作为的内心，是啊，每逢看到网上、电视上，甚至微信上那些成功人士，他就一阵失落。看到学长短短一年就开始带队办案，更让他失落，他尚峰也不是个废物，也是条龙啊。

"当主任……不太好办吧。"尚峰的话语中逐渐展露出自己的意愿。

吴宗平一下就看出自己的话已经开始起作用 。"那有什么不好办的，只要我当了村支书， 我想选谁就选谁！"

"那您还不是手到擒来的事，年底马上就改选，这非您莫属啊。"尚峰说道。

"嗯，那当然，但老赵同志肯定要跟我竞争。"

"哦，是啊。"

"你觉得他能干事吗？会让你当主任吗?"吴宗平的话语中充满了挑衅。

"这……"

"这么跟你说吧，他对你的态度，我门清！就是把你当个牛犊子使唤，过两年就滚蛋了。"

听到这，尚峰倒是非常认同吴宗平的观点，自己来村快一年了，什么都没干成，整日就是端茶倒水写公文，要不就是伺候这伺候那的，根本就不把自己当回事。

"他肯定也不会让你主抓工作，我太了解他了，你不干他嫌你懒，你干得多他嫉妒你，是不?"

"呵呵……有点。"尚峰笑嘻嘻地答道，他脑海里立刻浮现出赵宝钢平日里嫉妒吴宗平的场景。

吴宗平也乐了。"没错吧，他是个娘儿们心眼子，要不做了两次支架了，心窄!"

听到这尚峰哈哈大笑了起来。

"好好干，我定提拔你。"

"好的，主任您这身体妥妥的。"

年轻气正

"不过……目前有些事情我需要你帮帮我。"吴宗平知道尚峰已经被自己打动了，已经开始倾向自己了，他要说出自己的要求了，"帮我看着他点，这家伙有啥不良行为，看能不能通报给你那个学长何少为？"

"啊……这……"

见到尚峰犹豫了一下，吴宗平指了指床尾的小包，示意尚峰拿过来，他从包里拿出一沓钞票，硬生生地塞在尚峰怀里："这是给你的，拿去花。"

"这怎么可以。"

"老爷们儿，没钱怎行！"

"真的不行。"

吴宗平见尚峰死活不肯，有些没辙，但这钱他必须收下，俗话说，拿人手软，吃人嘴短。只有收下这交易才算敲定，这小子才算真的和自己结盟。就在这僵持时刻，他看了看外面等候的女儿，知道该怎么办了。

"去帮我把冬玲叫进来。"吴宗平对尚峰说道。

果不其然，女人的话就是能融解男人的决心，在吴冬玲的劝说下，尚峰勉强收下了这一万块钱，收下的理由也让他多少安心些，就是吴冬玲的那句话，"就当我给你的谢礼，谢谢你救了我爹，不收下可驳我面子哦。"结盟就这样敲定了。吴宗平也坦然地躺下了，他就要等尚峰的消息，结果尚峰还没走，他就抖了一条消息给他。

"老赵有个小保险箱，我想里面可能……"

"哦，如果知道里面的东西，那就太好了！"吴宗平手一攥，"你可留点心了！"

尚峰默默地点了点头。不过此时高兴的是吴宗平，那就是因为尚峰已经站在自己这一边了，已经开始告发赵宝钢了。

尚峰迷茫地坐在吴冬玲的车上，他满脑子都是吴宗平的那些话，想想自己的遭遇，受的一肚子气，他的内心就充满了激愤。而此刻他又看了看吴冬玲，感觉经过这件事，他与她在交流上更近了一步。

"嗯……"

"你想说什么?"吴冬玲苦笑地问道。

"嗯……"

"我晕，你不是噎着了吧?"

"我觉得，我有很多地方应该向你学习。"

"啊?"吴冬玲好奇地看着尚峰，她感到好笑，笑这个家伙竟然会蹦出这么个话语来，"我还得向你学习哩，谢谢你，帮我完成了自己小小的愿望!"

尚峰呵呵一乐，其实这其中的奥秘尚峰再清楚不过了，他觉得这事还得礼貌性地往吴宗平上提贴。"哪里，这全是吴主任支持的好。"

"他就是一个挖矿的脑袋，没有你们这些高才生，他才不知道搞什么文化活动呢。还是得谢谢你! 哎，我爹跟你都说了啥?"

"没说啥，就把近期工作交代了一下。"尚峰对吴冬玲说了谎，他知道这事是见不得光亮的。

吴冬玲好像发现了尚峰有些犹豫，她小心翼翼地打探道："好好帮我爸把这个村治理好，就算帮我了，好吗?"

"好!"说着尚峰攥住了吴冬玲的手，他也不知道哪里来的勇气，竟然这么大胆地与自己心中的女神产生肢体接触，那感觉就像微微的电流从身上划过，有些麻但也有些惊叹。

让他更惊叹的是吴冬玲并没有拒绝他，而是很默契地与他双手相扣，紧紧地攥在了一起。

两颗心通过这默契的桥梁，轻轻地碰触在了一起，他们都默不

152

作声，而是用感觉去体会对方的萌动，车里的气氛既有些尴尬，又让人感到安逸。

这辆夹带着爱情种子的汽车在夜色笼罩的山沟里缓缓地行驶着，漫天星空为它照明，此时天上的流星也夹带着爱情从天空划过。

吴宗平的另一个心腹吴宗尚顺利地找到了德宝这个暴发户。他被金碧辉煌的洗浴中心震撼了，长这么大就没见过这么牛气的地方，他没想到这个不起眼的矮个子德宝竟然还有如此大的能耐。

果不其然，德宝亲自接见了他。

"我还说抽空去看我吴哥呢，结果他倒派人先找我来了，是有糟心事让我办，您说吧。"

吴宗尚见此人说话还挺痛快，也就不再遮遮掩掩了，直接将吴宗平的要求告诉了他。听完他的诉说，德宝则是满脸的疑虑，将牙签放在嘴里吧唧着，有些不是很高兴。"这都什么年代了，还打打杀杀的？"

吴宗尚感觉德宝曲解了吴宗平的意思，于是立刻纠正道："我家兄弟就是让他闭嘴，没说要命。"

"就是封口，嗯……"德宝点了点头，"行！吴哥帮过我，没他就没有我德宝，回去捎个口信儿，保证封口！"

"那太好了。"听到这样的答复，吴宗尚感到如释重负。

"哥，耍耍呗？"

"不了。"

虽然吴宗尚帮助吴家干了很多不干净的事情，但他还是有做人的原则的，嫖就是他最不能、也是最不想干的，整理好身上的衣服，大步流星地走出了洗浴中心。

这件事考验着吴宗平的人脉能力。

7

每逢年底，县里都会给各村的特困户发放救济粮食，为的就是让那些低保户能过个好年。屏风村也不例外，也有好几户孤寡老人和伤残特困户，自然得给他们预备着。

没有吴宗平的制衡，赵宝钢的权力已经到了无法制约的境界了，平日里还谨守的纪律，也已经被他抛在了脑后。村里的一切事务他都开始干预，就连平日里不关心的特困户救济粮的事宜他也开始关注起来了，因为他知道，这东西可有可无、可发可不发，有很大的操作性，如果自己拿到别处谁又会知道呢？以前不是他不关心，而是这档子事一直都由吴宗平打理，他没胆子去过问，但他的眼睛早已红得发亮了。

蔡淑芬自然看出这层关系，蔡雪梅她说不动，她还有这么一根救命稻草，于是自然将自己也想得到救济粮的要求告诉了赵宝钢。

"臭娘儿们什么便宜都想占！"这是赵宝钢对她的答复。

听到这样的回答，蔡淑芬并没有生气，而是假惺惺地说道："也不知道谁爱占便宜，反正老娘的奶子没少占。"

"臭娘儿们！"赵宝钢骂着站了起来走出了办公室，他要去的地方不是别的地方，而是去找蔡雪梅，希望能够把蔡淑芬的名字加在那个救助簿上，好封她的口，谁叫他"有愧"于她呢？

蔡雪梅很惊讶，她印象里那个刚直不阿、一身正气的赵书记变了，竟然为这么一点小便宜都要动用村支书的权力。更让她惊讶的是，平时很少为他人找后门的赵书记竟然为那个她极其讨厌的蔡淑芬而来，让她去做那件非常恶心的事情，在特困户的名单上写上那个让她憎恶的名字。

蔡雪梅不知道天会变得如此快，而人变得比天还快，就在那一

| 年轻气正

夜之间，一个自己曾经有些崇拜的人就这么落入了俗套。这个时候她甚至开始觉得吴宗平其实还不坏，当然是矮子里找高个，在大家都黑得要死的情况下，那个家伙好赖还想着乡亲一点。

"这粮食，没我的口令不许发！明天我会叫人来拉。"说完赵宝钢背着手走出了办公室。

蔡雪梅听到这话后没有说话，她也不知道该说些什么，只能默默地在那做着表，奉旨将那个她厌恶的名字加在了那个名单上。

可她犹豫了，迟迟没有敲上这个名字，让她犹豫的原因是特困粮是有数的，拿走两套救济品，那真正需要的人怎么办呢？她觉得赵宝钢就不应该占这个便宜，他可是堂堂的村支书啊。或许……自己应该鼓足勇气和他说明，也许就能改变他的想法呢。想到这里，她摆动了一下头发，那个长长的马尾辫在她面前来回地晃动了两下，她有了信心。

在这股动力的驱使下，她来到赵宝钢的办公室门口，推门而进。

"赵书记……"她的话还没说出口，就被眼前的场景惊呆了，她睁大着眼，大到快要从眼眶里跳出来，到了嘴边的话语也被塞回去，她见到了平生前所未有的景象——赵宝钢抱着蔡淑芬的粗腰，在用自己的手去摸她那篮球般大小的奶子，同时用自己干裂的嘴唇亲吻着那女人粗粗的脖子。

蔡雪梅看过爱情剧里青年男女间的情感之事，但是那叫美，而眼前这两个人所展现的只能是院门口两只土狗的交欢，她顿时感到一阵歇斯底里的恶心涌上心头。

赵宝钢被这突如其来的事故弄得不知所措，慌乱地站了起来，那黝黑的面孔也变成了枣红色。而蔡淑芬则很平静，不慌不忙地将自己那如篮球般大小的奶子塞进了自己的衣领里，又扯了扯衣服，静静地坐在那里，仿佛什么都没有发生一样。

三人顿时都陷入了尴尬。

"你怎么进来不敲门?!"赵宝钢怒吼道。

"我……我……"蔡雪梅都不知道该怎么答复了。

"我什么我,谁家教的你?"

"我……只是想说救济品的问题……"

"什么救济品,出去吧。"赵宝钢狂怒地吼道,这事搁谁身上都会是这个反应,太丢面子了,而且也太不光彩了,尤其对于他这个平日里善于自我标榜的人来说,就是搬起石头砸自己的脚。

"可是粮食就不够了……"蔡雪梅越说声音越小,已没了之前的傲气。

"出去!"赵宝钢现在什么都不想听,就是想结束这尴尬的遭遇,于是边说着边把蔡雪梅推出了屋,随后重重地关上了门。

蔡雪梅红着脸,她长这么大第一次见到有人干这事,这着实让她内心极度不安,她低着头,刚才还翘着的马尾辫子也没了精神,耷拉了下来。还没等她坐稳,赵宝钢气势汹汹地侵袭了她。站在她的面前,一脸的严肃,那生气的样子让人感到窒息。

"今天的事,你能烂在肚子里不?"赵宝钢严肃地问道。

蔡雪梅能够回答的答案也只有一种那就是"能",她也不可能再去回答别的。

听到这个答复后,赵宝钢依然用恶狠狠的眼神死盯着她,仿佛恨不得她马上就从世上消失,得以将这件事彻底地封存。

这种令人窒息的气氛终于在尚峰走进屋里时打破了,当蔡雪梅看到尚峰的时候感觉尚峰就是自己的救世主,把自己从即将窒息的边缘拉了回来,那份感激冲击着她,甚至让她流下了眼泪。

这让看到此景的尚峰一阵莫名其妙。

"你回来了?"赵宝钢同样恶狠狠地问着尚峰,那神情让尚峰至今难忘。

"是啊,书记,我回来工作了。"

"吴宗平怎么样了？"

此时的尚峰心里对眼前这个男人生起了本能的防范，因为他现在暗地里已经站到了吴宗平这边。而眼前这个赵宝钢俨然成为了他的阶级敌人。

"好得很快，马上就要出院了。"尚峰故意这么说的，他要看看赵宝钢到底会有啥反应。果不其然，赵宝钢一脸的愁容，并且显得极其不耐烦，拍了两下身上的尘土后走出了屋子。

而蔡雪梅的表情则像在寒冬遇到艳阳，陡地一亮之后，忽地一下子扎进了尚峰的怀里。这下可把尚峰给惊住了。

"你这是咋了？"

"没事，没事！"蔡雪梅只是将头一个劲地扎进尚峰的怀里，嘴里默默地絮叨着。

"那……那你能不能别这样……这……"此时他很尴尬，不知道该如何是好，"咱俩只是同事关系……你懂的？"

"我知道……我就想这么待会儿。"蔡雪梅感觉尚峰就是自己的大恩人，如果没有他的出现，自己很可能就一命呜呼了，这份感激和被救赎的喜悦让她激动得只得用拥抱尚峰来抒发。

"尚峰……我有个事求你……"蔡雪梅用湿润且祈求的眼神盯着尚峰。但尚峰一点怜香惜玉的感觉都没有。在他看来，村姑就是村姑，再怎么可怜，也无法脱去身上那股土气，这一哭，那红润的脸蛋更加添上一层乡气，合在一起还是乡土气息。

"啥事？"尚峰有些不耐烦地问道。

"救济粮缺了两套，我知道你有钱，吴主任给的，能帮我填上吗？"

"这事你找赵书记啊。"

"你不懂。"蔡雪梅摇着头。

"那两套是被他密了？"尚峰不知道自己为什么会说出这句话，

可能是自己看过了太多，也听到了太多，再加上自己的逻辑判断，也就脱口而出了。蔡雪梅也很惊讶这个大学生村官竟然会如此的老练，竟然能一下说到点上，感觉眼前的这个人不是尚峰，而是吴宗平转世。

她默默地点了点头。

尚峰看着窗外，他没有了之前的愤慨，只是觉得这就是现实，没啥可惊讶的了。

第二天特困户救济品如期而至，很快发放救济品的消息就传到了山顶放羊的王奶奶家，她还像以往一样坐在自家门口等待吴宗平这个论辈分是她侄子的男人，给她把口粮送来，可是她足足等了一上午东西都没有送来，她眉头紧皱感觉事态有些不对头，于是她招呼上自己的那个小孙女，在她的搀扶下，一瘸一拐地向大队走去，可来到大队却空无一人，她知道管这事的人是蔡雪梅，于是她一瘸一拐地走进了蔡雪梅的办公室，却不见了蔡雪梅，这让她不知所措，感觉自己这把老骨头被怠慢了，以前吴宗平在的时候，根本不用她自己下山讨救济品，现在竟然找不到人，于是一屁股坐上去乡上的公交车，她和小孙女一道要去乡里讨个说法。

"不好了！快点去乡里吧！"蔡淑芬推开赵宝钢的门，大声喊道。

这一举动让正在练毛笔字的赵宝钢顿时后背出了一层冷汗："咋了？"

"还是那山头的丫头！"

一个大大的墨点子滴到了宣纸上，赵宝钢像个雕塑一样，拿着毛笔站在那里沉默了许久，随后手一抖，毛笔掉落在了宣纸上，墨水洒在纸上，就像破碎的玻璃，暗喻着他政治生命开始走向毁灭的道路。

乡里的领导可不傻，无论赵宝钢怎么将救济粮问题推卸给蔡雪梅，沈乡长都无法接受这个解释，他就纳闷了，吴宗平一出事，咋什么问题就都出来了呢？虽然外面传吴宗平是个大流氓，涉黑，可他在的时候，乡里就没出过幺蛾子。倒是这个老赵，仪表堂堂的，一身革命干部的姿态，结果这没几天，竟然有人来乡里闹事来了。

"你不想干了吧！"沈乡长的话语非常强硬和愤怒。

"我回去一定好好批评那个小丫头，她肯定把救济粮给私吞了！"

"放屁！"沈乡长将文件夹扔在了桌子上，"一个小村官，能有这么大胆子?!"

赵宝钢不敢说话，如同一个雕塑一样默默地坐在那里。

"我还想让你支书再连任呢，你看看你！"沈乡长的话语里夹带着些许的无奈，"你是我一手带起来的，就干这些个丢人的事?!"

赵宝钢听到此处，就像只小猫一样，丝毫不敢回嘴，他现在能做的就是赶快把这个事给解决好。

"这事解决不好，你支书别干了。"

很显然，赵宝钢对这句话是十分畏惧与懊恼的，他要将这份畏惧和懊恼的心情转发出去，目前他只能向蔡雪梅开刀了，来缓解这份坏心情。

他从乡里回来的第一件事就是开会，不过没了吴宗平和他的跟班，会议室里就四个人。

蔡雪梅感觉到这次的会是鸿门宴，大家都默不作声地坐着，听着赵宝钢在那念着报告，蔡雪梅屏住呼吸，如同等待命运审判一般，无助地坐在那里，她倒要看看赵宝钢怎么处理自己。

"下面我说点事。"赵宝钢念完稿子后，慢慢地放下稿子，用他高凸的眉骨下的眼睛四下打量着在座的人，如同一个国王在审视自己的臣民，"干部轮值上岗嘛，蔡雪梅将轮到计生科，老蔡接任办公室的职务，而尚峰继续担任团支书……"

赵宝钢接下来说的什么，蔡雪梅都听不进去了，她的脑海嗡嗡作响，大大的眼睛开始湿润起来，鼻子开始酸胀，她胸口感觉到沉闷，这股沉闷紧绷着她的情绪，逐渐变成了憎恨，她用她湿润的眼睛死死地瞪了一眼赵宝钢，失望与怨恨充斥着她的内心。最终这股沉闷的怨气冲破了她的理智，她愤怒地站了起来，身后椅子由于她的快速起身被碰倒，发出巨大的响声，这响声可以说是她目前能做的唯一的抗议，她二话不说转头离开了会议室。

看着蔡雪梅离去，只有尚峰感到惊讶，他很同情这个女孩，将自己三年的青春都奉献在这里，结果却换来了这个结果，他也开始逐渐认识到赵书记真正的为人了，与其对比，吴宗平反倒显得还很仗义。

对于蔡雪梅刚才的举动，赵宝钢表现得十分沉静，缓缓地点了支烟，深深地吸了口随后漫不经心地说道："继续开会。"

蔡雪梅哭红着眼坐在自己的办公室里，用黑红的手擦拭着自己的泪水，内心的怨气无从发泄，内心的怒火无从浇灭，她只能向自己的杯子发泄，将杯子摔打在桌子上，发出的声音犹如采石场机器的凿击声。

"哇噻，这是砸石头呢？"一个声音从外面传了进来，蔡雪梅用哭红的眼睛看着门口，是尚峰。她瞪着尚峰，用女汉子特有的口气问道："你来干吗？看我终于被免职了？"

"我是那样的人吗？"

"哼！"

尚峰慢慢地走了过来，拿起蔡雪梅的缸子，给她沏了杯茶，随后坐到她跟前。

"雪梅，别哭了，要服从领导的安排。"

"你这是来安慰我的吗？"蔡雪梅瞪着尚峰。

尚峰直觉感到蔡雪梅被免职不是那么简单，其中另有蹊跷。"怎么会调动岗位呢？你不是干得好好的吗？"

蔡雪梅看着尚峰，她知道，现在的她，唯一能信任的就是这个善良甚至傻得可爱的尚峰了，所以她咬了咬牙将赵宝钢一系列肮脏的事情一五一十地告诉了尚峰。

尚峰听后并没有惊讶，反而是欢喜，因为和他所想八九不离十。这个正直如书本上英雄一般的赵宝钢原来也是个臭水坑里的蛤蟆，装出来的正直，终究会露出狐狸尾巴。

"行了，雪梅，你是个好姑娘，也是个好村官，咱得振作起来。"

"说得轻巧，怎么振作？"

尚峰只是呵呵一乐。

8

这件事，尚峰如数地告诉了躺在病床上的吴宗平。

吴宗平已经能够坐起来吃饭了，伤情的好转让他胃口大开，如一头饥饿的土狗一样大口吃着女儿送来的饭菜，还非常狂放地咀嚼着美式炸鸡腿，最后从鼓起的嘴里支支吾吾地蹦出一个词："这傻×！"

"傻……×……"尚峰很不解。

"哪儿有这么干的！为了自己不担责任，四处树敌，把那么死心塌地跟着他的丫头也给惹了，你说傻×不！"

尚峰没有回答，他可做不到像吴宗平那样，背后这么评价赵书记，他所能做的就是来这里汇报了。

吴宗平面带笑容地看着尚峰，他此时有个计划开始在他的肥脑袋里酝酿了起来。"我这么跟你说啊，这个赵宝钢早晚毁在那个寡妇身上。"

现在……

何少为拿着这封举报信，再次来到了屏风乡，他已经做好与这些土皇帝死磕到底的准备，但是出于礼貌他还是得先向乡里领导打声招呼。

"这都是瞎扯……"乡长老沈一边给何少为倒着茶一边说道。

"俗话说，无风不起浪嘛。"何少为并不相信沈乡长的话。

"少为同志，你不了解实际情况，这都是他们村人互斗！就互相诋毁，之前吴宗平不是也有信举报他嘛。"

何少为听到这话后面部有些抽搐，在他看来，这些村书记没有干净的。"沈乡长，不带您这么包庇下属的，现在可是特殊时期，中央要老虎苍蝇一起打！"

沈乡长听到此话更是不高兴了，他觉得一个小小的年轻干部竟然用教育的口吻数落自己。"行，你查！要是真有问题，就任凭你发落。"

何少为则非常淡定，他从公文包里又拿出了一张报纸，递给了沈乡长："乡长同志，咱屏风村很不太平啊，事迹都上省报了。"

沈乡长接过报纸，顿时眼睛瞪得溜圆，只见大标题写着：《基层腐败严重，村支书谎报厕所用量，卖马桶挣钱》。

"有这事？"沈乡长叫喊着。

"还有个视频，我希望您看看！"何少为边说着边登录一个视频网站，将那视频给沈乡长看，沈乡长气得嘴都歪了。

他拨通了赵宝钢的电话。

等待着他这个屏风村书记的命运，很可能是非常严肃的，或许要被撤职查办。想到这儿，赵宝钢心情沉重，缓缓地收拾着行李。沈乡长和何少为就在楼下等着他，要带他去询问事情，那个视频他也看了，他怎么想也不知道这件事怎么会被传到网上，自己就这么成了一个冤大头，他情绪非常低落，因为这个视频彻底把他毁了，让他这个村支书彻底失去了党员的光芒，他可以断定自己的仕途就此断送了。

他边走着边想着，突然他抬起头来，看了一眼站在二楼台阶处的尚峰，顿时吃了一惊，仿佛觉察到了什么，从他嘴里支支吾吾地蹦出四个字："尚峰，是你？"

尚峰没有说话，只是默默地看着赵宝钢。

"为什么？他给了你什么好处？"赵宝钢开始歇斯底里地喊了起来。

很显然赵宝钢的磨蹭让外面的何少为起了疑心，他怕这个村支书负罪潜逃，于是带着几个年轻人冲进来，见到狂叫的赵宝钢，二话没说就架了起来，赵宝钢边反抗边吼叫着："诬告！赤裸裸的诬告！"

"你先别说什么诬告不诬告的，诬告不诬告我们会查明的！"何少为严肃地说道。

"我啥也没干！"赵宝钢叫喊的声音已经开始变得沙哑，甚至有些歇斯底里，他现在脑袋里呈现的只有吴宗平三字，绝对是他指使的，这一切全是他一手策划的。

何少为和尚峰站在大槐树下，一起眺望着远山。

"我得谢谢你啊。"何少为说道。

"谢我干啥？"

"你帮我搜集了证据啊！"

"呵呵，举报信写得不错，文笔了得！再有证据还可以提供哦！"何少为撂下这句话后，大步向自己的车走去。

赵宝钢坐在车里，瞳孔放得很大，他的大脑开始回忆起一周前的一件事来。那天下午老赵肆无忌惮地在办公桌上练着字，他很享受这种时刻，这个时候他是最幸福的，可幸福的时光是短暂的。

"书记，有个事很棘手啊！"尚峰就跑进来，一脸的惊恐。

"啥事？"

"那个李强来闹事了，说要跟您评理。"

听到这话，赵宝钢一脸狐疑，布满皱纹的脸庞开始微微颤抖起来，真是冤家路窄，这个家伙竟然敢找上门来。

还没有做出任何动作，只听哐当一声，办公室的门被重重地踹开了，迎面而来的是满脸愤怒的李强，那架势仿佛在告诉所有人，他要干仗了。

被这突如其来的震动吓了一下的赵宝钢，啪嗒就将满是墨水的毛笔摔落在宣纸上，这幅字就这么废了，这让赵宝钢十分愤怒。

"李强，你啥意思，来这闹事了。"

"我没啥意思，我是来要账的。"

"要啥账？谁欠你的账了？"

"你们村委会。"

听到这句话后赵宝钢顿时非常惊讶。"乱弹琴，啥时欠你的账了？"

"吴主任说了，我不要小孩就给我十万，字我签了，钱还没给。"

"我？！"听到这个，赵宝钢气就不打一处来，大喊着，"我可没承诺你这个，谁承诺找谁去。"

"就是你们政府承诺的，我不找你找谁？"

赵宝钢听到这句话，更加地愤怒了："爱找谁就找谁，别他妈找我。"

李强也不是好惹的，愤怒地喊道："你这没事在这练笔都不愿意给咱百姓解决问题？"

"解决问题也不是给你解决，去滚蛋。"

"你说的？"

"我说的。"

回忆到这，让赵宝钢气得眉眼都变了形，这视频分明是断章取义，把前面的内容掐了，就留了中间这一段，让他有口难辩，还给扣了一个帽子《村书记有空练字，无暇顾及百姓问题》，这分明说自己这个共产党员就这么对待群众。他越想越生气，浑身颤抖着，他感到自己这下彻底被吴宗平给坑了。

吴宗平面带笑容地坐着轮椅出院了，他感到今天是这辈子最高兴的一件事，两件大事让他高兴，赵宝钢被带走调查是其一，而更加让他高兴的，刚刚得知德宝把自己交代的事情办好，区区这么一件事就结识了两个靠谱的致死联盟，一是德宝，二是自己那个所谓的发小——老刘。

老刘这件事很棘手但也很简单。对于他们这些山沟里的人，不会与城里人打交道，尤其是宗尚，只会用些简单粗暴的方式，面对城里这些法制观念较强的人，是行不通的。

吴宗平最惧怕的就是法制这两个字，这让他被绑住了手脚，什么事情都无法施展。德宝的出现正好弥补了自己这个"黑道家族"的短板，德宝混迹市里多年，了解法律，他会钻法律的空子。

其实吴宗平高估了德宝的"才华"，这个德宝完完全全继承了他的办事传统，只不过披上了一件冠冕堂皇的外衣罢了。

商贸局的小科员王刚，是个三十出头的小公务员，外乡人，高才生，打拼多年才混到了这步田地，所以他很看重自己的成就，可是那个局长为了自己的一己私利，竟然在工作上打压自己，还让自己的亲信顶替王刚的位置，这让他很是恼怒，但他手中掌握这个家伙挪用工程款的证据，他要与他玉石俱焚。

德宝从宗尚嘴里一知道这事，就拍了脑门一下，好办，不就是钱的问题嘛！

他托人约了这个小子。

县里一个极其高档的海鲜饭店，门口巨大的霓虹灯标榜着这里的豪华，当然这里环境与那霓虹灯一样的奢华，菜品更是高档得离谱，在这纸醉金迷的环境下是个谈事的好地方。德宝在这里等着一个人，很快，商贸局的王刚被"邀请"过来了，与其说邀请倒不如说是被"要挟"而来的，这个正直的人当然不愿意与这些"土匪"为伍。

坐下后那个王刚抖了抖衣领，面对着眼前这个矮胖矮胖的家伙，一脸的不屑。

"你找我有啥事？"

德宝没有直接回答，只是轻轻地点了支烟，那烟雾在他戴着的大金戒指的手指间徘徊。"兄弟，听说你是从外乡考进来的？"他说道，"牛逼，我最敬佩你们这些莘莘学子了！"说着他竖起了大拇哥。

王刚显然不吃这一套，但保持着一个正直人的礼貌："谢谢你的夸奖，这位先生你……这是干什么？求我办事？我就一个小科长，没那么大权力。"

德宝一听这话语，呵呵一乐，深知这家伙也很入市，明白官商之间的那些事，于是他开门见山地说道："有啊！兄弟你权力还非常大呢！"

"啥？"

德宝立刻拿起手中的葡萄酒说道："来来，兄弟，边吃边说。"

显然这个王刚还是很有防范意识的，立刻回绝道："无功不受禄，你先说什么事吧。"

"事情不大不小，不紧不慢，但包兄弟你能挣大钱。"

"挣大钱，你贿赂我吗？"

"兄弟，我知道你们这些外来的不容易，房贷压力大吧？"

德宝一语直击王刚心坎，他三十多岁上有父母下有儿子，还贷款买了房子，每月四千多元几乎不剩，压力很大的他已经白发上头了。

想到这他就烦意上心梢，很不耐烦地说道："什么事快说吧。"

"你手头有商贸局老刘挪用公款的证据……"

德宝还没说完，就被王刚插了嘴："你是他派来的?"

"受一个哥们儿嘱托!"

"啥意思吧?"王刚的语气很是不客气。

"当然是证据上交了，大家没必要闹得你死我活的，都是成年人，没必要。"

"想得美!既然都是成年人，你觉得我会那么轻易就交出来吗?"

德宝一听，呵呵乐了，心说这家伙太上道了，他就喜欢这样的人，只要能说出这样的话说明还是有的聊的。"帮你把房贷还了如何?"

王刚一听，眼睛噌的一亮，他不敢相信自己的耳朵。

"来来，兄弟先喝杯，拉菲，四万多一瓶呢!"德宝见状立刻将那精美的高脚杯拿起来与他准备碰杯。

王刚被刚才的话惊了一身的冷汗，他没想到这区区几页收据和票据竟然比自己半辈子的公务员工资都值钱，想着他犹犹豫豫地也拿起了那杯血红的葡萄酒与德宝碰了杯。

"光还房贷有点……"王刚的意思很明显，他想试探下这个东西能值多少钱。

"再给你一百万，这是我能出的最高价码了。"

啪嗒一声，王刚手里的筷子掉落在了地上，一百万呢，自己干一辈子公务员也拿不到这么多钱啊。"就为了这几张票据和单子?"

"对呀!"

"那可不够，一百万你就想打发我了?"

德宝发现这个小子的贪欲还是很强的，人的本性已经被激发出来，但是如果不加以控制，会让他得意忘形。

"兄弟，咱俩是来谈合作的，可不是让你来要挟我的。"说着将一沓照片扔给了这个家伙，全是他媳妇和儿子的照片，"我盯了你很久了，孩子上的幼儿园也不错。我就想和你交个朋友，钱咱得慢慢赚，别一口吃个胖子。"

王刚见到这些照片顿时一身的冷汗，哆哆嗦嗦地说道："你……要挟我？"

"不是要挟，是想和你做个朋友，局长也不想和你闹个你死我活的，这样大家都不好。"德宝深深地吸了口烟继续说道："把东西交出来，随后再给你五十万，这是最高价码了！当然，你也可以和警察做朋友，但可考虑清楚了，人家可不给你这一百五十万。"

王刚自知自己一个外乡人，斗不过这些根深蒂固的土豪，他可不想自己家里人被伤害，而且这么一大笔钱，确实能给自己解决燃眉之急，可是，这是犯法啊，他犹豫了……

"我想回去考虑下。"

"行，我等你消息哦。"德宝笑嘻嘻地说道。

夜深人静的夜里，这座城市里有无数的心灵，有的心里在渴望，有的心里在期盼，还有的心里在暧昧，而唯独一个人的心里在与恶魔对抗着，王刚在权衡与这个不干净的局长斗下去自己究竟能得到什么。看着熟睡的妻子和孩子，自己一个老爷们儿无法给母子俩一个富裕的生活，他倍感愧疚。正义这东西究竟值多少钱？坚持他又会怎么样？无非就是这个贪腐的局长倒下了，换来一个更贪腐的局长，而自己还是那个小科长，年复一年日复一日地挣着低廉的工资，倒还不如用自己手头的东西，换上一笔可观的钱财。

"对，就这样。"

王刚边说着，边拨打了德宝的电话，他被恶魔吞噬了内心。

来医院迎接吴宗平的人是德宝，他雇了一辆高级小客车，为的

年轻气正

就是能够装下吴宗平的轮椅，吴宗平在儿子、堂兄的护送下，坐上了这辆豪华大巴。一进大巴，见到的就是德宝那张喜庆的大脸，真的验证了那句名言，脑袋大脖子粗不是大款就是伙夫。

"你小子！"吴宗平用手指点了点德宝的脑袋，用很调皮的口气说道，"够讲究！"

"那是，吴哥的恩情兄弟我不忘。"

"就一个迁户口的小事何足挂齿。"

德宝一听，张牙舞爪地叫了起来："这对您是小事，对我德宝它就是大事。"

吴宗平突然面容严肃了起来，招呼德宝走到自己的跟前，小声地说道："事办得如何？"

"放心！妥妥的，资料已经给局长送去了，至于他自己怎么处理，我就不知道了。"

"好！"

"就是……"

"就是啥？"

"花了不少钱……"

吴宗平一听就一脸的不悦，破口大骂："你他妈的是我兄弟不，花你点钱就心痛，去滚。"

德宝没有说话，而是乖乖地坐到了后座上，这个吴宗平可惹不起，以后用他的地方还多着呢，一百五十万就当拜兄弟的钱了。

其实吴宗平也在考验着德宝，看他是不是那种见钱眼开的人，看看是不是把情谊放在首位的人。

喜庆祥和伴随着吴宗平回到了这个生他养他的屏风村，一进村部，看到的却是有些让他不悦的画面：一辆白色的破桑塔纳停靠在大槐树下，那么的眼熟，是赵宝钢的座驾，看到这些，他开始眉头紧皱。连忙叫儿子将他推进了那白色的二层小洋楼，进入大厅，路过印有"为人民服务"的屏风，他看都不看一眼，因为他见着这些就烦，面对的则是蔡雪梅凝重的表情。

"咋了，丫头。"吴宗平问道。

"嗯……书记在上面等您呢！"

"书记？"

二楼那十多米的楼道，此时竟然变得如此的漫长，内心凝重的吴宗平屏住了呼吸，默默注视着那半开的房门，里面的灯光缓缓地照射进楼道，指引着他缓缓地向那里划去。

这道门缝里透出了一个熟悉的身影，这个身影还是那么的硬朗，站得笔直，在练着毛笔字。

"赵兄，你没事了？"吴宗平用轮椅顶开门，一脸虚伪的笑容。

赵宝钢见到吴宗平，并不惊讶，而是缓缓地将毛笔放了笔托上，走到桌子前面，做了一个拥抱的姿势，用沙哑的声音说道："兄弟，你出院了，太好了，我想死你了。"

9

举报信里提到的收受××公司回扣的问题，冻结了赵宝钢的银行账户，没有任何转入转出的痕迹，而且他的那个小保险柜也被调查组翻了个底朝天，也没有丝毫证据。

而他怎么上班时间练字，再怎么态度不端正，也只是停留在工作方式上，而那个偷厕所马桶的事情也有些不靠谱，毕竟那些马桶还是放在大队的库房内，没有放在他赵宝钢的家中。

其实这笔钱早让赵宝钢转移到儿子的腰包里了，他早知道这钱是烫手的山芋，要不得，于是他让自己的儿子赶快花了。

赵嫌拿到这笔钱可算是撒了花了，泡吧、吃饭、迪厅几乎每天

　　　　　　　　　　　　　　　　　　　年轻气正

去个遍。没几天全县的娱乐场所都转了个遍。唯独吴宗平家的歌厅还没有去过，他有些忌讳，毕竟这是冤家开的地方。

可是他的小伙伴们死活都要进这个歌厅，赵嫌一拍脑门，进去消费又能怎样！大步走进了吴冬强的歌厅。

那个举报商贸局老刘的王刚竟然会撤诉，而且理由是那么的荒唐可笑，说自己就是和他有矛盾想报复，如果有法律问题，自己甘愿受罚。

何少为可不是傻子，这两件事不是巧合，底下一定有内幕，但不知道是谁让自己马上就要到手的证据就这样断了，一个能够展示他才干的机会又这样破灭了，这让要强的他很是懊恼。

那个沈乡长的态度也让何少一脸的不悦，那架势分明在保护赵宝钢，但他又说不出什么，只挨了一顿埋怨，至此结束。

在屏风村村部的会议室里，众人面面相觑，默不作声，都在看着这两个"冤家"如何发声。而这两人仿佛也没想如何向对方说道，都只是在那默默地抽着烟，一支接着一支，一盒接着一盒，很快不大的会议室就如同蓬莱仙境一般了。

俩人此时此刻的想法就是都想掐死对方，可又不知道从何处下手，只得这么耗着，让人下不来台阶。

蔡雪梅女汉子的彪劲发作了，将文件夹这么一扔，霸气地说道："既然开会，我就反映一下情况，特困户的救济粮少两套，咋办？"

赵宝钢一听眉头紧皱，他仿佛感到这个村里的干部全部都被吴宗平给收买了，这个蔡雪梅这个时候提这个事情岂不是在拆自己的台。

"那玩意也没俩钱，何必在会上招书记烦。"吴宗平斜眼看着蔡雪梅说道，"我出都行。"

"别别别，村里有这资金，我会找到的。"赵宝钢说着，随后朝着蔡淑芬喊道："去，老蔡，把库房那几套给发了。"

"啊？那……那……"蔡淑芬很不情愿地说道。因为那是她留着给自己的，赵宝钢这么一说，让她倍感不爽。

"那什么啊，先给人发了，好过年。"赵宝钢的口气非常的凝重。

蔡淑芬只得乖乖地答应了。

看到这一幕，蔡雪梅内心的纠结终于舒解了，她要的就是这个效果，要的就是这种权力的制衡，绝不能让赵宝钢这个冠冕堂皇的家伙得逞。"行了！我没话说了！"说完蔡雪梅就起身出去了。

尚峰看出了这层意思，看来这个女汉子已经完全与赵宝钢决裂了，开始向吴宗平这边靠拢了，散会后尚峰找到蔡雪梅，语重心长地与她谈起此事："你这是咋了？"

"啥事也没有，就是心中不满。"

"觉得还是吴主任更明事理吧？"

"拉倒吧！"蔡雪梅的话语中带着尖锐，"都一样，不过这样也好，他俩互相监视着对方，省得贪！"

"这……"

权力这东西仿佛就是一只野兽，必须得有个无形的笼子去罩着它，但并不是这样的监督，靠两个冤家互相监督？只能换来推诿与扯皮，尚峰可领教过了，还得靠法制这把利剑，可这一年多的村官生活让他觉得，这个笼子不是那么好罩的，人这个因素所能左右的太多了，把本就不牢固的笼子晃动得更加松动，甚至要散架了。

屏风村这么一闹，成了远近闻名的"明星村"了，大家都知道吴赵二人不合到了极点。显然乡里的领导对此很不满意，为了尽早结束这内斗的局面，达到维稳的态势，决定让这个村实施"一肩挑"的工作方式，即书记、主任一人当。

这让尚峰感到不可思议，这岂不是亲手铸造腐败的温床吗？这腐败的毒瘤岂不更肆无忌惮地生长了吗？但他回想这一切，仿佛也只能认同领导的做法，内斗带来的结果有时候比腐败更可怕。

吴宗平坐在轮椅上，与尚峰、宗尚三人急匆匆地来到了乡政府，一进一楼大厅就看见站在那里溜达的赵宝钢，他如同一棵古松一样笔直地站在那里，绷着黝黑的面孔，脸上的皱纹在这混乱之际丝毫没有挪动一下，犹如一尊铜像一般矗立着。

吴宗平和尚峰的到来，着实让他小小地惊讶了一下，脸上的皱纹终于轻微地颤动了一下，他多少感到有些忧伤，不知道自己做错了什么，竟然让这个自己当初很看好的尚峰与自己分道扬镳，他始终固执地认为是钱的因素，也更加深刻地认识到钱这个东西不是什么好东西。四人就这么站在乡政府那巨大的屏风下，将那五个红色大字忘却在脑后，想得更多的则是怎么"弄死"对方。

会上，沈乡长讲了一些陈芝麻烂谷子的事情，大家有意无意地听着，当讲村里改选这件事的时候，大家立刻都像打了鸡血一样耳朵竖起老高。

"屏风村最近的事情，大家都很清楚。"沈乡长边说着边点了支烟，这是他的工作方式，用烟来给自己壮胆，"还是那句话，基层维稳最重要……你俩的问题……"

沈乡长的话还没说出来，吴宗平就大声地喊道："听领导安排！"他的这一声大嗓门，让同样坐在会场里的赵宝钢好是一惊，他感到这个吴宗平今天甚是积极啊。

"可不能安排，得搞票选！"副乡长老李故意起哄，其实他心里最清楚接下来要发生的事情了。

大家都默不作声，默默地看着沈乡长。"都说说嘛。"沈乡长看了一眼大家。"既然大家都不说，我就提议，屏风村提前搞票选！"随后他看了吴宗平一眼，又看了赵宝钢一眼，"你俩有意见吗？"大家都在盯着这两个人的反应。

"听领导安排！"吴宗平高高地举起手来，叫喊的还是那句话。

而赵宝钢如雕塑一般，面容沉重，黑瘦的脸庞如同浇筑了水泥一般，懒得动弹一下，最后还是从他那紫黑的嘴里默默地送出了低沉的三个字："没问题。"

屏风村选举的大幕就此拉开了。火药味十足，因为要实施一肩挑，可以说，如果哪位失败，就基本会退出村领导地位的序列了。

会后，吴宗平按惯例和自己的老相好、副乡长老李会了一次面，面对乡里的这些祖宗，他总是表现出一种谦虚的态度，他连忙递了一支雪茄烟给老李，笑嘻嘻地说道："李哥，新宰的羊，改天去我那吃啊。"

老李叼着烟有点不耐烦地说道："还老吃羊啊？我他妈都上火了。"

吴宗平见状立刻从小腰包里拿出一纸袋子，转着轮椅将它重重地放在了老李的桌子上。"拿去买不上火的！"

"又贿赂我。"老李见到后立刻将那纸袋放在桌子上，小声地说道："也不知道赵宝钢哪好，老沈这么保他！要不你早能当支书了！"

吴宗平一听，一脸狐疑地说道："人家有文化有知识嘛！"

"屁！要我说就是不明事理！"老李深深地吸了口咽，"我倒希望你能当选这个村支书！"老李说完，拿着那个纸袋，在手里掂了一下，从他叼着烟的嘴里支支吾吾地吐出一句话："你这个老东西，如果想当这个支书，必须还得来点猛料才行！"

吴宗平知道老李说的是啥，他只是默而不语，在那里呵呵笑着。

走出乡政府大院的吴宗平第一时间打了两个电话，一是叫龙子在村里放开话，如果选吴宗平当书记，每人五百大元。第二个电话正是他县里的哥们儿老刘，这个商贸局的一把手欠自己一份人情债，他要开始催债了。

而赵宝钢一回村就开始在大喇叭广播开了，他将自己的执政理念与惠民政策念得头头是道，那沉重洪亮的声音在山沟沟里荡气回肠，当然他也派自己的儿子去找寻这个吴宗平究竟还有哪些见不得人的秘密。

赵宝钢的这招还是很有想法的。他这阵子在县里被调查的日子里，听自己一个开歌厅的哥们儿与他絮叨，说是吴宗平的儿子吴冬强在歌厅里从事一系列的不法勾当，让他多盯着点这个主任的大儿子。

他儿子赵嫌自告奋勇地去干这件事，自己无缘无故蹲了十多天号，让他对吴家的人充满了怨恨。而赵宝钢也满口答应了，因为他现在能信任的只有自己的儿子，至于那个寡妇蔡淑芬，他觉得无非就是一个傻女人，啥也不会干。

赵宝钢的这个儿子比他爹还木讷而且做事不讲方式，他竟然直接去吴冬强的歌厅闯事去了。吴冬强可认识这张脸，凡是与他作对斗争过的人他都记忆犹新，他一脸的横肉直截了当地说道："你俩干甚？"

"你开歌厅难不成还不让人进了？"赵嫌说道。

"我的歌厅不欢迎你。"

"你啥意思？"赵嫌的话语里富含着不满。

"就是想让你走。"

赵嫌知道，这是吴宗平的地盘，他可不想在这里被这个人揍残废，说着抬起屁股就走，随后用恶狠狠的眼神瞪了一眼吴冬强。

这一幕都被旁边的孙璨看见了，他现在已经和吴冬强达成了联盟，就在吴宗平住院期间，将死的父亲让吴冬强第一次感到恐慌，如果以后父亲没了，自己还能靠什么养活自己呢？而孙璨就在这个时候递给了他一根"橄榄枝"，那就是与他合作一起卖"冰"，他提供场地，而孙璨则提供东西。初尝甜头的吴冬强倍感欣喜，他更加相信这个孙璨了。

"吴哥，那家伙谁啊？"

"一个傻×，我爹死对头的儿子。"

"我派人监视他如何？"

"监视他干吗？"

"哥！防人之心不可无！"

吴冬强撅着嘴，看着走出去的孙璨，觉得他说得有道理，这个家伙毕竟与自己干过架，绝对不能让他抓住自己的把柄，随后默默地点了点头，表示认同。

尚峰正在与蔡雪梅一起挂着选举横幅，他俩自始至终都没多说过一句话，每次只是只言片语。但蔡雪梅的沉默让尚峰感到浑身不自在，他感到蔡雪梅好像有心事，但又不愿意和自己多说。

"想什么呢，往那边扯啊。"蔡雪梅的话语时刻散发着女汉子的硬气。

尚峰不敢怠慢，只得照做。

正在这个时候，吴冬强蓝色的大皮卡猛地停在了村户的门口，下来了几个人，一个个的满脸横肉，进了院就大声喊尚峰的名字。

"我就是！"

"太好了！吴老大叫你去哩！"话音刚落，这几个人就一拥而上，在蔡雪梅的眼皮子底下将尚峰架了出去，放在了汽车的后座上，就如同小鸡子一样，那么的软弱无力，那么的小气可怜。

"你们这是要带我去哪？"尚峰问道。

"坐着吧！"

随后一个油门，尚峰就像一棵小树苗一样，一头栽在了后座的靠背上。大皮卡载着尚峰东窜西窜，这一路上，他都在遐想着最坏的场景，这是怎么了？自己干错什么事情了吗？这些人是要把自己活埋了吗？他甚至还幻想着黑帮片里的恐怖事件，各种暗杀，锁喉，各种血腥场景历历在目，想到这他浑身是汗，那汗珠就像雨点一般从他的脑门上洒落下来。

很快到了地点，是一个小河沟，大老远就见到吴冬强站在土包上，他手里则拿着一个铁锹，站在那里等待着审判。

"这些你眼熟吗？"吴冬强边说着，边指着旁边的地面上放着的脸谱和一把大刀问道。

看到这些尚峰有些狐疑，似曾相识的感觉，他仔细回忆起那天吴宗平被砍的情景，突然那个戴鬼面具的家伙映入眼帘，尤其那把明晃晃的日本刀，让他终生难忘。"啊，我想起来了。很像，就是，"尚峰拎起那个大砍刀，"就是这个。"

"是砍我爹的刀吧。"

"应该是吧……不过，你哪儿找到的？"

"你别管了，你可以走了！"说着大手一挥，尚峰就又像小鸡子一样被几个大汉拉进了大皮卡，他伸长了脖子，想要看清楚吴冬强脚底下那个大坑里究竟是什么东西，终于在临近山脚制高点的时候，他看清楚了，在坑里面躺着一个人，随后突出的山脚遮住了视野，此时他的大脑一片空白，他不敢再往下想了。

这个土坑里有一个被绑着的人，满脸的瘀青，嘴被胶带捆着，无法说话。而吴冬强站在高高的坑沿上看着这个家伙，他现在要做一件他今生最牛逼的决定，那就是埋了他。孙璨走到他跟前，拍了拍身上的土，用很猥琐的声音问道：

"哥，都安排好了？"

"嗯!"吴冬强注视着这个人,褶皱的下巴颏发出低沉的声音。

"确定了?是不是捅咱爹的那个人!"孙璨小声地说道。

"是,就是他!"说完吴冬强一挥手,喊道,"埋了!"他一点也不犹豫,这股杀意就连贩毒的孙璨都感到害怕,没想到自己号称打拼多年,心里还没这个小子狠呢。挖掘机开始隆隆作响,这隆隆的轰鸣声掩盖了那人发出的呜呜声,同时也即将掩盖这罪恶的造作。

哗啦,那尘土就覆盖在那人的身上,呜呜声消失了,又一铲子下去,那土坑消失了,如同填埋垃圾一样,一条生命就这么消失了。

孙璨看愣在那里,他此时此刻,心里极端的复杂与恐惧,他没想到这个吴冬强竟然有如此残暴与血腥的性格,就这样将一个生命不经过任何法律的审判,私自处决了。

"这事就你知我知,如果别人知道了,"吴冬强说着,看了一眼那个被土填满的土包,"那个地方空着,还能再塞个人。"

一阵寒气从孙璨的脚底慢慢涌向他的头顶,随之而来的就是鸡皮疙瘩的缠绕,他感到死亡竟然距离自己这么的近,让他无法呼吸。

"没事,吓唬你呢。哈哈。"吴冬强狂吼道。

被埋的人是赵宝钢的心肝宝贝儿子赵嫌,负责监视他的孙璨从他在市里的宿舍中找出了这个面具和日本刀,将它交给了吴冬强,这勾起了吴冬强的回忆,他记起尚峰和自己说是一个戴面具手拿日本军刀的人刺伤了自己的父亲。他开始回想这其中的可能性,他那个简单的只剩下脂肪的脑袋得出了个结论,定是赵宝钢指使的,他要报复,让那个赵宝钢知道和自己作对的下场。

10

吴宗平的公关战打得甚响，本来是村民履行自身公民权利的一件事，让他搞成了商城促销大战，全村的人都知道选吴宗平能得大奖，选他的人每人能得五百元。

可他还不是很放心，他还动用了他多年在这条沟积累的所有人脉，游走在身边的这些有权有势的人，就连乡派出所的所长都不放过，也一并贿赂，他深知这些人，平日里冠冕堂皇一脸的正气，其实个个内心深处都极度地渴望财富。在他这么一顿贿赂后，所长都放出了话，就看好吴宗平了，其他人一律都不选。

老谋深算的他，还开始了地下舆论宣传对策，开始给赵宝钢穿小鞋，叫吴宗尚给村里那些闲得蛋疼的老娘儿们米和油，叫她们故意私下传口舌，说他赵宝钢又开始搞别的村的小寡妇了，意在搅动他与蔡淑芬的关系。

没想到效果大大超出了他的预估，隔天就听见隔壁那个肥硕的老娘儿们与赵宝钢的吼叫声，那阵势就如同世界末日一般，弄得整个村部的办公楼地动山摇的，甚至都闹到他的办公室来了。

吴宗平坐在办公室里的竹躺椅上，他丝毫不理会隔壁的动静，而是静静地享受着别人受罪给他带来的快意。

"吴哥，这……事你……不管管?"他的堂弟、老会计吴宗尚闻声而来，却没敢进去劝阻，他得来自己的堂哥这了解下情况。

"你事妈不?"吴宗平嘴里蹦出了坚定的四个字。

吴宗尚听后，就不再说话了，只是默默地观察着事态的发展。

随着赵宝钢重重地关上房门，一阵急促的脚步声由远而近，又由近而远。

"得，看见没? 颠了。"吴宗平说道。

他的话音刚落，他的那扇门就被推开了，一堵人形大墙展现在吴宗平面前，看得他眼眉紧皱，挑战着他粗俗的审美。

"大兄弟我没脸见人了！"是那个肥肥的蔡淑芬推开了吴宗平的门，哭着喊着跑进了他的屋。

吴宗平听多了这类假心假意的叫喊，直接冷冰冰地说道："就你那肥脸，还是不见人的好，他妈吓死老子了。"

被吴宗平这么一数落，蔡淑芬不再哭丧着脸，变得非常冷静："你还别说我，你们男人没一个好东西，瞅你那衰德行！"

"别我们男人，你看我就比较忠贞，啥母的都不侵。"吴宗平边说着边摆着手。

"那是你不行，根都衰成那样了！"

听到这个吴宗平被惹怒了，将自己桌子上的纸张重重地摔在了地上："臭娘儿们找削呢！不想混了是不？你就真认为赵宝钢能当上那个支书？他能罩着你？"

"别逗了！"蔡淑芬的语气高调且刺耳，"他？他就算当上支书又跟我有啥关系，那抠样！"

吴宗平斜眼看着眼前这个傻娘儿们，他打心眼里看不上这个女人，认为除了爱占小便宜就不会干别的，他随后用轻蔑的语气问道："别嘚瑟了，你这挪动着胖身子，找我干什么？"

"我瞅了，赵宝钢那尿货也是大势已去，他那抠样也不会给我啥，我得给我自己留点后路，你给我十万，我就把他那点骚杆子事都告诉你。"

"就十万？"十万对于吴宗平就是一眨眼的钱，但如果能掌握赵宝钢的弱点，那简直是天赐良机，可他不信任这个蔡淑芬，他感觉这个娘儿们是在试探自己。随后他问道："你能有啥好东西呢？"

"他那小保险柜里的东西我都知道。里面好几万呢，可那抠货就是一分都不给我，你说我跟他还有啥混的啊？"

　　　　　　　　　　　　　年轻气正

"你还真跟他跑瞎啊?"吴宗平的表情充满了好奇,看着蔡淑芬的这一身肥膘,人家大姑娘都是前凸后翘、小细腰,她老人家不光前凸后翘,还整个大肥腰,活脱脱一个大葫芦,一手摸下去,连骨头带肉全是软的。巡视到这儿,他随即放出爽朗的笑声:"哈哈!这个宝钢,口味真他妈刁!"

很显然这话说得蔡淑芬满脸的不高兴,她还是能听出这其中的含义的:"你啥意思啊,不给钱就算了,还损老娘!"说着站起身来准备离去。吴宗平一下子就抓住了她的胳膊,他可不想让这个到手的重要人证就这么飞了,连忙喊道:"你个老娘儿们,识闹不,不就十万吗?给你!"

不一会儿蔡淑芬就将保险柜里的那些存折和票据交到了吴宗平手里,他看了看全是这几年乡里的拨款凭证与发票凭证,很多款项吴宗平都不知道,直接被这个赵宝钢私吞了,足足有小一百万。见到这些,这个什么市面都见过的屏风村主任浑身挂满了冷汗,他没想到,表面木讷的赵宝钢藏得如此之深,干的勾当比自己还牛逼,大叹自己不如这个支书啊。但他故作淡定,一脸的不屑,面对着这个蔡淑芬,充满了厌恶:"就这几片破擦屁股纸,你他妈跟我要十万。"

"你啥意思,要反悔。"

"给你五万,赶紧走人!"

"挨刀的家伙,你骗我!"

蔡淑芬喊到一半,粗黑的吴宗尚走了进来,那架势分明就是要动武与她较较劲,见到要动真家伙,这个肥女人立刻泄了气,她明白如果不就此走人,没准那五万都要不回来了。

"行!五万就五万!拿钱!"

只见吴宗平示意了一下吴宗尚,这个老会计就从自己的腰包里拿出了一沓纸钞塞在了这个肥蠢的女人手里。

蔡淑芬接过钱，头也不回地走出了屋去。

吴宗平拿着这些票据，嘴乐得都合不上了，他此时此刻想到的只有一个人，而且在这个时候还打通了那个人的电话。

"何科长吗？我是吴宗平！我要实名举报个人！很重要，包你喜欢！"

晚上，赵宝钢回到了自己的办公室，他神色慌张，黢黑的脸上严肃得让人害怕，他注意到了自己的保险柜被人动过，但他没有工夫去理会这个，他有更急切的事情让他焦急，那就是他的儿子已经消失四天了，他很害怕，因为他让自己的儿子去监视这个黑道家族，他害怕那个野蛮的吴冬强会做出什么事来，他现在就算不做这个支书，也不能没了儿子啊。想到这他决定当面对峙吴宗平。

就这样，两个"土豪"在吴宗平家大院门口对峙上了，一场世纪大战即将开打。吴宗平见到气势汹汹的赵宝钢并不感到惊讶，因为他的机密已经被自己上交了，他肯定会找自己。

"吴宗平，你他妈的毁我！"赵宝钢开门见山语气十分强硬。

"你这话怎讲？"吴宗平说道。

"四处造谣说我和他人通奸！"

吴宗平听后一阵郁闷，用很调皮的语气问道："这是造谣吗？"

"操你大爷！"赵宝钢开始撸起袖子要和他干仗了，自打上次挨刀以后，吴宗平开始加强了自身的安保工作，现在的他到哪都带着几个壮小伙。面对赵宝钢这黑瘦的老头，哪里是保镖的对手，没几下就被两壮汉架了起来。

"你说咱俩都是干部，何必动武呢？多没素质啊！"

"你放屁！你说你把我儿子怎么了，你说！"赵宝钢的声音歇斯底里，让吴宗平摸不着头脑。

"我能把你儿子怎么着？"

"吴宗平，你怎么毁我都行，就是不能碰我儿子。你要是碰了

　　　　年轻气正

他，我他妈跟你没完。"

"你说这话我就不明白了，我吴宗平就事论事，不干那下三烂的事。"

"那他去哪儿了？"被架着的赵宝钢狂吼着。

"我怎么知道。"吴宗平说道，随后眉眼挑逗了一下："没准随他爹，去哪找小寡妇去了呢！"

"操你大爷吴宗平，我跟你没完！"

赵宝钢边骂着就被几个人给架了出去，仿佛他就是那个闹事的，被无情地撵出了政府大院，还将门口的屏风撞了个稀碎。

听着院外面赵宝钢滔滔不绝的骂声，吴宗平心中久久不能平静，自己的面子就这样被无情地践踏着，他心里的火无处发泄，只得开始和自己的堂兄宗尚聊了起来。

"什么素质！"吴宗平看了看身边的宗尚说道，"你说就这素质他能当好支书吗？"

"不能……"宗尚默默地回答。

随后吴宗平又说道："你说就这办事能力，他能干好基层工作吗？"

"不能……"

被骂的吴宗平心里还是不爽，他继续说道："你说就他这生活作风他能当好标杆吗？"

"他？"吴宗尚斜眼看了看茅厕的位置，用他那仅有的文化水平说出了一个破天荒的比喻，"什么标杆！分明是个茅房的搅屎棍！"

据说当晚赵宝钢就被县里的纪检委带走了，何少为并没有亲自出动，他懒得去掺和这水深土肥的事情。

在有力的证据下，赵宝钢一股脑儿地都招了，自己贪了多少钱，又偷存了多少马桶，拿了公司的回扣等等，当然他唯一没招的就是和蔡淑芬的通奸行为，面对自己大势已去，他突然感到，争什么啊，平平安安最好了，为何要这么拼命，最后把自己搭进去了。他最后请求组织帮忙找到他的儿子。

可是他的儿子却一直没找到。

面对这样的局面，屏风乡乡长老沈一脸的愁容，他自叹自己看走了眼，没想到这个一身浓厚的革命气息的赵宝钢竟然这么的不干净，在任期间总是出事端，反倒是那个四处谣传涉黑的吴宗平，啥毛病也没有，还能镇得住这些村里的山野草寇。

而且他更惊讶的是，这个姓吴的市里还有亲友团，还是管项目投资的商贸局。那儿的一把手说了，只有吴宗平执政屏风村，他们才敢放心将旅游度假山庄的大型项目入驻屏风乡，因为他在，能稳住阵脚。这让老沈骑虎难下，看来不选吴宗平做支书都不行了，虽然他看不上这个目中无法、目中无纪律的吴老黑。

沈乡长决定召开紧急会议，吴宗平照旧先来到老李的办公室摸下底细。一进屋，老李就大声祝贺："兄弟！恭喜你当选屏风村的支书啊！"

"别逗，别逗！"吴宗平客气地回绝道，但他心里其实充满了喜悦，因为老李就是领导的晴雨表，他每次的话能直接代表这次会议的主题，面对他的祝贺，吴宗平深深地叹了口气，他自己这辈子所盼终于能够实现了。

会上沈乡长用沉重的语气通报了赵宝钢的问题，让大家引以为戒。随后就是通报屏风村村支书的任命问题。他环顾了一下与会的人，一脸的无奈，随后有气无力地问道："大家还有没有别的人选？"与会人员都没有说话，都默认了那个唯一的人选。"那好……"沈乡长语气停顿了一下，终于念出了吴宗平最想听到的那三个字的名字，"我提议，让吴宗平担任屏风村的村支书！谁有意见吗？"

话音刚落只听一声高吼："有！"大家都向这个声音看去。

会场里大家都在盯着这个声音来的方向，是副乡长老李，他高举着手，直勾勾地盯着沈乡长。"有，我有！"吴宗平也惊奇地看着老李，他不知道整个跟自己铁瓷的老家伙要出什么意见。

"乱弹琴！你有啥意见？"沈乡长很是惊讶地问着老李。

"我的意见嘛，就是吴宗平得把他家祖坟好好修修，这是沾了哪门子喜气了！哈哈！"老李的意见太调皮了。

"你个老李！"沈乡长十分无奈地说道。

吴宗平终于登上了自己权力的顶峰。

晚秋并没给这山沟里的动物们带来任何寒气，土狗们不知羞耻地吐着舌头，不愿过多地动弹。人不知羞耻地敞开胸怀，都猫在自家的土炕上感受着心静自然凉的意境。知了也不再吟唱，躲在树叶的遮蔽下享受自己为数不多的日子。在艳阳的烘烤下，整条山沟都毫无生机，弥漫着某些东西散发出的恶臭。但随着一阵轰鸣的炮仗声，这条沟里生物们的好日子到了，那就是吴宗平庆祝自己当选村支书的日子。宴席大摆了三天三夜，这饕餮盛宴引来了整条沟的人来吃喝、土狗来捡狗剩、蝇子来排卵、蚊子来吸血等等，一切为了能满足自身利益需求的生物们，当然这其中就包含尚峰，他是来给新书记干活的。

阔开间的二层洋楼被新刷了漆，外面一圈青灰色的围墙也刚刚粉刷过，一尘不染，门口新置办了两座大石狮子，再次彰显吴宗平家的实力。大门两边站满了和坐满了等待吃喝的老人们，露出黄牙板在那里乐着笑着，所以尚峰这个年轻人的出现显得分外扎眼。

"你咋来咧？"龙子见到尚峰问道。

"来吃席！"

"今天不吃席，今儿都是来干活的！你也是干活的？"

"……"尚峰一顿沉默，摸了摸下巴，"还真不知道？"

"你说你！"龙子用食指点了点尚峰无奈地说道，"学生官啥也不懂！"

"惭愧，惭愧，我是两耳不闻窗外事，一心只读圣贤书。"

"又跟这儿转！"

"那……我明天再来！"尚峰说着欲转头离去。

"哎，别走啊，来了就给书记帮忙呗。"

"书记不待见我，我就不凑份子了。"

"你给帮忙他肯定待见你嘞。"

正说着，吴冬强从院子里快速地走了出来，用他那凸出的牛眼透过那金边眼镜看了一眼尚峰，立刻咧开了嘴，呵呵直乐。

"你俩也来咧！"

"吴哥好！"尚峰略带紧张地问候了一句。

"好！哦对，我得去办些事，你们赶紧进去跟我爹打声招呼。"说罢他就走了出去，招呼了一声，三五个生龙活虎的小伙子，夹带着汗腥味和酒糟气，哗啦哗啦地从书记家门里夺门而去了。

"主任来了！"吴宗平见到尚峰后用同样的话语问着尚峰。

尚峰听着这句话感到很刺耳，他还不适应这个称谓，他刚要回答就被龙子抢了先。

"他是咱村新主任？"

还没等尚峰回答，吴宗平先放出了话："对啊！尚峰一手好文采，又懂法，必须的！"

尚峰听后默默地点了点头。

龙子立刻将手举过头顶，做出了一个敬礼的姿势："主任好！"

听到这话，尚峰一脸的无奈。"你快拉倒吧！哎，对了，你和你哥那房产那事我已经和同学沟通了，随时就能上法庭。"

"太好了！"龙子回答道。

吴宗平一听立刻拿起手边的拐杖，朝着龙子的身子就拍了过去："好你妈的蛋！你真告你哥啊！"随后他又死死地瞪着尚峰："你！我大喜日子你就跟这法庭法庭的！不想干了！"

二人自知理亏都不说话了。

此时吴冬强带着几个半大小子来到东头屠户的家，一进院就看见那口如磨盘一样大小、黑黢黢的大锅。

"叔，借您大锅煮肉，跟您打好招呼了。"

屠户一顿迎合："冬强住用啊，拿去。"可那口锅甚是沉重，几个后生都抱不起来。吴冬强挠了挠那个被薄薄一层头皮包着的肥脑袋，头皮上的汗液被溅起老高，终于想出了一个主意。

"叔，有绳子不？"

"有吊猪的钩子，拿走。"

吴冬强麻利地取下钩子，又迅速地扯出麻绳，让几个小子把大锅捆上。他随后又抄起墙根的铁棍，穿过绳子。

"抬起！"

几个后生就将这口锅抬了起来。吴冬强随后大手一挥，示意几个人先出门，随后他又挠了挠他那满是汗液的肥脑袋，汗液被溅起老高老高，他大步走在前面，身上的汗犹如洒水车一般向四周扩散着。仿佛都怕被汗液溅着，走过路过的人都给他让路。

尚峰呆呆地坐在马扎上，看着周边的人忙乎着，可自己却一点也搭不上手，自知干粗活不是自己的长项，他越来越不自在，悄悄地站起身来，走到门口欲要离去，出门就碰见了那勇猛无比的"汗液洒水车"吴冬强。

"尚峰别走，一会儿一起喝点。"

"我……我不会喝。"

"不会学呗。"

说完立刻从院子的角落里找来几块板砖，一手拿一块，很快就码放成了一个凹字形的灶台。

"放上！生火！"

这一切都被吴宗平看在眼里，背着手，面带着微微的笑容，眼角的细纹伴随着微笑逐渐显露出来，他从上衣兜掏出香烟，缓缓地走到吴冬强跟前，磕出一支递上。

"儿子，歇会儿，抽支。"

"爹，忙完了再抽。"

"哎，抽支抽支。"

"唉。"吴冬强接过烟抽了起来。

"你跟你爹我年轻时候一个样，能干！"

这是吴冬强第一次听到自己父亲夸奖自己，这让他惊喜万分。"还不是爸你基因好！"

吴宗平听后，嘴一咧，露出那两颗金灿灿的假牙，他第一次感到了养儿防老的感觉，但是如果能再有个孙子就更好了。

宾客从四面八方前来祝贺，当然吴宗平市里的大后台老刘不可能来，不过他托人送来了大礼，十五万的现金和工程项目函，那就是旅游度假山庄，指定要建在屏风村。这让吴宗平再次嘴一咧，露出那两颗金灿灿的假牙。

何少为破天荒地也前来祝贺，但他却没有走进院子，只是远远地等待尚峰出来见他。

"少为兄……你来啦。"尚峰走出大院，看见何少为说道。他内心深处知道自己干了亏心事，说了违心话，所以话语之间很没底气，夹带着些许歉意："我也是身不由己，理解我。"

"明白，不用说我都知道……"何少为面带笑容地说道，"我只想说，你别陷得太深哦。"

尚峰没有做出回答，他感到何少为话中有话。

"拿着，我送吴书记一块牌匾，你替他收下。"说着，就从车的后备厢拿出一个红布包裹着的牌匾，交给了尚峰。随后一分留下吃饭的意思都没有，驾车就离去了。

面对着何少为如此的态度，尚峰又气又悔，他知道与何少为的友谊可能就此断了，但又能怎么办呢，反正何少为是不会理解自己在基层的处境的。

当看到这块牌匾的时候，吴宗平的嘴咧不开了，而是面如石板一样注视着，嘴噘得像块膏药，死死地贴在鼻子下面。

"独夫民贼"四个金色大字，生生地刻在那个黑色牌匾上。散发着油墨特有的刺鼻味，表示其刚做好不久。

"你给我解释解释这四个字的意思……"吴宗平坐在轮椅上，指着牌匾对尚峰说道。

"嗯……"尚峰不知道该怎么去说了，因为这个词语含义太刺耳了。

"反正不是什么好话，因为他有个贼字。"吴宗平叫喊着，十分的愤怒，"小杂种，敢跟我这儿找事，弄不死你。"

"爹，咱找人弄了他。"吴冬强的大脑永远是那的简单原始，原始到只会用下体去思考问题，在他的思维里，只有武力是自己最拿手的。

"办你个头头！刚夸你两句就他妈露怯！猪脑子！滚！"吴宗平骂道。

吴冬强一脸的委屈，因为他又挨他老爹批了。

晚上，吴宗平在自家的大院里摆了五大桌，各式的硬菜盘子相互摞着。席间的人都在大口喝酒大口吃肉，唯独尚峰呆坐在那里，他陷入了沉思，沉思着自己今后工作如何进行，他要甩开膀子大干一场了。

大家吃得正酣，来了个肥硕的女人，是吴冬强的媳妇，这是尚峰第一次见到这个嫂子，那肥硕的屁股如同村口废弃的石碾，奶子比蔡淑芬的还大，肥大的脸盘已经不容分说地将眼睛的空间挤压到了极致。

显然吴宗平很不待见他这儿媳妇，言语里充满了轻视："儿媳妇来了。"

"是，来了。"吴冬强媳妇的回答也充满了不敬。

"你说你这身子，都胖成这样了，什么时候给我整出个孙子来啊！"吴宗平的问话里表明了他为啥不待见这个儿媳妇。

"您还是问您儿子吧。"说完，就扑通一屁股坐在座位上，头也不抬地吃了起来，那吃相不比村口垃圾堆边的土狗强，甚至像一头勇猛的山猪。

正在这时，尚峰又看见了那个消瘦的身材，干练的短发，麦芽般的肤色泛着闪烁的光泽，黑俊黑俊的身影，是蔡雪梅，她帮忙来了。

"哥几个喝好吃好！"

蔡雪梅端着四大盘糖醋红烧鱼麻利地从厨房走了出来，招呼着客人。女汉子办事就是干练麻利，这是优点也是缺点，优点是把男人的活都给干了，缺点是男人们没把她当异性，所以她一直单着，不过她也习惯了。

吴冬玲也来了，与女汉子一对比，差距就出来了。这个支书的大闺女那真是大家闺秀，皮白肉嫩、声音清脆，她的到来一下吸引住了尚峰的目光。吴冬玲也发现了尚峰一直在死死地盯着自己，故弄玄虚地将头一扬，高傲地向里屋走去。尚峰就像发现了猎物的探照灯一样，始终向她投射着电力。

这一切都被蔡雪梅看在眼里，女人特有的嫉妒心油然而起，让

　　　　　　　　|　年轻气正

自己的心里久久不能平静，甚至连端盘子的动力也没了，只得干站在那里咬着手指头，来发泄那份无法形容的愤懑。可她随后又觉得可笑，自己真是自作多情，面对各方面都比自己强太多的吴冬玲，人家吸引异性的目光是对的，自己干吗这么跟自己作对呢？很快，她就又找回了女汉子的"斗志"，撸起袖子就开始刷碗，可是她看到尚峰始终注视着屋里的吴冬玲，自己心中那份愤懑又油然而生，只得一边刷碗一边跟旁边帮厨的人絮叨着："瞧瞧人家，啥也不用干，都能有饭吃。"

这一切也引起了吴冬强的注意，他悄悄走到父亲跟前小声地说道："爹，我怎么觉得那个尚峰对我妹妹有意思啊？"吴冬强的话语引起了吴宗平的注意，他注视了一阵女儿和尚峰，扑哧一乐。

"你放心，你妹妹眼光高着呢！不会那么轻易就和别的男人跑的！"

酒席散去，各路人马都陆续与吴家的人告辞，而尚峰却迟迟没有离去，他想和吴冬玲说上几句话，这份渴求让他的内心久久不能平静。而吴冬玲则故意躲着他，在奶奶的屋里久久不愿出去，她在体会这种被人关注的感觉。

"别等了，人家都睡觉了！"蔡雪梅那粗放的声音刺痛着尚峰的耳膜。

"你甭管我！"尚峰很不客气地回答。

"我……"

尚峰不客气地把她的话头给堵住了，这让蔡雪梅无地自容，让她恼羞成怒，随后将袖子一甩就匆匆地离去了。

过了半天，见吴冬玲还不出来，尚峰放弃了等待，他只得径直地走出了院门，将自己那份渴望埋藏在内心深处。

看着他的背影，吴冬玲内心十分矛盾，她能感觉到这个大学生村官对自己的倾慕。但高傲的性格又让她不甘心与这个学生官交往，至少对于尚峰现在的身份来说，她是不甘心的。

院子里最后就剩下了吴宗平，他坐在轮椅上，拿着那把袖珍紫砂壶，吧唧吧唧地喝着茶水，他将吴冬强叫到了自己的跟前，他要询问一些事情。

"你见着过赵宝钢的儿子没？"

吴冬强一听，倒吸了一口冷气，随即稳定了一下："你关心他儿子干吗？怕他报复你？"

"那倒不是，只是……有些惭愧。"

"惭愧啥？你还知道惭愧呢？"

"毕竟以前一起处过事，儿子找不到了，多着急啊！"吴宗平说道。

吴冬强听到这话后，一顿摇头晃脑："你可真假仁慈，把他送进去你咋不惭愧呢？"

"算了，你不知道就得了，话真他妈多！"吴宗平貌似又想到了什么，他继续问道，"对了，你媳妇刚才说了，关于生娃的事，她叫我问问你。"

吴冬强坐在院子的台阶上，低着头，嘴里叼着那根抽到半截的烟屁，默不作声。

"问你话哪！"吴宗平又问道。

"反正……"只见吴冬强低着头，竖起三根手指，"反正糖尿病，仨加号。"

"治了没？"吴宗平的语气略带着焦急。

"治了，没用。"

"怎么会没用呢？"

"就是没用，得降糖。"

"那就降啊。"

"我降了不管用。而且医生说可能还有别的问题。"

"别……"

吴宗平想问，可他又没有问出来，他觉得应该给吴冬强一点做男人的尊严，这事比较关系男人的脸面，很多事不必要深究了。随后他重重地靠在椅子背上，他彻底没了期盼，心里十分复杂，当支书的喜悦瞬间被冲得烟消云散了，现在他满脑子都充满了悔恨，自叹这辈子是造了啥孽啊，老天是要断他家的后啊。

第三部：当权力不再受约束

"怎么的?! 你有意见? 有意见就别干了!"

1

用大难不死必有后福这句话来形容吴宗平现在的处境那真太贴切了，他刚当上村支书，就迎来了他，乃至全村人都期盼的大事件——拆迁。

星级度假山庄工程规划定了，屏风村这个落魄的小山村被选中了，原因很简单，就是它广厚的后山完全可以当作探险、狩猎、采摘的理想场所，当然这其中还有吴宗平的一份"功劳"。

这事一定，山村的基础设施瞬间就从国家标准变成了不符合时代要求的落后设备了，整条公路和公路两旁的民房显然要整体搬迁，村里的居民们终于可以搬出那个住了一辈子的农房，搬进漂亮的冬暖夏凉的回迁楼，还能得到一部分赔偿金。拆迁拆迁一步登天，就是这个意思。

很显然他志不仅在此，他胃口更大，拆迁所带来的"经济效益"已经无法填补他的欲望，回迁楼的修建与度假山庄的土方工程才是他的菜。他要把这块诱人的蛋糕全部吃到自己嘴里。可他很快就察觉，这块蛋糕并不是那么好吃的，因为各方势力都在虎视眈眈地盯着。当然还有一股正义的力量也在虎视眈眈地盯着他和他的这块不该分的蛋糕。

拆迁这件对百姓的大好事的消息不胫而走，凡是涉及到的村民都开始加盖自己的房子，百姓的想法很朴实，为了拆迁的时候能够多分点钱。吴宗平很清楚这点，虽然这都是非法违建，但他却睁一只眼闭一只眼，让大家去折腾，一时间国道两旁就堆满了各种建筑材料，水泥白灰，车子一过，黄沙漫天。

这显然是违反国家拆迁法的行为，是不允许的，尚峰不明白，支书吴宗平为何不制止，这些违建为何要放纵呢。

"大家选我做书记，我得回馈大家！"这是吴宗平的回答。

"可是这违法啊！"

"扯！你不说违建，我不说，谁知道它是违建，反正是国家出钱，多建多赔！"

吴宗平说这些话自有他的算盘可打，其实他早就开始让宗尚加盖他家的院落了，并且也开始让自己儿子加盖自己的院落，并且开始托人在自己家的土坡上种起了树苗。他其实才是拆迁最大的受益者，岂能搬起石头砸自己的脚。现在这个村是他说了算，谁能把他如何。

"您这是土皇帝的做法啊！"尚峰只能用这句话语回敬他。

"怎么的?! 你有意见? 有意见就别干了！"

尚峰哪里敢惹这个土皇帝，这可是他的衣食父母啊。显然这个不受限制的野兽背着他还做了不少部署，当然他也不敢过问，他怕被这个野兽彻底地吞噬掉。

冬天的气息随着打脸的寒风，从沟外刮了进来。灰蒙蒙的屏风村已经开始见红了，户户张灯结彩，鞭炮声也此起彼伏。原先国道两排的平房全都变成了高高的小洋楼，还有私搭乱建的各种窝棚，将那个本就不宽的国道挤压成了胡同，这临近过节竟然出现了大堵车，着实让人惊叹。

尚峰感到阵阵的寒意，他不喜欢炮声，让他感觉就像是放冷枪一样，总是突然吓着他的神经。他在写春节法制宣传话剧的脚本，反复地打磨了一个月了，因为这是吴冬玲再次给他指派的神圣任务。

蔡雪梅倒是比谁都兴奋，这个女汉子今天竟然穿了件火红色的羽绒服，还描了眉毛。

"尚峰你看我这眉毛怎么样？"蔡雪梅突然闯入了办公室。

一双粗壮大刀眉如房顶的横梁一样，架在她的脑门上，很显然这是她特意画上去的。

"你……好俊朗！"尚峰本想说眉毛好粗，可话到嘴边，又收回了话语。

"你懂什么！这叫韩式一字平眉。武媚娘传奇里面的女人都是这种眉毛。"

尚峰听到此话，手里的笔一下掉落到了桌子上，他听到此话时顿时一身鸡皮疙瘩爬上了全身。

"尚峰，你过年去哪里过？"

"回家……或者……"

"别回去了，就在这过吧，吴主任好热闹。"

尚峰没有回答。

蔡雪梅故意使坏挑逗他一下："吴冬玲也回来过！"

"真的?!"当听到这三个字后，尚峰噌地一下站了起来，那劲头就像冬天山上的野兔子一样矫健灵敏。

蔡雪梅嘴一撇，一脸的嫌弃，"你瞧你那点出息！"

尚峰感到自己被玩弄了，有些生气。"我不跟你这扯了！"说着他就要走出屋去。

年轻气正

"哎，你去哪儿？跟我去赶集吧。"

"你去吧，我这儿还有事！"尚峰一下子拒绝了，说完就转头走出屋去。看着楼下尚峰的背影，蔡雪梅知道他去哪儿，顿时没了心情，愣愣地坐在那里，独自一人苦闷着。

乡里法制宣传话剧的排练稳步推进，吴冬玲在那里饶有架势地当着导演，追求完美的她不容自己的工作有半点瑕疵，所以她让尚峰回去改本子了。这已经是第四次修改了。不过她还是很敬佩尚峰的，这个大学生用话剧宣传的法制建设点子，是县里首次，已经被领导批准，并通过宣传让很多部门关注了，这让吴冬玲脸上荣光无限。

尚峰一进屋，就看见吴冬玲正在那指挥着，那份专注和敬业让人痴迷。同是专注和敬业，那个女汉子和女神感觉就是不一样，想到这，尚峰摇了摇头，心说怎么会想起蔡雪梅呢？

"剧本改好了！"尚峰轻轻地打断了吴冬玲的专注。

尚峰的到来让她多少有些惊讶，两人的交谈方式也亲切了起来。

"这次不合格，还得回去改哦！"吴冬玲用她特有的话语说。

"没问题的！"

吴冬玲又开始专注地指导起了话剧，尚峰只得一个人坐在那里，无趣地看话剧排练。这种尴尬让他比较惆怅，他感觉自己有些多余，也许是那个女神很忙，也许是自己碍眼，想到这，他起身欲要离去。

"下午没事跟我去赶集吧，和我一起买点话剧要用的东西。"一个清新却略带坚毅的声音说道。

是吴冬玲的声音，但，是尚峰的福音。

"没问题！"

这是尚峰第一次去"赶集"，那规模只能用壮观来形容，让尚峰最震惊与纳闷的就是大集的选址了。平日里国道北侧的河滩空无一物，杂草丛生，而南侧，则是一大片荒凉空场。但在这个时候竟然全入住了商贩，卖的东西也是纷乱复杂，覆盖了生活所需的一切。开着拖拉机卖白菜的菜贩，掰着菜叶子叫卖着；骑着三轮车卖豆腐的大妈，一脸严肃地坐在那里，大有豆腐香不愁卖的姿态。甚至还有推着小推车卖自家酱牛肉的老太太，用那个袖珍的小杆秤有模有样地称着；还有卖大衣羽绒服的，更是向商场致敬，齐刷刷地挂上一排，任凭旁边卖土鸡摊位的臊臭味熏陶着。就是这么个结构，沿着国道延绵出去两里多地。前来挑选商品货物的人那就更是黑压压一大片，甚至都溢淌到了国道上，堵得汽车无法动弹，自行车下来推行，而行人也必须侧身才能前进。就这样叫喊声，车笛声，机器轰鸣声，土狗柴鸡不宁声，欢笑打骂金属撞击声，充斥着这座山沟与平原的交界处，搅得这宁静的山乡没有片刻安宁。

"这些商贩合法吗？"尚峰坐在车里，看着几乎都快碰触到他们汽车的人说道。

"都是自家的东西拿来卖的！"由于拥堵太严重了，吴冬玲有点不耐烦地回答。

"那就是无照经营啊！"

听到这个，吴冬玲注视着尚峰，她顿时感觉无语了。"大学生，你也太木了，人家就是拿来卖点东西而已。"

"这都有法律责任在里面的！万一吃出毛病来……"

"那你下车，我自己买。"没等尚峰说完，吴冬玲就用这句话将他堵了回去。

尚峰顿时没了底气："呵呵，当我啥也没说。"

白色的沃尔沃轿车最终停在了一个土坑里面。

吴冬玲今天穿的是一件荧光绿色的羽绒服，披散着的头发散发出阵阵发香，让尚峰陶醉。

"说你不懂基层，你还不爱听，这叫文化懂不？"吴冬玲边走着边训导着尚峰。

"啥文化，多不卫生啊！"尚峰指着路边一个卖柴鸡的摊位说道。

吴冬玲一脸的不服气："嗨，我跟你说，农村养的鸡才干净呢，都吃自家的小米！"

看着卖鸡的商贩将鸡抹了脖子放干血，尚峰的嘴都撇到天上去了，这一地鸡毛和满地血迹，他怎么也想不出与干净二字对得上的情景。

"请我吃冰糖葫芦吧！"

看到冰糖葫芦摊，平日里英姿飒爽的吴冬玲，突然展现出一股可爱的孩子气，调皮、矫情与撒娇。

尚峰一下就酥软了。"没问题！"再不卫生，他也满口答应了。

吃着冰糖葫芦，吴冬玲更加像个调皮的小女孩了。"我从小爱吃冰糖葫芦！"

"那再多买个？"

"够了，还得留着肚子吃别的呢。"

听到这个，尚峰顿时无语了，他心说，就这卫生条件还要吃别的。但吴冬玲丝毫不在乎环境的不卫生，她逐渐展现出农村女孩特有的不娇气、不讲究、不多事的品质。但这种偏爷们儿的品质，尚峰并不感到反感，反倒让他觉得吴冬玲很真实、很洒脱，与她接触，心里很坦然。

二人来到一个机器轰鸣的摊前，那情景让尚峰有种要吐的欲望，只见一个机器将面吞入，从出口"拉"出一个长条来，那架势真跟大号很像。

"我要吃这个。"

吴冬玲的话语让尚峰一惊，这个丫头还真什么都敢往嘴里塞，他开始犹豫了。

见到尚峰有些犹豫，吴冬玲立马拉起自己的LV包的拉链。"算了，老让你掏不合适。"

"胡说！"尚峰急了，"男人跟女人来逛街就是来掏钱的，这是我们男人的义务！"

吴冬玲听后笑得前仰后合，随后拿起一个长条转头就走，尚峰连忙付钱。

对于衣着的审美，二人还是比较能达到一致的，都向城市青年看齐，那些挂着的衣服不管是样式，还是颜色，他俩都用撇嘴来表示否定。

"这些衣服都太土，老娘儿们才穿呢！"吴冬玲扯着衣服说道。

"你也说老、娘、儿、们这几个字？"尚峰有些惊讶。

"为什么不能说呢？这又不是骂人话，怎么，玷污了我在你心里的地位？"

"别逗了，没有，"尚峰顿时语无伦次了起来，"就是感觉……"

"比较俗是吧？"吴冬玲立刻抢了先，还没等尚峰回答，她又继续说道，"也没办法，在县里干了这么多年了，耳濡目染的。"

"我也很俗的！哈哈！"尚峰想要打破这份尴尬。

二人终于找到了法制话剧要买的东西，吴冬玲非常老练地讨价还价着，尚峰则在旁边注视着她，一举一动真的好美，轻轻的发丝在洁净的脸庞飘荡着，红润的嘴唇翻动着，让他如此陶醉。

"尚峰，你怎么在这？"一个强硬如硬汉的声音喊道。

是蔡雪梅，她惊讶地看着尚峰，有些生气，尚峰对自己撒了谎，结果却出现在这里，但很快她就明白是怎么回事了，因为她看见了吴冬玲。

吴冬玲不知道这其中的故事，很亲切地抱住蔡雪梅，就像个亲姐妹一样拉着这个女汉子："梅子，快帮姐挑东西。"

而蔡雪梅则用她那特有的大眼死死地盯着眼前这个男人，此刻

年轻气正

她心中生起无名的嫉妒之火，但很快就被自己的理智压了下去，只得默默地告诉自己，是自己想多了，没事非往那地方想，自己真是有够傻。

"你俩挑吧，不打扰了！"说着，这个女汉子就甩开了吴冬玲，大步向人群中走去了，不一会儿就不见了踪影。

吴冬玲见状就质问尚峰："你是不是惹着梅子了？"

"没有。"尚峰很是无奈。

"梅子在我村那都是二期村官了。五年了，你要向她学的东西可多了。"

经过千难万险，白色沃尔沃终于驶出了这人的海洋，让人慨叹，平日里宁静的山村，竟然埋藏着如此巨大的需求，只是缺乏那个引燃需求的导火索，而大集就是这个巨大需求能够得以释放的火线，如果能够将其正规化、制度化，岂不更好。想到这里，尚峰将车窗摇开，感受着这可爱的乡气与土味。

"听说你要帮龙子跟他哥打官司？"看着犯二的尚峰，吴冬玲问道。

"是的。"

"你这是要断送他们兄弟二人的亲情啊！"

"你怎么也这么说，这分明是好事啊！"尚峰的话语有些激动，"这是基础农村法制的一次飞跃。"

吴冬玲听到此话后内心十分复杂，大学毕业的她当然知道国家最终还是需要法制来维持的，但亲情这东西，在她心底是根深蒂固的，这点她与父亲吴宗平的观念是一致的，到底要法还是要人情，她也无法给出确定的答案。

"我觉得龙子一定会后悔的。"

"放心，他说跟他哥没感情了。"

"哼！"一个哼字代表了吴冬玲对于这件事的不信任，她不看好这个事情。

"哎，咱俩这次算约会不？"尚峰突然问了一句半开玩笑的话。

只见吴冬玲笑而不语，摆了摆自己的头发，故意将脸冲向车外。

"不算吗？"尚峰继续追问。

"就是一起买东西！"吴冬玲说道。

尚峰顿时无声了，他有些无奈，仿佛这个女人还在考验着自己，让自己摸不着底细。

2

人原始的生存本能其实和动物没有任何区别，尤其对食物的寻觅，有的时候比动物还强，当苍蝇还没找到厕所、土狗还没找到垃圾的时候，人就已经能嗅到空气中飘浮着的钱味。

德宝就是这么个原始本能十分发达的人物，他已经嗅到了发财的机会了，尤其这个回迁楼项目，在他看来就是座金矿，就是他这辈子能够彻底飞黄腾达的关键，而这个关键中的关键，就是吴宗平。更何况之前，在帮他办事时花了一百五十万，他得双倍挣回来。

在他开的洗浴中心里，他终于将这尊大神请了过来，借口说得那么冠冕堂皇与伪善，那就是帮助吴宗平洗洗澡，洗去去年的晦气与不爽，吴宗平显然知道自己就是那块香饽饽，自己把持着这几千万的回迁楼资金的命脉。

在县里德宝的洗浴中心内，烟雾缭绕的温泉里有两个赤身裸体的男人，一个是吴宗平，而另一个则是德宝，那次帮他摆平脏活后，二人的感情更加亲近了，当然二人也是为了共同利益才走到一起的，也可以说是为了共同的"恶"走到了一起的。

德宝所想的只有利益而没有真正的友谊，他要将这个供奉的大神所有价值发挥到最大，让自己的家族能够真正的飞黄腾达。微妙的是，这尊他眼里的大神欠着他的人情债，他要开始催债了。吴宗平不傻，他知道自己也得还债了，于是二人来到了洗浴中心，以裸体相见，抛开一切虚伪，直切主题。

"这地方不错！"吴宗平说道。

"就咱自家的地儿，您随时都能来。"德宝边说着边用毛巾往自己身上洒着热水。

"天天来？不得花死老子？"吴宗平泡在热气腾腾的水池子里。

"哪儿有！"德宝边从池子里走出来，边用敬佩的口气说道，"您这家财万贯的，有几个亿的资金在手里攒着，还怕这点小钱！"

吴宗平听后半眯的眼睛微微睁开："谁说的？"

德宝呵呵一乐："别管谁说的，是不是吧。"

"不是，纯属造谣。"吴宗平嘴里虽然这么说，但心里却开始打起了响鼓，他不知道德宝从哪打听到这个消息的，他所说的就是屏风村的拆迁工作与回迁楼工程款。吴宗平知道，无利不起早，这个德宝请自己洗澡，肯定是为了这次拆回迁楼的事，好几千万的工程呢，别说他德宝了，是个稍有点商业头脑的人都会闻风而来。当然他吴宗平是个知道感恩的人，这也是他能够结交众多朋友的原则，面对这个曾经帮自己铲事的人，他显得格外地放得开，不加掩饰，直切主题。"放心，回迁楼有一栋是你的，别悬着了！"说完，吴宗平赤身裸体地从水池里站了起来，趴在躺椅上，等待搓澡人的到来！

"搓澡的呢，快来人搓澡啊。"德宝听后非常的兴奋，这股兴奋让他狂叫道，随后也趴在吴宗平旁边的躺椅上，"我倒不稀罕这个……"

"那你想要什么？"

"那个……"德宝犹豫了一下，他有些胆怯，但面对巨大的利益，他不得不将自己的企图推向前方，"那个……度假山庄的楼也让我建点呗。"

吴宗平听到这话后立刻翻过身来，用惊愕的眼神看着德宝，他没想到这个家伙竟然狮子大开口，提出这样过分的要求。"这可不好办，这是县里的工程……"

"瞧您说的！谁不知道您县里有人啊！"随后他朝着外面喊道，"开个包间，把小妹叫过来。"

"扯。"吴宗平喊道，"别叫小妹，我要搓背。"

"包间也能搓背，还是小嫩手给搓。"

"不要不要。你说您能进步点不，人家现在都搞SPA了，你这还小妹按摩，行不行啊！"吴宗平趴在躺椅上数落着。

"什么死吧死吧的，花招子，还是小妹来得实在！"

德宝边说着，边迅速地从自己专属衣柜里，拿出一件蓝底紫花衬衫穿上，笑嘻嘻地走近吴宗平，手里还拿着个串珠把玩着，一脸的奴才相。"哥！走吧！小妹死吧按摩，非常舒服！"

"啥？"吴宗平听后眉眼一翘，瞪了德宝一眼，那表情好像要吃了他一样，"这什么服务，你杂种操的天天忽悠我来，干蛋啊？"

"您不是要SPA吗，咱随时升级。"

"扯，穿得跟个花狸猫似的。"吴宗平缓缓地从床上起来，"跟你说，你刚才那想法，赶快给我他妈的打消，没戏！"

"没戏，没戏。我是耗子吃了豹子胆了！"德宝听了吴宗平的话后，连忙招呼手下的准备房间。

面对德宝的请求，吴宗平自知无法推脱，毕竟拿人手短、欠人情短，这事如果能够帮助一下，会更好。"我去县里给你争取一下，只是争取哦，不见得行。"

德宝听到这话喜上眉梢，咧开自己的大嘴，喊道："兄弟谢了啊！"

他们在用这种非常习以为常的方式践踏着国家的法制，任何事情都是内定的了，任何事情都是任性的释放，任何事情都是个人欲念的满足，没有所谓的制度化、法制化的意识。

尚峰所想的恰恰就是自己所在的屏风村，何时处理问题能够用到法制，他知道，以他目前的能力是无法改变的，以他那可怜的地位与阅历是不能说服和改变这个独霸一方的村支书的，但他坚信，自己还是有能力说服下面的百姓用法制去解决问题的，他要打开这个局面，要让法制第一次走进这个落后的山村里。所以，帮助龙子打官司是一件大事，就这件事，既体现着他对基层普法的决心，也是他践行的一个突破口。他要用这件事的成功办理，向村民们证明，用法律手段维护自己的利益才是正确的。

但办好这件事，尚峰感到压力很大，他回想起前些天吴宗平对他说过的话，和吴冬玲说的话是那么的相似。

吴宗平坐在自己的躺椅上，大声斥责着他："你这是要断了他兄弟俩的血脉啊！"

尚峰听到这话很是不服。"每个人都有自己的法律权益！"

"权益个屁！什么法啊！上了法庭，那就完蛋！"吴宗平的话语里充满了对法律的蔑视。

"可是按照您的处理方式，龙子并不满意啊。"

"亲情！亲情！！你这个学生官不懂吗？"

尚峰听到这些话后没有再顶嘴，吴宗平的论调是有一定道理的。

"这他俩见了面还能打声招呼，如果真上了法庭，分了财产，那以后连见面的机会都没有了！"吴宗平诉说着他的认识。

可龙子并不这么看，他甚至反感吴宗平以长辈的身份强硬地干涉自己的个人生活。他始终坚持这是他家的私人恩怨，如果大队不能维护他应有的利益，他只能上法庭，要回原本属于自己的那份权益。为了防止吴宗平干涉，他背着吴宗平与尚峰达成了君子协议，让尚峰替他写好上诉书，并找尚峰的同学代理，去和他哥打官司。

尚峰找到了龙子，想和他一起去他的哥哥家，想在最后一次确定下能否进行民事调解。这是他这个莘莘学子内心深处的那份人情味在作怪，因为法律太冰冷了，有点像治疗癌症的化疗，效果明显可副作用太大了，这场官司如果龙子获胜，虽然是法律的胜利，但是一个家族可能就此泯灭，走上仇家的道路。

果不其然，龙子的这个兄长是个很不讲理的人，蛮横与无知并存、傲慢与偏见同在。一进屋他就用一副打量土狗的眼神看着尚峰与龙子，嘴里叼着个烟屁，就像个小痞子。而龙子的嫂子，则坐在门前的台阶，怀里抱着一个胖乎乎的娃娃在喂奶，她同样用很不欢迎的眼神打量着这两个不速之客。

"你来干吗？"龙子的大哥叼着烟问道。

"我来干吗？这是我家的院子，我为吗不能来？"龙子大摇大摆地走进院子里。

"是，这是你的家，那你找地方坐吧！"面对这个弟弟，显然哥哥也没话可说。

当然龙子可不是为了来这坐的，他看了看尚峰，指着西边的那排房说道："这栋我的！"随后他又指了指他大哥身后的那栋房子，说道："那栋，我暂时租给他们用了！"

尚峰听出来龙子分明是在挑衅，他在挑战这个大哥的神经，显然他的目的得逞了，他这个大哥开始有些不高兴了，将烟头一扔，愤愤地说道："你今天闲得慌吧？"

"怎么叫闲得慌，当初爹说的房子全是我的！"

说着，龙子的大哥从马扎上站了起来，指着龙子的鼻子喊道："你一个单身汉要那么多房干什么，我只是替你保管，等你结婚了我自然给你！"

"扯！"龙子显然不满意他大哥的这个回答，"尚峰你跟他说说国家是怎么规定的。"

这一招一下就将火药桶扔给了尚峰，突如其来的变化一下让他哑了嗓子，如果是陌生人，他还敢嘟嘟囔囔瑟自己那冰冷的法律知识，可面对的是龙子的亲大哥，他不忍，而且也不知道用什么方式向其讲述法律的规章与制度。

尚峰的停顿给了龙子大哥"反击"的机会，立刻扯开破锣般的嗓子喊道："你谁啊？跟这瞎掺和！我自家的事不需要外人来搅和！"

听到这话，尚峰最怕的事情还是发生了，他就怕这种家族式的旧有观念，这观念固执地认为，自家的事是不允许外人干扰的，甚至是法律也不行。

"谁是外人！这是我聘请的律师！我要上法庭告你们去！"

龙子大哥的表情变得扭曲、惊讶、惊慌、不屑与迷茫并存，他想不到自己的这个亲弟弟竟然要把自己告到法庭上去，而他的大嫂听到这话后，也停止了哄孩子，站了起来同样用一种复杂的表情看着龙子。

"我犯了啥法你告我！"龙子大哥喊道。

"你非法占据我的房产！"龙子喊道，这是他从尚峰那学到的名词，说出"非法"二字，让他感到倍儿有成就。

"放屁！"龙子大哥吐了口痰，说道，"我不听那个，咱就说当初吴主任咋说的，是不是房子你一间我一间。"

"我不听那个，遗嘱上白纸黑字写着呢，我要用法律维护我的利益。"

看到二人的争执，尚峰想到自己的代理主任身份，他觉得应该履行自己的义务，出面阻止这两个人的谩骂。"你俩都是成年人了，可以心平气和地谈嘛。"

"你他妈算老几，在这儿掺和我家的事！"龙子大哥的话已经开始沾染上了脏字。

"我……我是村主任，我有权力这么做！"尚峰也喊道。

"拉倒吧！谁认啊！"这个男人的话里充满了蔑视。

这话彻底地激怒了这个平日里温存惯了的学生官，他现在恨不得上去抽这个人的大嘴巴，但是他忍住了，他是一个守法的干部，要用规章和法制解决问题。他指着龙子大哥的脸，用严肃的口吻说道："你这是蛮横不讲理，等待法院的传票吧！龙子，你走不，我是不想在这儿待着了。"

"哼！等着吧，我要告倒你！"龙子用这句话来向他大哥下战书。

这是一场压倒性的战争，龙子的大哥丝毫没有胜算，首先遗嘱写得很明确，其次这个家伙是个彻头彻尾的法盲，对法律诉讼全然不懂，当然也不会聘请自己的律师。当他收到法院的传票时竟然吓得抱着媳妇号啕大哭起来，将传票撕得粉碎，嘴上谩骂着龙子八代祖宗不得好死。

他没辙，只得去找吴宗平了。

吴宗平就是尚峰的噩梦，他是尚峰普法道路上的梦魇，当然他也是尚峰的衣食父母，龙子的大哥知道这一点，他就认吴宗平，当初是他吴老大裁决的一人一间房，结果现在又蹦出个代理村主任，推翻了之前的裁决，竟然还要闹到法庭上去，所以他要找吴宗平说道说道，这当初的裁决顶不顶用，他吴老大说话还算不算数。

"反了呢！"得知此事后，吴宗平用这三个字来抒发他内心的微怒。

"吴书记，那你可得给我做主啊！"龙子的大哥哭喊着。

面对这个哭丧的乡村傻汉，吴宗平并没有做过多的承诺，他深切地感到自己对这个世界的认知变了，以前像这类大逆不道的行为完全可以一顿谴责，再不听的就一顿暴打或者撵出村去，可现在时代变了，法制这个东西已经逐渐消融他固有的价值观了，已经成为村里年轻人所奉行的处事规则了。他身为支书，是很清楚这个道理的，面对奉行法律的人，他的处事方法就不见得能够把控，所以他非常厌恶法制这个东西。

"我去给你说说情。"这是他无奈的回答，也代表他没有十分的把握。

他要用自己的威望去压倒这些不好的苗头，他想找到这个一心想要回房子的龙子与他谈谈。显然龙子知道吴宗平要找他，所以有些遮遮掩掩、躲躲藏藏的。这种行径惹怒了吴宗平，他开始在大喇叭广播，仿佛通缉杀人犯一样，一天广播三回。他开始有些愤怒了，甚至感到这些可能都是尚峰私下安排的，故意让龙子躲着自己。

"去，不把龙子叫来就别干主任了。"这是吴宗平对尚峰说的话，他很不耐烦。

"您是村支书，这是人家私事，人家的权益，您也要插手？"尚峰带着质问的口气。

"你啥意思？"

"没啥意思！"

"没啥意思，你刚才说的是啥意思？嗯？"吴宗平看着眼前这个新上任没几天就跟自己整幺蛾子的尚峰，用蛮横的语言表达心中的不满，"瞎整，什么法庭诉讼，你见到哪个弟弟告哥哥的？"

"法制社会！每个人都有用法律维护自身权益的权利！"尚峰的语调接近叫喊了。

"乱搞！"

"这不叫乱搞，这叫进步！"

听了这句话，吴宗平的眼珠子都快要蹦出来了，他竟然被一个毛头小子训斥了，这让他那颗脆弱的自尊心受到了伤害。"你滚蛋！这个村主任别干了！"

一年多的村官履历让尚峰知道，自己没能力和这个土豪对抗，他早没了刚毕业的血性与豪迈，他唯一能做的就是妥协，并且在这基础上小小地反抗一下："您跟我说没用，您得找当事人，龙子，让他打消上诉的念头。"

"行！我这就找他！"说完吴宗平立刻转头离开了尚峰的办公室，他要用自己的铁腕把这法制的苗头彻底掐断。

听着外面荡气回肠的广播声，尚峰陷入了许久的沉思。自己所向往的法制环境，就这样被吴宗平彻底地抹杀了，他不敢和这个家伙彻底闹翻，他还没体验当领导的感觉，在这之前，他必须学会闭嘴。

在荡气回肠的广播中，龙子终于受不住了，摇头晃脑、拍着屁股走进了吴宗平的办公室。

没等吴宗平先说话，他就先发制人，以质问的口气顶撞着吴宗平："书记，又有新活了？多操心了吧，我哥给您啥好处了？"

吴宗平低沉着脸，一副严肃的表情："没有！"

"那啥事啊？想我了？"

"别他妈装糊涂！是谁鼓动的你让你告你哥的？"

龙子一听晃动着脑袋，他就知道是这事："没有，我自己愿意的！"

"没有？之前不是都说好了吗？"

"我不满意！"

"你一个单身汉，要那么多房干吗？"

"我的权益！遗嘱上写得真真的，吴叔，我家的事你就别管了。"

"放屁！"吴宗平听后站了起来指着龙子就骂，"你以为我爱掺和你家事吗？还不是因为你爹死前托付我的，照看好你俩。你爹不想你俩这样，懂吗?！"

龙子被这话一下子就浇灭了士气，他内心深处的亲情又被唤醒了，是啊，现在他与他大哥闹得这么僵肯定是父亲不愿意看到的，他之前坚定的维权信念有些松动了。

"不就是撂点钱嘛，我给你钱你把你家那破屋给装修下，这事就别提了！"

"啊？又不提了，那可不行。"

吴宗平缓缓地站到龙子跟前，拍了拍他的后背，那样子就像是他的父亲："我这么做是不愿意看到你和你哥闹掰，伤了家族的和气，你说人这辈子挣钱为了啥？"

"过好日子。"

"对啊，亲人都没了跟谁过呢？拆迁的话，你那套房我再给你多评个二十万，这事就这么了了。"

听到这个，龙子一阵的不好意思："吴叔你说，这个……多不合适。"

"没啥不合适的！"

龙子低头不语，他沉默了。吴宗平的话在他的脑海里来回碰撞着，为了一套房子与大哥闹掰，想想确实不值当的。

"法律那东西，不适合咱农村，别听那尚峰瞎掰，他懂个屁啊，在这儿刚干了一年，还浅得很哩。"吴宗平补充道。

"不适合？"

"那可不，要是按照法律，你那个没手续的餐馆都不能开！我这中午吃饭还得公开招标！你得饿死！"

"啊！是这样？"

龙子这才想起，自己的饭馆也是没手续的，如果不是当初让吴宗平找人，他早就被乡里派出所的小民警给罚死了。而且自己做的那些菜，也根本不符合卫生标准，要是没有吴宗平，谁买他的饭啊。想到这，他一身的冷汗,颤颤悠悠地说道："看来法制这东西还真不能碰。"

"是啊！我还纳闷呢，你啥时候成了这么遵纪守法的人了？"吴宗平半眯着眼看着他，"你要那么守法，那就把饭馆关了！"

"别啊！"

"这你怎么不说守法了？"

"叔，我错了！我让尚峰那小子给洗了脑了！我听你的，不能上什么法庭了，就听你的安排了！"

"这才是好孩子！到时候度假山庄建成，我让你开个更大的餐厅！"

"太好了！"

看着龙子这灿烂的微笑，吴宗平心里暗暗地感到恐慌，他一直不待见的法制已经悄悄然地走到了他所统治的山沟了，而且还是自己信任的手下尚峰，他决不允许出现这种情况。他感觉必须把尚峰这个有志青年拉得更近一些，让他彻底地与自己为伍，让他先尝尝钱的味道。

拆迁工作，乡里的领导非常重视，沈乡长甚至要亲自来屏风村进行实地调研。这可惊动了屏风村的所有干部，吴宗平一声令下，让宗尚找几个身强力壮的后生，去把那些平日里闹事的家伙统统关起来，省得在这个节骨眼上给自己添恶心。又派蔡雪梅开着自己的奥迪车去乡里买了两听上好的龙井，至于这个蔡淑芬，他上下打量了一番。

"你去待着吧，别瞎吵吵就行。"

可当他看到看门的黑老头吴冬水的时候，眉头紧皱得如同拧紧的抹布，这家伙一身破烂衬衣，就跟挖煤的矿工似的。

"你他妈的赶快给我换一身。"吴宗平指着吴冬水破口大骂，仿佛在骂自家的土狗一样。

"兄弟，你太看得起我了，我一个半大叫花子，哪儿有好衣服。"吴冬水笑嘻嘻地说道。

这一幕尚峰看得哭笑不得，但他很快就无法逃脱干系了。

"尚峰！你去把你的衣服给他一件，别他妈在这儿给我丢人现眼！"吴宗平指着尚峰喊道。

"我可不穿他的衣服！"吴冬水喊道。

"不穿你就这样见乡长？"

面对这样的无奈，吴冬水只得默认了吴宗平的说法，穿上了尚峰的一件蓝色运动服，结果活脱脱一个蓝精灵，看得吴宗平乐翻了过去。

沈乡长很低调地到来了，可以说是悄无声息地就到了。他谁也不让跟着，点名指姓的叫吴宗平一同和他下地看实际情况，为的就是想从吴宗平嘴里问出个好歹来。

吴冬玲也来了，当看到尚峰，她轻轻地摆了摆手。看得尚峰浑身都是劲，一股子一股子地往头上冒，随即他也用自己特有的方式回敬女神的招呼，摆了摆自己那粗短的头发，逗得吴冬玲微微一笑，不得不用自己纤细修长的手捂住嘴。

这一幕都被蔡雪梅这个女汉子看见了，她顿时感到恶心，将头往天上一摆，嘴里絮叨着："真受不了！"

说是点名指姓，但还是跟着几个工作人员，其中就有尚峰和吴冬玲，他俩眉来眼去的，心里互相打探着对方的心思，想与对方在内心里再来一次小小的碰撞。

同样眉来眼去，互相打探对方心思的事，也存在于沈乡长和吴宗平之间。沈乡长的目的很明确，这是县里的民心工程，不管怎么拆、怎么搬决不能出事，也不能有事。吴宗平当然知道这些领导的心思，他拍着胸脯打着包票。

可当见到马路两边那些私搭乱建的民房，沈乡长就紧皱眉头，他知道这一定是吴宗平放纵的结果。可俗话说得好，让人家干事，还得把面子给足了人家，不能得罪了这个所谓的乡村能人。他明白这个道理，于是指了指那些民房说道："宗平啊，有点过啊，这私搭乱建的，赔偿可不给全额。"

"他们都知道，我都跟他们说了，多建的就只给一点补助，不能给全额。"

"说清楚就行，别有闹事的就行。"

"您放心！"吴宗平高举左手冲天喊道，"谁敢闹事我削他！"

"你流氓你！"

二人谈得火热，跟班的尚峰与吴冬玲也谈得火热。一周没见，二人仿佛一年没见一样，如此的想念对方。爱的吸引是那么的强烈，使得他俩渐渐地彼此相靠，悄悄地牵着对方的手，生怕别人看见，尚峰把她的手一并放进了自己的羽绒服里。

"好凉啊！"尚峰说道。

"唉，没人疼的孩子手脚凉！"吴冬玲抱怨道。

"我的错！我应该每天都去看你。"

"别别，您这大主任，日理万机的，别耽误您！"吴冬玲讽刺道。

"别损我了，为什么不搬回你家住？"

"不住！我受不了他！"吴冬玲边说着，边用自己的眼神注视着她说的那个人，自己的父亲吴宗平。

"那你回家过年吗？"

"看情况吧！"

随后二人都默不作声了，并不是没有话题了，而是都在默默地感受着彼此在一起的惬意。

"切记！一定一定不能出现差错！"沈乡长再次强调。

"您都说了三遍了，放心吧！"看到沈乡长对待事情就像个孩子，吴宗平感到很好笑，他回答道。

"行了，回去了。"

"哎，吃了饭再走吧。"

"不了，现在不让在外面瞎吃瞎喝。"一说完，沈乡长就坐上小轿车走了。

吴冬玲也不得不与尚峰分开了，但二人的手在那儿暗暗地紧握了一下，力量之大，好像要把对方捏碎。二人感到全世界都凝固了，仿佛整个世界就只剩下他们两个了。

"拜拜，尚峰，我得回去了。"

最终在吴冬玲的告别下，二人才恋恋不舍地就此告了别。

看着领导的离去，吴宗平心里窃喜，不吃正好！像前些年，每年这些领导下乡吃的饭钱就够他受的，他还得挖空心思去各地方补，现在可好了，中央八项规定这么一出，一下吃饭的事就少多了，这方面他还是非常拥护的。

"尚峰。"

被吴宗平这么一叫，尚峰才从与吴冬玲告别的失意中缓过神来。

"明天评估公司来，你带队评估。"

"明白。"

县里派来了评估公司，来评估那些需要拆迁的住户，不过为了不影响团结，乡里的意见是要整体搬迁，大家都上楼，因此评估工作量就变得很大了。

这次破天荒的是，跟着尚峰一起评估的竟然是吴家二当家的吴冬强。吴宗平这么干是有用意的，儿子吴冬强鲁莽勇猛，可以一马当先。尚峰懂法制，在这个时候还是很好用的，可以很好地解释县里的政策，一文一武可以互相牵制，还有个说不出口的原因，就是他开始有些不信任这个尚峰了，得叫人看着他点。

这是尚峰和吴冬强首次合作，他坐在吴冬强的福特大皮卡里十分紧张，没多会儿就一身冷汗，他不知该怎么和这个一身肌肉、满脸横肉的人交流。

倒是吴冬强没任何心理负担，专注地开着车，引领着后面评估公司的车在这山沟沟里来回乱窜，快到屏风村的时候，横肉之人发话了。

"听说你帮我妹子搞话剧呢？行啊！文化人！"

"还是令妹有水平！"

"我操！"吴冬强强悍的声音吓得尚峰一个踉跄，"就是他妈有文化！说话都这么文！"

尚峰听到这话后，感觉可能是自己太转了，让这位大神不高兴了，于是连忙解释道："哪儿有！基层工作太文没用，还得像哥你这号的，镇得住！"

"哈哈哈！"吴家大公子的笑声在车厢里震荡着，产生的回音让车厢的金属架子嗞嗞作响，"我爹说了，让我多跟你学习哩。今天，你得冲在最前面。"

"啊？"

"对啊！你先上！碰到耍混蛋的我再上！当然咱还得去接一个强力外援！"

"谁啊？"

"看！"吴冬强指着路边一个纤细的身影。

尚峰用眼睛注视着那个身影，熟悉的高挑细身板，麦芽色的肤色，干练的短发，是蔡雪梅，他能想到，这事如果没有这个女汉子，肯定没法展开。

"呦，才子双雄在呢！一个有财力，一个有才气，你们二人可要给咱村带来福气了！"蔡雪梅刚上车就说道。

蔡雪梅的话语中明显带着对尚峰的不屑，尚峰能够感觉到。

蔡雪梅心直口快，直切主题。"行了，先从哪家开始啊？"

"妹子，你说。"吴冬强说道。

"骨头先从好啃的地方下嘴！走吧，我指路！"

此次评估拆迁小分队可以说是史上最豪华阵容，将屏风村内部最精干的一些人都抽调齐了，可以看出吴宗平对这次拆迁看得很重。

拆迁这件事被村民们看作是一步登天的最后一次了，所以每个人都坚持着自己的要价死活不放。面对这一根根硬骨头，拆迁小分队只能采用一点点啃的策略，与村民们讨价还价。

"大姐您看这是国家赔偿标准的文件，都明码写着呢？"尚峰向一户人家的女主人解释着国家政策，而吴冬强则开始带着评估公司的人开始评估院落的大小。

"我不看那个，我就说人家王村的赔偿为吗那么高，我们这儿怎么这么低？"那个婆娘问道。

还没等尚峰开口解释，蔡雪梅就用她特有的蛮横，不容分说地开始了灌输性的解释："你能跟人家比吗？人家那村是集体农村用地，种着东西呢！你这有啥，就两间破瓦房，你还想要啥？给你两套房就不错了！"

"可是我家户头多……"

"早不按户头分房了！别扯那些！"

蔡雪梅强硬的话语很是起作用，面对尿的软的一顿乱吼基本妥协。

而尚峰更多的是个法律顾问的角色，但是他觉得自己是个多余的角色，因为好几户下来，几乎都没人向他咨询，基本就是能分多少、几套房，仅此而已。

不过整个评估过程，蔡雪梅拿捏得很到位，基本都会给村民多划拨点，生怕出现不满意的，尤其是钉子户。这也得益于吴宗平整日的大喇叭宣传，让大家知道，敢出幺蛾子和他作对的没好结果。

在这一路上，一辆白色宝马车总是跟随着尚峰们的评估队伍，时不时的会从上面下来一个身着白色毛皮大衣的女人四处张望，在这个穷山僻壤的山沟里，格外地显眼。

"那个女人是谁?"尚峰问蔡雪梅。

"八成是评估公司的，一路都跟着，怎么? 美不?"

尚峰听到这话，头来回摆动:"美啥啊，妖里妖气的。"

尚峰观察到，这个戴着墨镜的女人总是偷偷地观察他们，如同一个间谍一样，但很快，这辆白色的豪车就离开了。

骨头终于碰见不好咬的地方了，那就是吴宗平嘴里的"吴三儿"家，年前这个人尚峰见识过，一直对吴宗平心存不满，他要借此好好刁难一番。

三人一进屋，就闻见浓重的酒气，那气息令人窒息。只见那人躺卧在门口的竹椅上，右手拿着个啤酒瓶子，左手叼着烟，一副看谁敢碰我的架势。见到此景，尚峰这个代理村主任有些畏惧，他的气场明显不如这个庄稼懒汉，而此时蔡雪梅的作用就大大地发挥出来了，她二话不说大步向前，用自己的手狠狠地碰了一下那个吴三儿，用她特有的男性女音问道:"别睡了，给你小子评估来了!"吴三儿显然在装睡，不肯醒来，这立刻惹恼了蔡雪梅，她最瞧不起的就是这类就知道装睡的尻货。

"你们先量着吧!"蔡雪梅一声令下。

这个时候，那个吴三儿不睡了，迅速地站了起来，张牙舞爪地叫了起来:"我家的房，我看你们谁敢动。"叫完，他将啤酒瓶子倒着拿了起来，吓得评估人员不敢动弹。

尚峰此时的表现有损他这个代理村主任，他始终躲在最后面，不敢发声。这个场面，让他这个学法的大学生感到很惶恐，面对这些不守法的蛮民，他一下不知道该如何处理了。

"你不要这样，咱按规章制度办事，好不?"不知道怎么的，尚峰突然吐出了这句内心深处的话。

"按规章制度? 那好，给我五套房。"

"哦。这得看评估结果，你这么闹下去，谁也不知道你多大面积，怎么断定给你多少套房呢？"

尚峰这话一出，那家伙停顿了一下："你就是代理村长吧？"

"啊对！"尚峰说道。

那人显然犹豫了。

尚峰立马拍着胸脯说道："我打包票，你看着，如果少一厘米多一厘米你自己说。"

吴三儿听后，默默地点了点头。

工作人员开始测量了起来，不一会儿就量好了。尚峰把结果给吴三儿看，又拿着国家标准对，能给两套房。尚峰浑身是汗，因为与吴三儿的五套房相差甚远，他不敢打包票这个蛮民会不会就此满意。

"怎么会就两套？"吴三儿愁眉不展地说道。

"国家标准！"尚峰说道。

"别跟我提……"吴三儿刚要说出口，就憋了回去，那架势就像土狗见到了老虎尿得一塌糊涂。

尚峰很纳闷，他回头发现吴冬强站在自己的身后，直打响指，他明白了这其中的道理。

可吴三儿仿佛被邪魔附了身，突然站了起来，大闹了起来："不给五百万，别跟我提，吓唬我？告诉你，我也不是好欺负的！"

"这是规章制度，你这么闹也没用。"

尚峰的话，在这个蛮夷的村民面前显得是那么的苍白与无力，也显得是那么的无效与无用。

"你他妈找死呢吧？"吴冬强骂了起来，随后想去暴揍他一顿，但被尚峰拦住了，作为村干部，岂能用暴力解决问题呢。

"如果你不签字，那拆迁分房可没你的份儿了！"

"没份儿就没份儿！"

吴三儿的态度非常坚决。尚峰一行人铩羽而归，在村委会门口见到了那辆白色宝马车，这让尚峰感到很好奇，一定又是哪个女土豪来找吴书记办事了。

洁白的外表其实更多的是掩饰内心的黑暗与丑恶，身穿白色貂皮大衣的女人步入了屏风村的村部，她见到了这个村的土皇帝吴宗平。

身为土皇帝的吴宗平，作为独揽大权的一把手，对那些上这儿来求工程的人，向来是连眼皮都不带抬一下的，面对这个女人的热情相向，他也是一副冷面孔。

这个女人叫佳琪，是一个房地产开发公司的副总，用自己超凡的交际能力和美貌的姿态，谈下很多笔买卖。但这些，吴宗平都免疫，因为他严重的前列腺炎让他对女人提不起兴趣来，也是因祸得福，吴宗平多年不倒，能坐上这个支书，就是不沾色，他从来都牢记红颜祸水这个理儿。但这个女人有她的一套方法。

"是你啊！"吴宗平坐在自己的躺椅上，用小紫砂壶喝着上好的茶叶。

"是啊，叔。"佳琪说道。她将自己带着的一个礼盒递到了吴宗平的跟前。"叔，这是天山山药，很补，您肯定喜欢。"

吴宗平看都不看一眼就说道："我可不吃这东西，恶心。"

佳琪知道，这东西再好吴宗平也看不上，男人好的无非就是钱和美色，她来之前打听出，吴宗平对女人向来不碰，自然断了色贿的这条路，那唯独只能用钱了，送这山药无非就是打个开场白。

"看您的神色，您的伤恢复得不错。"

"嗯……那是，我大难不死！"

这个女人缓缓地站了起来，轻轻地坐在了吴宗平的跟前。"我也就不跟您绕圈子了，这次来呢，就是为了咱村口的那块果树林。"

吴宗平一听，呵呵一乐，他就知道这娘儿们又为此事而来，以前自己只是个主任做不了主，现在成支书了，这女人就如同饥饿的猎狗一样嗅到了自己的权力。

　　想到这，吴宗平挥了挥手说道："之前不是说了嘛，你这是商业占地，直接找那家承包户商量就行！不用老上我这儿来。"

　　"叔，您真逗，要是能谈下来就不找您了吗？"

　　吴宗平嘴一噘："想挣钱还怕花钱！好事都让你们占了。"

　　佳琪说的那块地是村口的一大块果林，地势平整，很适合搞商业开发，公司计划弄个庄园，集养老、休闲为一体的项目，顺便也搭上屏风谷生态度假山庄的项目。可这块果园的主人是沟里出了名的硬骨头老贾，要价很高，让公司无法接受。佳琪就得从吴宗平这里寻求突破口。

　　"直说吧，那个老贾要的价公司不会给的。"

　　"那就别开发了呗。"

　　吴宗平的不客气，让佳琪有些不高兴，但她还是将自己的情绪压制了下去。"听说，咱村马上就要上屏风谷项目了嘛，要拆迁，赔偿额比较低？"

　　"你啥意思？"吴宗平始终微闭着自己的眼睛。

　　"那……"佳琪犹豫了下，最终鼓足了勇气说出了自己的需求，"那把老贾他家那片林地按国家标准一块拆了呗，这样那块地我们能少出好几百万。"

　　"乱弹琴，这怎么可以。再说，这项目也不占他家的地啊。"

　　"按不按照、占不占还不是您说了算。"

　　听完这话，吴宗平一个劲儿地摇头，表示对这点子的不认可。

　　此时佳琪慢慢地贴近吴宗平的耳朵，从她那红润的双唇里吐出了几个黑暗的字眼："省下的拆迁款三成给您当酒钱。"

　　听到这句话后，吴宗平缓缓地睁开了眼，吧唧着嘴里喝出来的茶叶，缓缓地说道："三成不够喝啊……"

　　"那五成，这是公司的极限了。"

吴宗平没有说话，只是继续嘬着那小紫砂壶的壶嘴儿。

尚峰走进了吴宗平的办公室，这是他第一次见到这个女人，这女人浑身上下散发着一股芳香，招惹得他多看了两眼。可这女人却一副孤傲的样子，不把尚峰看在眼里，直到吴宗平介绍尚峰，那女人才用她高傲的眼神瞥了尚峰一眼。

"这是我们村代理主任，尚峰！"

"啊，你好，我叫佳琪，尚水建筑工商项目经理。"佳琪边说边伸出手来与尚峰握手。

这女人的气场明显盖过了尚峰，这让他十分紧张，紧张得不知道自己该说啥了。

吴宗平知道尚峰找自己必定有事情，他问何事，可当听到吴三儿不肯在评估报告上签字的时候，吴宗平气得差点没把小紫砂壶摔了。

"妈的狗操的，什么情况?"

"他就是不想签，不过最后可以让法院强制执行。"

"别跟他废话，冬强。"

生龙活虎的吴冬强走进了办公室，一身霸气地站在吴宗平跟前，如同一头猛兽等待主人发令一样乖乖的不动弹。

"去，把吴三儿他家的水电都他妈给我停了，叫他不签。"

"好，没问题。"

说着这头猛兽就如同逃脱牢笼一样蹿了出去。

这些被尚峰看在眼里，记在心里，却咽在了吐沫里，没有吱一声。

"你别傻站着，去和蔡雪梅把老贾家的院子给评了!"吴宗平冲尚峰喊道。

"好的……"尚峰只能默默地接受这个现实了。

在离开吴宗平办公室的时候，尚峰最后又端详了这个白衣女人，可爱却不失成熟，理性又不失性感，和吴冬玲完全两个类型。

当接到要去评估贾老爷自家园地的指令的时候，蔡雪梅却很震惊，她不清楚为何书记会盯上那里，因为那个地方并不是屏风谷项目的征用地。

可尚峰并没有多说话，拉着蔡雪梅和评估人员直奔老贾家的果园。路上蔡雪梅问了几个奇怪的问题，让他琢磨不透。一是白色宝马是谁的，尚峰的回答是一个叫佳琪的女人的。那妖精好看不？他回答好看。比吴冬玲呢？这话让尚峰不知道该怎么回答了，他用狐疑的眼神盯着眼前这个女人，他知道蔡雪梅问这话的目的，她这个女汉子也会有嫉妒心理，也会吃别人的醋，这个人就是自己的挚爱——吴冬玲。想到这，他用极其蔑视的口气歪里歪气地说道：

"你怎么跟老娘儿们似的这么好打听这个了。"

"你才老娘儿们呢。"

"那你天天打听这干吗。"

"我是替冬玲监督你，怕你干了对不起人家的事。"

听到这样的话，尚峰的心里就如同一个打碎的五味瓶，让他不知所措，他没想到自己眼前这个女汉子竟然会说出这样的话来。

"你监视我干啥？"

"我看你刚才看那妖精眼睛都直了。"

"瞎说啥。"尚峰心里嘀咕着，这女人究竟少了哪根筋在这儿抽风。

二人就此默不作声了许久，都不知道该如何将话题进行下去。

对于评估分队的到来，看果园的青年贾亮并不欢迎，他知道最近村里在搞拆迁评估，大家都盼着自己的住房能够被评，好搬进新居，可唯独他不愿意，因为他对这个果园的感情不是能用钱来衡量的。

很显然这两个人来自己果园的目的，一定和拆迁有关。既然不欢迎，自然不客气，于是他拿出自己唯一有杀伤性的武器，自家的大狼狗，站到门口，盯着这两个他认为的不速之客。

还没有抵达那里，尚峰就被犬吠声镇住了，只见一条大黄狗在恶狠狠地盯着他，那架势是在警告尚峰，你私闯了我的领地了。

"你们是什么人？"说话的是贾亮，他坐在果园林地的小屋门口，吧唧着嘴里的树杈。就在这冬日的下午，这个意气风发的年轻人竟然只穿了一件薄薄的棉衣。

贾亮的出现，让尚峰等人很是惊讶，他本来是想偷摸进行测量的，避免和这个家族的硬骨头交涉，没承想还是来了个硬碰硬。

"来给您评估啊！"尚峰说道。

"评啥估？"

"修度假山庄啊，得占您地啊。"

"胡说！明明度假山庄在山那头，跟我果园半毛钱关系都没有。"

"有关系，这以后得修个加油站。"尚峰撒了谎，他知道这个地方确实不是度假山庄所占的地方，可吴宗平命令在上，他没有办法。

贾亮将嘴里的树杈一吐，一脸严肃："你骗谁呢！我告诉你别以为我不知道，那个公司想占老子地。不行就让你们来，告诉你们，谁都别进我的果园！"

面对贾亮的威胁，尚峰不知道如何处理，他只是默默地不作声。只见贾亮一拽那狗链子，那条半人多高的大狗就站了起来，嘴里发出哼哼声。

"丫头，你也来凑份子？"贾亮一语双关。面对着这条一人多高的大狗，压得蔡雪梅不敢再说话了，有时候狗确实比人好使，女汉子遇见畜生也泄了气。

尚峰可不想被狗咬，觉得这事应该慢慢商量。"那我们先撤"，说完，只是用手示意下蔡雪梅，二人转过头就要离开这个果园。

战争的炸药桶最后是被吴冬强这个酸溜子点燃的。其实吴宗平非常了解贾亮的性格，那真是茅坑里的石头——又臭又硬，尚峰一介书生，显然不是他的对手，为了能够完成这次"邪恶"的工作，他觉得还是让自己那"勇猛"的大儿子吴冬强助阵才妥当。

吴冬强挺着自己的大肚子，晃晃悠悠地走了过来，与被吓退的二人迎面碰见，一听是被吓回来的，这个火爆三张的"黑张飞"哪里肯认输，他内心在想，这一介草民岂能反了管家。

"走，干他！"吴冬强吼了一嗓子，就大步迈进了果园，尚峰预感到了要出事，连忙跟了进去，身为代理村长，他必须将局面控制在最适当的情形下。

事与愿违，彗星撞地球的场面岂能动静小，但城门失火，殃及池鱼，这个池鱼就是尚峰。

咔嚓一声，那条狗的尖牙结结实实地镶在了尚峰的小腿上。尚峰瞪大着眼睛死死地盯着这条大狗，大脑一片空白。"你还真敢下嘴！"尚峰冲着这条狗大叫着。随后钻心的疼痛从小腿开始，穿过大腿和脊椎这条高速公路迅速地传递到大脑的末梢神经上，再迅速地传递到嘴上。

"啊！"尚峰喊道。

呼的一下，贾亮的大脑一闷，他这才意识到自己闯祸了，他本没想动手，高中毕业的他还是有一定文化的，知道动手的法律后果，本来有理的事一下变得被动了，他只是傻傻地站在那里。吴冬强见状，叼着的烟掉落在地上，挠了挠他那个肥脑袋，他也没想到事情会发展成这个样子，不过这样也好，这下事情变被动为主动了。

"小子！"吴冬强喊道，"你个傻×，敢殴打公职人员，小心让你进局子。"

贾亮没有说话，只是愣愣地看着一屁股坐在地上呻吟的尚峰。

蔡雪梅闻声赶到，被眼前的一幕吓住了，这个女汉子平日里咋咋呼呼，其实还真没见过肉碰肉、铁碰铁的场面，立刻尖叫了起来。那声音着实刺耳，吓得那条大狗撒嘴就跑回了狗棚子里。"你没事吧。"蔡雪梅喊道。

"感觉有点热！"尚峰有气无力地回答。

"飞流直下三千尺，疑是……银河落九天！这句诗是不是这么说的哦？"吴冬强打哈哈看着尚峰血流如注的小腿说道。

"吴哥，你还真有雅兴。"

此时的蔡雪梅可算是热锅上的蚂蚁，她用手捂住尚峰血流如注的小腿一边大声呵斥着贾亮："小子，你疯了。"

贾亮豆大的汗珠从额头上落下，两只手使劲攥着，发出咯咯的声响，他闭着眼睛、紧皱眉头，貌似在为最后的爆发做最后的准备，突然他大喊道："一人做事一人当，走，我送你去医院。"

说着从后院推出一辆手扶车，准备扶起尚峰，吴冬强一下拦住了贾亮。"你要干什么？"贾亮死死地瞪了吴冬强一眼。"送医院啊，你没看他血哗哗地流嘛！"

"我凭什么信你的！你这放狗咬人的，万一跑了呢？"

二人开始扯皮起来，这可惹恼了旁边的蔡雪梅。"吴冬强你个混蛋！都什么时候了，还跟这搅乱！"说着就朝吴冬强打去，打得他抱头鼠窜，连忙让道。

尚峰坐在板车上，从果园往汽车的位置推去，血如同洒水车般，一路泼洒着留下一条血红的印记。"哇噻，我原来有这么多血，跟洒水车似的，这个是不是得给点补贴啊？不能让我白洒啊。"尚峰边走边絮叨着。

"你真是脑缺！"蔡雪梅骂道。

吴冬强觉得这事要闹大，他指了指远方的山坳对蔡雪梅说道："去，回去把这事跟我爹汇报下！"

蔡雪梅默默地点了点头，拔腿就向村部的方向跑去了。

"至于你小子，走。"

"放心，我不跑。"

汽车歪歪扭扭地把尚峰拉到了诊所门口，吴冬强不由分说把他背了下来。来到庭院门口，尚峰往右门垛看去，挂着一个牌子，白底黑字写着"屏风村防疫站"，尚峰松了口气，瘫卧在吴冬强那满是汗水的后背上，被突如其来的汗腥味呛到，他连忙捂住鼻子扭过头来，却看到左门垛也挂着个牌子白底黑字写着"屏风村兽医站"。

尚峰突然直立了起来，喊道："哎，哎，进错地儿了吧。"

"啊，就这儿近。"吴冬强喊道。

"可是那是兽……"

没等尚峰说完，众人一股脑儿地冲进了诊所的小院子里。

尚峰还没来得及从这头蛮牛身上下来，就被眼前的事物震撼了。只见一个个头不高的中年男人，穿着白大褂，站在一头哞哞直叫的牛的屁股后面，神情自若地戴着风镜和手术专用的塑胶手套，双手撑在牛屁股上，仔细观察着什么。

"我说，这哥们儿要干什么啊?"尚峰问吴冬强。

"给牛顺产，你这个城里娃肯定不知道。"

那人仰着头，侧着脸，用耳朵贴在牛的屁股上，闭上双眼聆听里面那个小生命的呼唤，随后那个人将手一下从牛屁股伸进去，咕叽咕叽掏着什么。尚峰惊讶地看着这一切，俨然已经把自己血流如注的小腿忘在了脑后。突然那个人一用力，一条牛腿被拉了出来，那条腿使劲颤抖着，男人又用力扒开牛屁股，再一用力，那条腿连带着羊水大片大片地往外涌出，身子出来了。随后那个男人又将另一只手伸进了母牛的屁股里，用力一拧，那颗精巧的小脑袋连同纤细的前肢都被硬生生地拽了出来，一头小牛应声落地。

看到眼前这一切，尚峰惊呆了，一个生命就这样诞生了，忘记了自己的腿伤，他连忙跑了过去，喊道："哇! 小牛!"

"别碰，脏！"白大褂男人喊道。

"哦！这是刚生的吗？您竟然能给牛接生，我太崇拜您了！"尚峰看着男人说道。

"这……这不算什么。呵呵，我最多一天能接生十头呢！"男人有些不好意思地回答，"哎，你干什么的？"

"他被狗咬了。"吴冬强说道。

那人低着头，透过眼镜的缝隙看了看尚峰小腿上的鲜血，随后指着屋子的方向："快进屋，我换身衣服！"

三人走进这家小诊所，房间不大，却格外干净，洁白的墙壁，擦得锃亮的地面，尚峰都不忍心让自己的鲜血去污染这个屋子。那个男人换了身衣服走了出来，尚峰这才看清这个家伙是何方神圣，个头不高，体态微胖，胖胖的小脸上架着一副如瓶子底般厚的眼镜，皮肤黝黑，在一身洁白大褂衬托下更加的墨黑，褂子下摆里面什么也没穿，如同穿裙子一般光着小腿，脚上却很不搭调地穿着一双黑皮鞋。尚峰看着那老家伙那浓密的腿毛心里咒骂道，这都什么品位啊，莫非真是个兽医？

"哎，哎，你们俩捂着点，你们就让血那么流啊！"那医生喊道。

"好。"说着贾亮将手紧紧地掐在尚峰的腿上。

"疼啊。"尚峰喊道。

那医生再次低头看了看尚峰的伤口："这是咋整的？"

"被一条长着犬齿的动物咬到了。"尚峰客气地说道。

"狗咬的？"医生迅速拿出棉签，蘸满了医用酒精，冲着尚峰腿上的血窟窿就是一通乱捅。

"哦，我的天啊！"尚峰抽搐着。

"你的地也不行，这得消毒！"医生托了托眼镜，对小贾说道，"你家狗咬的吧？肯定是！不就摘俩果子吃吗，至于这样嘛！"

"瞎扯，什么季节了还有果子。"

这话听得尚峰心里十分不爽，言下之意他俩成了偷果子的小偷了，被咬是活该，人家带自己来是出于礼貌。

那医生托了托自己的眼镜，语气凝重地说道："咬得还挺对称，四个不多也不少！"

"大夫，他的伤怎么样？"吴冬强问道。

"没大碍，就是不知道谁家狗这么凶，牙印咬得这么深，给你打一针！"医生说完，转头去拿针剂。

看着窗外的母牛，再看着这个大夫的装束，让尚峰心里怦怦地跳着，他开始质疑这个医生的资质，"医生，您是兽医，还是……"他好奇地问道。

"当然是医生啊，不过也负责帮大牲口接生，我兽医执照和人医执照都有。"

听到这话，尚峰喝下的半瓶药全又吐回了杯子里。"我靠，敢情真把我当骡子马呀的给治了，怪不得下手那么重！"

正说着，医生拿出一个如气筒般大小的针筒，开始吸药。

尚峰看见直咽吐沫。"等等……等等，那是给人打针用的吗？"

"不是，给骡子用的！"

"老大，你看我长得像骡子吗？！"尚峰狂叫道。

医生听到这里有些不高兴了。"你还别挑，先给你来针血清。"

"吴哥，咱能换个地方吗？"尚峰看着吴冬强狂吼道。

听到这个，那个大夫显然有些不高兴了。"怎么了？没事，出了事找我，我跑不了！"那个医生很得意地说道。

那个医生拿着针头缓缓地走到尚峰跟前。"一百五十元，谁给？"尚峰只是愣愣地坐在那里不敢发言，他已经没力气与这些人叫板了。只见小贾站了起来，边从兜里掏出褶皱的钞票边喊道："给！"

"行了，正好。"那个医生一边点着手指头，一边转过头去换药。"小贾，你可得管住你家的狗啊。"

"拿你的钱，话真多！"小贾的语气里富含了埋怨。

医生听后，笑得前仰后合，问道，"究竟为的是啥事啊？"

"还不是拆迁的事！"小贾喊道。

"然后你就去村部闹了？还放狗咬人？"

"他们强拆我！"小贾站了起来，用手指着吴冬强和尚峰就开骂。

吴冬强可不是啥省油的灯，他忍耐多时的脾气终于爆发了，也开始迎战了起来："放你妈的屁！"

"哎！别在我这打架行不？这病人你们不看了？"医生拿着针筒，缓缓地走过来，将尚峰挽进了屋里，蹲在尚峰的跟前，查看着伤口附近的血管。"这老百姓就好比我院里那头驴，当然这比喻不恰当，你不给它上嚼子，不抽两下，它就是不干活，这叫无规矩不成方圆。"说着那个医生又抬起尚峰的腿查看，"但是，嚼子上紧了，鞭子抽多了，它也不干活，它还会反抗，会踢你！比不干活还恶劣！忍住喽！"医生一针打了下去。"拆迁，我支持，这满山的住户，一是占地，二是不好管理，但怎么迁，你们得有个设计，这一下大把抓，也没后续配套设施，给笔钱就不管了，老百姓肯定不干！"

医生的一席话如同开山锤一般点通了尚峰的思路，他忽地感觉自己的工作思路太死太硬，他们总是考虑怎么给予老百姓，而没有考虑老百姓需要什么。正想着，屋外突然传来叫骂声与摔打声。

此时，吴宗平坐在自己的办公室内，想着刚才白衣女子佳琪的建议，他感到这是笔油水，比较不错，算是这个宏大蛋糕的一点小开胃菜吧。突然，就听见屋外的蔡雪梅喊出事了。吴宗平甩开膀子站了起来："咋了？"

吴宗平坐着小轿车赶到兽医站，被眼前的景象吓了一大跳。只

　　　　　　　　│ 年轻气正

见贾亮躺在地上哀号着，来回打滚。而吴冬强则像一位王者，站在那里打着响指，尚峰则无助地看着这一切。

"吴冬强，你个混蛋！"吴宗平骂道。

"他放狗咬村干部。"

"傻×！那也不能动手。"看着不争气的儿子，吴宗平有气无力地骂着。

3

春节将至，在农村是个喜庆祥和的日子，但对于小贾的爷爷老贾来说，却是个惨痛的日子。

拆迁的评估事情很是顺利，这让吴宗平脸上容光焕发，让他感到自己的政治生涯终于有了光辉的一笔。可很快他就知道这份荣誉并不是那么好得的。首先来找他的就是自己的铁瓷、副乡长老李，跟在他后面一起来的还有一个西装革履的年轻人。吴宗平认识他，是飞龙建设集团的贺总，村里的大院工程就是包给了他。

不用老李开口，吴宗平就知道这帮祖宗肚里憋着什么屁，定是瞅准了回迁楼的项目，等拆迁后吴宗平手里届时将会手握重金。

"老吴，拆得很顺利啊！"

"哈哈，那是！"

"这次来，也没啥意思，就是看看你！"

"我一个区区的支部书记，您能来看我，我就很高兴了。"

老李深深地吸了口气，"其实还有个事，就是咱的回迁楼工程。"说着他指了指那个年轻人，"我觉得他们公司资质挺好的，可以考虑一下！"

吴宗平眯着眼睛，仔细端详了一下这个年轻人，好像他不认识这个人似的。让李乡长感到，他不认识的人一般是不会用的，但你老李既然话已至此，就应该给面子，不能当面拒绝。"行！小伙子给哥电话吧，我们私下聊！"吴宗平油滑地说道。

"还有个事……"老李欲言又止。

"你说……"

"听说你们村有个种果园的老头很不安分？"

听到老李此番话语，吴宗平心里咯噔一下，提到了嗓子眼。

"听说头几天放狗咬了你们的村干部，还扬言要到乡里上访去呢，说你们强拆他家的果园。"

"没有这事！"吴宗平一摆手，那架势仿佛这一切都是造谣一样。

"记住，没有不透风的墙，乡长说了，一点岔子都不能出！"老李的话语非常严肃，没了以往的平和，"出了事，我可保不了你！"

送走了老李，吴宗平陷入了深思，真是好事不出门，坏事传千里，自己平日里对这帮祖宗唯命是从，却因为一个老咔嚓的不顺从，变得如此被动，这让他心底油然生起一股强烈的不爽，为何自己竟然这么让人使唤，让人看不起，为什么？

吴宗平想到这个老贾，就一脑门的不爽。这个老贾何许人也？按辈分还是吴宗平爷爷辈。他的儿子以前是出了名的刺头，前些年在吴宗平承包的煤矿里挖煤，结果出了一起事故，死在了矿区里，吴宗平为隐瞒事实，瞒报死亡人数，想给老贾几万块钱私了，这下可惹恼了老贾，说要闹到县里头，结果让吴宗平使关系给送进了局子。理由是寻衅滋事，判了三个月。因此两家人势不两立了多年，也是村里唯一一个敢与吴宗平对着干的人。自打儿子把他孙子打了，就没完没了闹上诉，还扬言手里有视频证据，这让他十分恼火。

焦急的氛围好像能通过寒冷的北风传扬千里，在北风的吟唱下，尚峰焦急地修改着法律文书，那份专注，让他连办公室里进来人都全然不知。过了很久，那人轻轻地咳嗽了一下，尚峰这才转过头来，他顿时瞳孔放大，惊讶得嘴巴和眼睛都争先恐后地大张着。

是何少为，他竟然偷偷地来到这里，这让尚峰感到莫大的惊奇。

"什么也别说，带我去一个叫老贾的人家。"何少为小声地说道。

"啥事？"

"边走边说。"

原来自赵宝钢落马以后，调查吴宗平的行动就已经提上了日程，赵宝钢的笔录里大量内容涉及吴宗平的贪腐行为，可惜都是他一家之言，毫无证据，上头的意思就是没证据的东西就放下吧。但何少为可不这么认为，他觉得吴宗平一定不是个省油的灯，他一定要查出个所以然来。密切的关注让他有了成果，这次吴家大公子打人事件，第一时间传进了他的耳朵，他觉得要来此一探究竟。

尚峰听到这些，内心一阵后怕，吴宗平给自己的十万块不会也在监视范围内吧？想到这里他就浑身冒汗，但看到何少为只字不提这事，可以判定何少为并不知情。

二人向老贾家走去，此人的家就坐落在公路旁边的小山顶上，俯视着一切，一条水泥路，像毛细血管一样，从公路这条大动脉上分离出去，一路爬升，蜿蜿蜒蜒，连接到半山腰上的几户人家。

"你的腿咋了？"何少为问道。

"没事，崴了。"

再走过这几户人家，连这支细管一样的水泥路也消失了，渐渐地变成了如毛细血管一样的土路，向四个方向散去，在草丛中若隐若现。有的路很平整，一看就是经常走人，而有的路则杂草丛生，年久失修，其中一个被茂盛的枯草半掩着的小路径直通向山顶的一个小平台，上面隐约能看到一座房子。没登上几个石头堆砌而成的台阶，尚峰就已经喘得不行了。随着台阶来到平台之上，他被门口堆积着的干柴所吸引，一看这些干柴就很久没人挪动了，上面结满了蜘蛛网，甚至有的柴火已经生长出泛白的菌类植物了。尚峰先去敲门，意在让自己的虚荣得到一点小小的满足，体验一下当地主的感觉。尚峰轻轻推开木门，那吱扭的门响如同一声号令，将院内的一只生物唤醒。尚峰一条腿刚迈入院内，就与一双仇视的眼睛对视了足足二十秒。他渐渐皱起眉来，而那双眼睛的主人也皱起眉来。他深深地咽了口唾沫，现在大脑一片空白，他想走开，可已经被恐惧控制住了，腿就像被链条锁住一样无法动弹。与他对视的生物正是与他有口舌之交的大狼狗，正在斜视着打量着他，尚峰不敢再动了，因为他发现自己已经进入了对方的攻击范围，他只得在那里深吸一口气来缓解内心的恐怖，可是他每走一步，那条狗都会死盯着他看，并且伴随着仇怨的低吼声。

"啊，救命啊！"

尚峰一个飞奔跑了起来，丝毫不像腿有伤的样子，拖泥带水地带上了这条狗对他的不满，只听一阵粗壮的狂吠声，那狗也飞奔了出来。尚峰迅速地爬上了一棵大树，注视着蹲在树底下的大狗，与这双冤魂的眼睛对视着。

"尚峰你快下来，这狗看上去很灵，它应该不咬你。"何少为站在树下说道。

"我刚被它咬，你看啊！"尚峰在树上，把自己的小腿给他看。

看到这个何少为为之一惊，他顿时也紧张了起来，生怕这条狗也来袭击自己。

尚峰就这样在上面与这狗僵持着。而那狗好像故意挑逗他似的，就是站在树底下不动。"黑虎！回来！"一个清脆的声音刚刚落地，那狗立刻掉转头来摇着尾巴跑了回去。说话的正是贾亮，不过额头上缠着纱布，脸上青一块紫一块的。尚峰这才缓慢地从树上爬了下来，掸掸身上的土。

"你又来？找我再放狗咬你？"贾亮很不客气地说道。

尚峰憋住心中的怨气，心中想起医生的话语，他要用普度众生的态度去面对这些村民，他认为人是讲道理的。

"这不找你来谈事了嘛，这位是纪委的何主任，大领导，别耍浑好不，那个不好使，解决不了问题。"

贾亮听完尚峰的话，低头沉思了少顷，便说道："吴宗平叫你来的吧?"

"不是，我叫何少为，我是专门来调查吴宗平的违纪问题的!"

"哦?"听完这话，贾亮二话没说转头就跑进了院子里，那大狗也跟着跑了进去，"爷爷，有人来了!"

此时他俩这才敢正式迈进院子，院子里的萧条让尚峰更加惊愕。只见院子正中间有个圆石桌，几个被磨得精光的小板凳将其围住。左手边则是个干柴搭建的破鸡窝，里面有几只掉没了毛的母鸡咕咕地叫着，那鸡臊味尚峰离着老远就能闻见。右手边则是有一垛干柴和玉米秸，堆放着一些杂七杂八的东西，那潮腥味尚峰离着老远也能嗅到。两股味交叉着侵扰尚峰的嗅觉，他来基层当村官什么味道都领教过了，但唯独此味让他无法承受，不禁掩起鼻子来。随后，正对着院门的就是三间土坯房，年久失修的墙皮掉得所剩无几，露出了里面的麦秆。一扇开裂的木门敞开着，里面黑得什么也看不见，而那条狼狗则卧在门口，用它那黄色的大眼打量着尚峰，让他格外地紧张。他俩随着少年的步伐进入了这间小屋，瞬间一股烧火炕特有的烟熏味夹杂着潮气味扑面而来，继续鞭笞着尚峰的嗅觉，顿时他觉得自己真了不起，这基层的什么味道他都能领教到。屋里正中间放着一张黑白照片，系着黑色丝带，照片是一位老女人的头像，前面象征性地摆着水果。尚峰不理解农村人的习俗，只是泛泛地在想，人都死了还怎么吃!

"谁啊?"里面的人问道。尚峰向里望去，只见一个老翁僵坐在屋内的火炕上，一身藏蓝粗布上衣，下面看不出是什么料子的裤子。老人左手挂着一根弯曲的拐杖，右手则拿着一支修长的旱烟袋，在那里吧嗒吧嗒地喂着。

"老爷爷好，我叫尚峰。"尚峰边说着边往里走。

"哦，快，请进，失礼了。"那老翁边说着边站了起来，那身手迅速且麻利，手上的拐杖更像是个装饰，"我听说了，我这孙子太冒失了！"老头拿旱烟袋挥了挥，随后露出笑脸。"破孩子，快给人家赔个不是。"

贾亮走了进来，深深地给尚峰鞠了个躬："对不起，我其实没想放狗咬你，谢谢你没有让警察抓我。"

"误会，误会。"

尚峰话音刚落，那老翁又开口了："什么风把您给吹来了？"

没等尚峰发话，何少为先开了口："大爷，是这样，我们了解到，村里吴书记的儿子，吴冬强，因为拆迁问题，跟您发生了肢体冲突。"

那老翁听完笑脸立刻变得僵直，紧皱着眉头，上下打量着何少为。"这小伙子是谁啊？你怎么知道这事？"

"这是县纪委专查村支部书记的。"尚峰说道，"何少为同志。"

"原来是这样。"

"嗯……书记会给您经济补偿的……"尚峰支支吾吾地说道。

听到这句话后，老翁的脸立刻变得僵硬起来："我不要他啥赔偿，我要他儿子进局子！让他家永不得翻身！"

听完这话，何少为明显激动了起来，他说道："嗯，说得对！我非常同意你的观点，这是不能用赔钱就能了事的！就得走司法程序，只有这样才能让正义得到伸张！"何少为说道。

此话一出，尚峰就用极其不解的眼神看着何少为，他感觉这个家伙真是矫情，还正义，还伸张，那可是吴宗平，这条沟的一霸，这不是在鼓励这老头子拿鸡蛋往石头上碰嘛。

老贾上下打量着何少为，心里充满了不信任说道："您是不了解吴宗平啊！"

"没事，请您相信政府的能力！"何少为边说着边将目光转向吴老头的孙子，"这小子脸上的伤……"

老贾戳了戳手里的拐杖，语气沉重地说道："尚主任不会不知道吧，我觉得您肯定是为这事来的。"老贾说这话的时候嗓音抬得很高。尚峰被这高亢的嗓门吓住了，他心里在打鼓。

"你们都是大学生，有文化。"老贾高亢的声音再次震慑住了尚峰，让他挂在嘴边的话又憋了回去，"他强拆我家果园，还打我孙子，这是不是知法犯法?!"

尚峰听得耳根子发麻，来时想的一堆安慰话全部忘在了脑后，他擦了擦脸上的汗，憋了半天，才支支吾吾地说了一句："我觉得这是民事纠纷，闹到乡里伤和气。"

"和气?"贾老头子把手里的拐杖往地上猛戳起来，那啪啪的响声震得尚峰的耳膜很难受，"他吴宗平何时讲过和气！你要是党的好干部，就应该替百姓说话，而不是替土匪说话！"

老贾的一席话让尚峰无言以对，这件事比他想象的还要复杂，站在哪个方面都不妥，哪方都不好惹。就在他犹豫之时，何少为的话把他敲醒了。"尚峰，你怎么说话呢。"随后他慢慢地站了起来，缓缓地坐在贾老爷子身边，"您想错了尚峰的意思了，他的意思呢，是说可以私了，不伤和气，但那是对好人失误干了坏事！他吴宗平的做法就是犯法，就不该私了！就得闹到法庭去！对吧，尚峰！"

尚峰立刻知道自己刚才说错了话，站错了立场。"说得对！就得走司法程序，让他丢了金钱又折将！"

贾老头子听到这话，眼神里盈满了激动，紧紧地握住何少为的手，话音里颤抖着："那我该怎么做？"

"坚持上诉，走法律程序！"何少为用手轻轻拍着贾老头子的肩膀，"党和国家永远站在你这边！有什么困难我一定替你解决！！"

贾老头子激动得不知道该说些什么，只能用连续的点头向他俩表示感恩。

尚峰没想到，何少为的怂恿，是彻彻底底地把他逼上了"歧路"。

此时还有一个人也在连续地点着头，那就是吴冬强。他坐在院子里的沙发上，苦闷地哭了起来，那哭声就如同屠夫家中临死的猪一样，歇斯底里地难听。会计吴宗尚在门外听得一清二楚，他在门外静静地等着，等待这三十多岁的汉子消停了再进去，也是给其留点面子。也不知过了多久，一切趋于平静了，他才缓缓地推开那扇铁门。进门之后，他见到吴冬强瘫坐在木凳上，光着膀子，满身是汗。

吴宗尚见到吴冬强这个样子，顿时感到好笑，怎么，一个三十多岁的大老爷们儿竟哭得像个娃，这是何苦呢。"老爷子让我找你来，说这件事再帮你擦回屁股。"话音刚落，吴冬强就从凳子上蹿了起来，那肥肥的脸上充满了孩子般的笑容与期盼。"真的？"老会计打开公文包，拿起计算器，煞有介事地按了一通。"但这之间产生的费用，得你自己承担，老爷子说了，分家就不给钱了！"

"行！"

吴宗尚拿着钱，走在去贾老头家的路上。他这次又亲自为吴家打理破事，上一次他也不记得是什么时候了，他在吴家就是个跑腿的，但他很知足，小学毕业的他，能混到现在有车有房，有一定地位，全是依托吴宗平，不管人家在背后怎么骂他，他都无怨无悔。他很沉稳，也很冷静，他知道该怎么处理这次的事件，所以他一点也不惊慌。来到了那孤零的小房子外，径直地走进贾老头家的院子，根本没有把那条大狼狗放在眼里，坐在座位上冲老贾一乐。"老贾好啊！"

老贾见到他就没好脸："吴家的狗咋跑这来了？"

"贾老爷子，咱说话别这么不中听好不？"吴宗尚面不改色心不跳地说道。

"哼！我家真成了政府了，上午书记下午——我应该怎么称呼你呢？"

吴宗尚缓缓地打开公文包，将包里的两捆方砖一样的纸钞放在了桌子上。"吴书记说了，孩子不懂事，乡里乡亲的，给个方便，这些钱，算是赔偿您的！咱能不能不上诉，私了？"

贾老爷子喝了喝旱烟袋，思考了片刻，从他叼着旱烟袋的嘴里蹦出不太清楚的字眼："胡闹！现在是法制社会了，想拆就拆，给钱就能了事？国法何在？！"

吴宗尚听了这话，嘴角微微颤抖了一下。"您说的这些谁都懂，但在这条沟，这个村，乡里乡亲的，伤了和气……"

"扯！"吴宗尚话还没说完，贾老爷子就将旱烟袋重重地敲在桌子上。这响声惊动了门外的大狼狗，它迅速地跑了进来，蹲在贾老爷子脚下。"他吴宗平就是一个杂碎！我跟他可不是什么乡亲。"

吴宗尚丝毫没有惊慌，缓缓地说道："您的意思是不行了？非要走法？"

"我知道他吴宗平搞过的那些事，告诉他，老爷子我不怕！把这些臭钱拿走。明天我就去区法院提交那个啥去，我就不信国法治不了你们！"说话间，他脚下的大狼狗龇着鲜黄的牙齿，一副势均力敌的架势。

吴宗尚从贾老爷子的话里听出了意思，觉得已经没有谈下去的必要了，他缓缓地打开公文包将那两捆纸钞塞了进去。"那我回去了，向吴书记就这么说了！"说完转头就走，刚要迈出门之时，他缓缓地回过头，看了一眼那条大狗。"这狗不错，真灵！"随即大步走出屋去。

听完吴宗尚的"汇报"，吴宗平能干的只有将点燃的烟死死地攥在手里，他万万没想到的是，老贾要起诉他的儿子，而且还要请律师帮忙打官司，这个混蛋。

"哥，怎么办？"

吴宗平从他的兜里又拿出了那个熟悉的小烟盒，拿出一支，轻轻地点上，这是他紧急思考问题时养成的习惯。"绝不能上法庭！看来只能对不起老贾了！"

吴宗尚立刻明白了这话的意思。

冬日的夜里，整个屏风村北风呼呼地吹着，干草垛被风打得吱吱作响，树林里竟然传出鸟的叫声，还有山中各种杂乱的声响，交织在一起吟唱着，组成了一曲别有情调的乡间小夜曲，吵闹得让人无法入睡。此刻贾老头子被一连串的狗吠声吵醒，他迅速地穿起衣服，打开了屋子里的电灯。"爷爷，怎么了？"与他相依为命的孙子问道。"没事，你睡你的。"他拿起门后的扁担杆，缓缓地打开了那扇木门，这次很奇怪的是黑虎并没有在门口卧着，他向前走了一步，却不知是被什么东西绊了一下，他转过头去，看到的只有一坨黑乎乎的东西。由于天黑他看不清楚，于是将蜡烛拿近了些，眨了眨他睡意蒙眬的老眼。突然他仿佛见到了什么东西，眼睛睁得老大，眉毛就像两条柳叶一样来回摆动，嘴巴一张一合地想要发出声音，可就是怎么也发不出来，最终他用自己最后一点力气将心中的那口气喊出。"啊！"那声音响彻了整个屏风村。"啊！"那声音听上去就像远山的野兽在嚎叫。"啊！"那声音听上去就像冬日里寒风吹过院角所发出的声音，叫完三声后，贾老爷子仿佛将自己那点气全部泄漏出去，随后倒地晕了过去。他年少的孙子跑了出来，见到爷爷晕了过去，很是惊慌，连叫黑虎不见声响，他这时才注意到门口台阶黑乎乎的东西，拿着蜡烛向前走去，眼睛同样睁得溜圆，这才看清那东西。是一个淌着鲜血、冒着热气的狗头，这狗头不是别的狗头，正是黑虎的。

当贾老爷子醒来，已经是在医院里了。睁开眼睛就见到了他这

　　　年轻气正

辈子都不想见到的人物，那就是吴宗平。贾老爷子既震惊又痛苦，这份痛苦让他无比难受，老泪不住地从他的眼角流下，他又低头看了看自己的孙子在被吴会计扶着肩膀站着，他就什么都懂了。

"贾老爷子，我很敬重你！"吴宗平开口说话了。"我是来看你的！"说着他拿出一沓纸钞，塞进被褥里，轻轻地拍了拍。"我这个儿子不懂事，现在还在号子里蹲着呢，我来替他跟你赔礼。"说着他站了起来给贾老爷子深深地鞠了一躬。

贾老爷子紧皱眉头，不知道该说什么，他只有痛苦与无奈。

"在这协议书上签个字吧，咱私下和解，没必要什么都闹到法庭上，您说呢？"吴宗平说着将一张纸递到贾老爷子手里，又拿起一支笔放进他手里，双手紧紧攥着贾老爷子拿着笔的手，那力度仿佛在告诉贾老爷子，你跟我较劲没有好下场，"还有咱果园那事，您就同意拆了吧，如果走征地，您一分钱都得不到。"

"爷爷，咱不能答应啊！"贾亮喊道。只见贾老爷子痛苦地摆了摆手，从他紧闭的嘴里蹦出模糊的声音："惹不起啊……"随后又用最后一丝力气在那纸上签了字，然后一头躺在了床上。"还有录的视频呢？"吴宗平问道。

贾亮从兜里缓缓地掏出手机，还没来得及递给吴宗平就被老会计抢了过来重重地摔在了地上，连踩了三大脚，弄得粉碎。"日嘞！这手机也得赔啊！"吴宗平冲老会计大吼。

"没问题！"老会计吴宗尚又从兜里掏出一沓钞票，塞进了贾亮的兜里。

"贾老爷子您真是好人！我吴宗平今后愿意效犬马之劳！"

老贾听到这话，丝毫没有高兴之意，他痛苦地将自己的手从吴宗平的手里狠狠地撤了出来，放进被窝里，又转过头去，他永远也不想看见这张丑陋的脸。

吴宗平也知道此地不宜久留，多待无益。"那我们先撤了，您好好养病。"

贾老爷子没有说话，而是紧闭着双眼，他再也不知道自己想说的是啥，他感到绝望，感到痛苦，感到这个世界已经没有了正义。

这件事很多天后贾老爷子出院了，尚峰才知道。开始尚峰幼稚地认为是山里大型野生动物袭击了贾老爷子家的大狗，还打电话咨询动物保护部门。又询问了下整日嗑瓜子、奶子如篮球般大小的蔡淑芬，得到的答复是："这动物很凶猛，吃人又吃心，看不见摸不着，谁都怕他也不敢惹他。"尚峰从话里听出了些端倪，他仿佛知道这个吃人的野兽是谁，但他能做的只是紧皱眉头默不作声。这个野兽他也是招惹不起的，只得打电话将此事告诉何少为。

得知此事的何少为在电话那头用愤怒的吼叫回应了他："太不可思议了吧！为什么要撤诉呢?!"

"嗯……给点钱，就撤了呗。"

听到这话后，何少为气息喘得很粗重，在电话那头愤怒地吼叫道："尚峰我告诉你，别陷得太深了！"

何少为这句话有两层含义，一是对尚峰充满了不信任，二是他开始怀疑这个平日里的好学弟已经被墨水浸黑了，很有可能就是他通风报信的。

尚峰当然能听出他话的含义，本想解释，可电话那头挂掉了。此时，独处一室的他，内心十分复杂，自己这个代理主任貌似就是个摆设，自己啥也干不成，只是一个代理，也逐渐察觉为何吴宗平要让自己当这个主任了，最简单的就是无法与他抗衡，仅此而已。想到这，他心里憋着口气，十分难受。此时他觉得还是应该去看看贾老爷子，因为他内心的那份善良不允许他就这么不管不问。

这次来，院子比上次更加落魄了，也没了往日的生机，狗笼子里空荡荡的，狗链也散落在地上，诉说着这副狗链的主人已经逝去。尚峰走进院子第一眼就看见在那里劈柴的贾亮，他默默地看了

　　　| 年轻气正

一眼尚峰却没有说话，继续低头劈柴，而尚峰也没有多说话，他感到内心深处有强烈的愧疚感，他对不起这户人家。

"你爷爷呢?"他问道。

"屋里。"

尚峰再次进入这个黑乎乎的小屋，映入眼帘的还是贾亮逝去奶奶的遗像，而不一样的是，那个腰板挺直、吧唧旱烟袋的贾老爷子，不是坐着，而是瘫卧在床上，打着点滴，低声呻吟着。尚峰进屋的响动吵醒了贾老爷子，他缓缓地睁开眼，用微弱的力量将手抬起来向尚峰打了个招呼。"来……坐……"他的声音已没了往日的硬气，只有虚弱与悲凉。

"这件事，我不太清楚，你为啥又不告了呢?"

贾老爷子缓缓地张开嘴，用微弱的声音说道："小尚你是个好人……年轻……别为我这糟老头子把前途……毁了。"

"这话怎讲?"

"这沟……这水……太浑，你太干净，待两年就走吧，别把自己弄脏了。"贾老爷子说着挥着手。

"我来这就是改善民生来的，岂能啥都不干就走?"

"惹不起!"

尚峰知道贾老爷子所说的这三个字的含义，他也知道这沟的浑水是难蹚的，就目前他的处境，确实不好蹚下去。尚峰不想多打扰老人，将被褥盖了盖，就此告别。临走前贾老爷子落下句话，希望他这个大学生劝劝自己的孙子去考大学，也给他参谋着报考志愿。他出门看到闷头劈柴的贾亮，内心突然迸发出酸酸的感觉，这真是个少年，父母双亡，爷爷又病了，他怎么办啊?

"你今后想考啥大学?"

"不上了。"

"为吗?"

"照顾我爷爷。"

"你爷爷希望你继续上大学。"

"不上！我要尽孝心，照顾我爷爷！"

"那你更得上学了，孝顺，先要顺才能孝，听你爷爷的，上学。"

"那我就报法律、公安大学。"

"有志气！"

"把沟里的土匪恶霸统统抓起来，判他们终身监禁！"

尚峰听到这没有继续说下去，他知道这份仇这份苦已经在这少年心底埋下，他也知道现在什么劝慰的话都无法弥补这少年内心的痛楚。他能做的就是悄悄地离开，让自己今后的工作更加规范，让这个村的法制更加健全。

一星期后，尚峰听说贾老爷子离世了，被埋在自家的后院里，四口子终于团圆了，只剩下小孙子贾亮一人了。但随后又听说贾亮也消失了，杳无音信。

村里的大喇叭开始广播年底拆迁的一些相关法律规定，尚峰非常熟悉的那辆白色沃尔沃轿车来了。吴冬玲大步走下车，并没有理会尚峰而是大步地向办公小洋楼走去了，尚峰被这美丽的身影深深地吸引，无法自拔。

吴冬玲是无事不登三宝殿，即使这个三宝殿是生她养她的家乡，名牌大学毕业的她始终无法认同父辈们的处事方式，尤其她这个土皇帝的爹，因此她长时间与吴宗平断绝关系。

"呦，我大闺女来了！"当看到吴冬玲站在自己的面前，用恶狠狠的眼光注视着他的时候，他知道这丫头又该跟他闹了。

"我哥打人这事你为什么不跟我说？"

吴宗平知道她定是为这事来的，他没有回答，而是选择了沉默。

"你是怎么处理的？"吴冬玲继续质问着。

"乡里乡亲怕伤了和气，私了了。"

吴冬玲才不相信她爹的鬼话，接着质问："不会吧？我哥可是搞强拆的。"

"你一个小丫头片子懂什么！"吴宗平由于撒谎不敢去直视自己那个较真的女儿，而是在那来回晃动着脑袋。

"你就瞎搞吧，早晚要出事儿！"

吴宗平被女儿这句不客气的话激怒了，他的手重重地拍在桌子上，立刻发出愤怒的吼叫："你来干吗？我是你爹！你就你你的称呼？难道就不会用您吗？"

吴冬玲可不管这些，她也用愤怒的吼叫回应："你知道吗？你现在在外面的名声都糟透了。他们说你涉黑你知道吗？就因为你影响了我的前程！"

"我日嘞！！"吴宗平走到吴冬玲的跟前，用怒视的眼睛死死地瞪着吴冬玲，他要看看这个不孝的女儿还能说出什么大逆不道的话来。"你再说一遍！老子生你养你花钱让你上大学，你现在倒瞧不起你爹我来了，还在这儿教训起我来了。"

"我可没说你是我爹。"

"孽种！"一个大嘴巴结结实实地打在了吴冬玲的脸上，不过她的脸皮可比吴冬强的争气，很快就紫红了起来。吴冬玲豆大的眼泪顺着她捂住脸的手滚落了下来，她不想说任何话，她此时此刻想做的就是离开这个她讨厌的父亲。

"孽种！孽种！天杀的！一个比一个不孝顺！他妈的气死我了！"随着吴冬玲摔门而去，吴宗平拍打着桌子怒吼道。

吴冬玲看了一眼尚峰，没有想和他说任何话，就开着白色的沃尔沃离开了吴家。那眼神充满了失望，尚峰不确定是对他的失望还是对这个体制的失望，但吴冬玲很快就给出了答案。

年关将近，大家都在忙着过年，尚峰被吴宗平邀请到家里吃饭，这是他没想到的事情。可他心里根本没有停留在吃饭这件事上，而是时刻关心着他心中的冬玲。显然，吴冬玲无法原谅自己这个父亲的野蛮。尚峰用短信劝解着吴冬玲，他有私心，那就是希望吴冬玲能够回吴家过年。但当短信呈现着她要与朋友出国旅游字样的时候，让尚峰感到无奈与茫然，他心中只得暗自确定要买回家的火车票了。

　　年关饭很简单，就一桌，五个人，按照吴宗平的话就是响应中央八项规定，其实在尚峰看来无非就是几个干活的，吴宗平没必要大费周章，他现在的想法越来越市侩了。

　　"票都买好了？"吴宗平问道。

　　"买了。"尚峰答道。

　　面对这一桌子的干部，蔡雪梅，老会计吴宗尚，还有呱唧呱唧嗑着瓜子的蔡淑芬，当然还有那个乡的山大王吴宗平，尚峰内心深处迸发出一种莫名的敬佩，就是这么一个奇葩的团队，愣是支撑起这个二百户山村的行政工作，越想越觉得神奇，也越想越觉得兴奋。

　　"吴书记！晚辈我敬你！"尚峰率先站了起来！

　　"哈哈！好！"

　　随后就是蔡雪梅和蔡淑芬的敬酒，吴宗平乐得是那么的自然与亲切，这一切都被尚峰看在眼里，他能体会到只有这种搭肩作战的友谊才是真实的，才是亲切的，是任何利益也换不来的，虽然这个团队的每个人都有些性格上的瑕疵，但毕竟人无完人。

　　趁着酒劲，蔡雪梅的话语也大胆了起来，指着尚峰说道："你的小冬玲呢？"

　　"别瞎说！"尚峰生怕自己和吴冬玲的感情关系被吴宗平知道。

　　显然这事吴宗平早有耳闻，他低沉着脸，表情显得很诡异，夹着菜往嘴里送着。"你俩交往我不反对，但是你怎么也得在县里有个住的地方吧？"

　　　　　　　　　　　　　年轻气正

吴宗平此话一出，尚峰就浑身冒汗，他没想到这么快就到了谈婚论嫁的地步了。

"呵呵！反正这是我的要求！"吴宗平的话一出，就又止住了。

此刻尚峰陷入了深深的迷惘。

4

这个年对于吴冬强来说，基本是没有过好。他现在开始后悔当初与这个孙璨合作了，他发现这个家伙就是头饥饿的野狼，无时无刻不在压榨着自己的利益，现在他已经将"收益"的分成提高到六成了，更让吴冬强大为恼火的是，这个家伙竟然开始要挟自己，让他强行进他手里的"货源"，反正他光脚的不怕穿鞋的，吴冬强的父亲是干部身份，让他成了穿鞋的。

什么架势都见过的吴冬强这下被人拿住了，现在他总算明白父亲不让他沾"黑"的用意，这个真是一沾就无法收手了。

年底那个孙璨又让他"进货"了，张口就是一百万，这让吴冬强浑身不自在，而且这个外乡人的态度十分傲慢，这让怨念已久的吴冬强最终爆发了。

"你他妈的要挟谁呢！我马上就给你找钱去！"在歌厅内吴冬强骂着。

"行了，吴哥，谁都知道你家底厚，拿得出，别这么吓唬人。"孙璨的语气里充满了对吴冬强话语的不屑。

"你他妈这是要挟我，上次那批货还没卖出去呢。"

"那是你的问题。"

听到这里吴冬强彻底火了，站了起来，一把揪起孙璨的衣领子，用眼睛恶狠狠地盯着这个让他处于水深火热的家伙。"我他妈不干了，大不了鱼死网破。"

孙璨则眯着眼睛，没有说话，心里则是暗下心机，这头野兽已经不是他能够再控制的了，真搞个鱼死网破，那自己的命也就没了，他不会和吴宗平这个家伙发生正面冲突的。

　　"你不干了？你想鱼死网破那可不行！"

　　"有什么不行的？"

　　听完这话后孙璨现出诡异的微笑，拿出了一个录音笔，向吴冬强播放了一段录音，正是之前吴冬强要他"打理"赵宝钢的那段话。

　　"啥意思？"听完录音后吴冬强问道。

　　"啥意思？赵宝钢的儿子是怎么失踪的，你不会不知道吧？"

　　说完孙璨缓缓地拿起大衣头也不回地就走出了歌厅的大门，边走着边回头说道："你再想想，你好好想想桥根下埋的人，想完，咱们再谈鱼死网破的事！"

　　听完这话吴冬强大脑一片空白。

　　一阵急促的刹车，吴冬强一个人拿着铁锹走到了桥下的空地里，这里的土明显新翻过，他疯狂地铲了起来，没挖多深，就看见蓝色的衣服……再往下就闻见一股恶臭，那恶臭像极了村口那条小河散发的气味，再往下挖，他见到了类似头发的东西。见到此景，吴冬强这个平日里风风火火的汉子，一屁股坐在了地上，顿时豆大的汗珠挂满了他那颗肥脑袋，两腿颤抖着，嘴里也发不出声来。他现在后悔当初盛怒之下的决定。现在这成了他的把柄了。

　　吴宗平享受着午后的小午觉，这是他的习惯，让他觉得活着还能享点清福，尤其睡到自然醒后的感觉，满足、舒坦。可一阵急促的电话声让他不爽，他缓缓地按下那个绿色按钮，听筒里传来低沉的声音。

　　吴宗平放下电话，从抽屉里拿出一张支票，走出村部，迅速坐进了自己的奥迪车，对司机喊道："去县里！"

电话那头不是别人，正是吴冬强，吴宗平的脸都绿了，他知道肯定是出了大事，不然吴冬强不会用那么哭丧的声音和自己说话。

在歌厅的内室里，吴宗平见到了吴冬强，这个八尺的汉子此时没了往日的骁勇，自己一人坐在沙发上默默地吸着烟。见到吴宗平的他立刻兴奋了起来，仿佛见到了救世主。他将事情发生的全部过程一五一十地告诉了吴宗平。说完，房间里寂静了下来，吴宗平慢慢走到落魄的儿子跟前，看着满身大汗的儿子，缓缓地闭上眼睛，深深地叹了口气。

"傻×！"一个大耳刮子就打在了吴冬强的肥脸上，清脆的响声从铁门的门缝里传到了楼道，楼道宽阔的环境立即将这响声又返回给了声音的制造者，那肥脸真不争气，只是摆动了几下，就没了反应。

吴冬强这一耳刮子挨得真叫痛快，打得他头晕目眩，看着白色的天花板有无数亮晶晶的萤火虫四处飞窜，很快他那个肥腻的胖脸更加圆润起来，泛着大枣熟透般的紫红。他觉得有液体从他的鼻孔流下，来回地吸溜着，开始他以为是鼻涕，可是逐渐有些无法控制，他下意识抹了把鼻子，顿时满手见红。

"爹，你这是干吗啊！"

"你个傻×！"吴宗平随后破口大骂，"你他妈就是个败家的玩意！"

"爹，这有啥啊？"

"造孽啊！"吴宗平用谩骂抒发着自己内心的痛楚与绝望，他就闹不明白，究竟自己做错了什么，老天竟然如此对他，给了他这么一个不争气的儿子。这是要断了他的后啊！

他在屋里来回踱步，他要用这个方法让自己的内心安静。渐渐地他心平气和了下来，脑子里逐渐勾勒出事情办理的轨迹，这件事必须得处理了，不只为了这个不争气的儿子，也是为了自己的仕途，一定要安排好。

"这事除了那小子还有谁知道？"吴宗平问道。

"没有……"

"那小子啥条件？"

"从他那进一百万的货。"

吴宗平听后气得直跺脚："一百万？你他妈的败家啊？谁让你和他干这个的！你缺钱啊！"

吴冬强捂住自己的脸委屈地说道："那都是你的钱，我想靠自己的能力挣。"

"你就靠这能力啊？傻×不？这可是人命啊！"

"爹，那咋办？"

"咋办，还不去自首！"

听到这个，吴冬强顿时一惊，他不知道他爹竟然会说出这样的话来。

"爹，我是您儿子啊！"

听完这话，吴宗平又犹豫了起来，是啊，他就这么一个儿子，岂能进监狱呢。但俗话说，纸里包不住火，这事早晚会抖搂出来。

"人埋哪了？"吴宗平问道。

"三号桥底下。"

"行！我会找人刨出来处理的，你别声张。"

"好。"

在寒风飕飕的夜晚，两个人在三号桥底下干着一个邪恶的勾当，他们在将这具孤魂野鬼的尸体搬走，把他放在一个应有的位置上，可惜人算不如天算，吴宗平怎么也没想到，自己的儿子吴冬强再也没见过第二年的十五的月亮。

吴宗平躺在躺椅上，回想着自己这一年的奔波，没想到自己竟然能成为书记，没想到自己能站在"权力"的顶峰，但一想到儿子闯的大祸就让他眉头紧皱，顿时眼皮发抖，让他心神不宁，内心多有不吉利的念想。

春节的喜庆让吴冬强暂且忘却了这个糟心的事，应吴宗平的旨意，他拉着好几头羊，四处地打理关系吴家"生意"的祖宗们，这以前都是吴宗平干，现在他老了，都交由儿子了。但很快这糟心事自动找上门来。

孙璨在歌厅再次拦住了吴冬强，此时的他面带凝重，他想再确定一下自己的恐吓是否对吴冬强起作用。

"吴哥考虑得怎么样了？"

"你别威胁我，我大不了去自首。"

"你可想好了，这可是指派杀人！"

"我怕你！我爹朝里有人，早给打理好了！我要让你和我一起下号子！"

"吴哥，不要这样吧。"

"嘿嘿，我可不怕你。"

吴冬强以为这样的恐吓就能够盖过孙璨，可他错了，没想到这会惹来杀身之祸。听完这些，孙璨用牙咬着自己的嘴唇，他心生杀意。的确，这个吴冬强已经没任何可利用的价值了，反正干过一次了，再干一次也无妨。他再次操起了那把杀人的屠刀，向吴家第二次挥起。

年底冬日的晚上，是个阴天，月亮没有如期挂在天空上，屏风村的大街上漆黑得伸手不见五指，吴冬强跄跄地走着，喝多的他走道都开始画龙了。他低着头找了许久才掏出自家的钥匙，可怎么开也打不开自家的大门，他那个肥硕的媳妇已经睡了，任凭他狂叫也没人理会。

此时一个黑手轻轻地拍了他一下，吴冬强半眯着眼睛转过头来，眨了眨他那由于酒醉已经睁不开的眼睛，在那微微的月光下，他看清楚了这个黑手的主人。

"你丫的怎么在这啊？"

话音刚落，就听见砰的一声，顿时激起左邻右舍土狗们的狂叫。

吴冬强的胖媳妇被这响动惊醒了，缓缓从被窝里爬了出来，就着手电筒来到了门前。

"谁啊？"她问道。

没有人回答，她感觉是自己的错觉，但一股酒臭气渐渐迎面而来，她知道准是自己那混蛋老公喝多了，在外面趴了窝。于是她打开了自家的大门。果不其然看见的是自己那个不争气的老公吴冬强瘫卧在墙根。

"不争气的东西，又哪喝去了？"

肥媳妇的吼叫，再次唤起了左邻右舍土狗们的狂叫，可唯独吴冬强没有吱声。她用手电照射过去，顿时眼睛快要蹦出来了，她不敢相信自己是在做梦还是在梦游，只见吴冬强头上一个大大的血窟窿，往外哗哗地淌着血，他歪着脑袋，嘴大张着，显然已经断了气。

顿时一阵哀号传了出来，伴随着土狗的狂叫。

第二天，吴冬强的死讯就传遍了山沟，可唯独如何死的，众说纷纭。最权威的说法就是喝酒过多，心肌梗塞致死。其实这是吴宗平保密工作做得好，他可不想让人知道自己的儿子是死于枪伤，那样肯定会有执法人员来调查的，很快就会瞄上自己，那自己的仕途就会受到影响，这事情一定要压下去，同时他也要压下自己那份悲痛，虽然他知道这是谁干的。

在吴家的大院里，没了之前庆功宴的喜庆，只有女人们的痛哭与哀号，没有过年的气息，而只有家人的悲痛。吴宗平站在窗口，强忍着泪水，冬日昏暗的阳光照射在他苍老的脸庞上，被那两道泪水渐渐地折射掉了。

尚峰站在他对面，没想到在自己即将回家过年之际，会摊上这么个事，他这个"伪主任"不知道用何种话语去劝解吴宗平，他知道此时此刻没有任何语言能平复吴宗平内心的悲痛，吴冬强的死因只有吴宗平、他和吴宗尚三人知道。

给吴冬强尸体化妆的时候尚峰也在，只见吴宗平握住宋万兴的手，语重心长地说道："我有点事需要你帮忙！"随后他掀起吴冬强尸体上的盖布。"我不想让我儿子用这种方式见人！"

见到此景，宋万兴吓得只得用大张着嘴来回应。

吴宗平的用意很明显，就是要找这个欠自己人情的殡仪馆老板给自己的儿子化妆，不能让人看出他是死于枪伤。

此时二人在屋里沉寂了片刻，才从吴宗平嘴里微微颤抖着说出了句含糊不清的话语。

"如果这世道有你所说的法制，兴许……我儿子就不会死。"

尚峰听到这句话，并没让他感到很惊讶，他只是泛泛地答道："不是兴许，而是就不会！"

吴宗平抹了一下眼泪，对着门外大吼着吴宗尚，不一会儿这个吴家的老管家就走了进来。

"宗尚，走了，给我儿子送行。"

尚峰走出那悲凉的房子，看见院子里站着的是哭红眼睛的吴冬玲，他同样不知道该用什么语言去平复她悲痛的心，他缓缓地走到吴冬玲的身边，还没有发话，吴冬玲就一下扑在了他的怀里。

"我平时就叫他少喝点，他就是不听。老天竟然这么惩罚他！为什么啊?!"

搂着吴冬玲的尚峰不知道该怎么去解释，解释这发生的一切，难道告诉吴冬玲她哥死于黑社会斗殴吗？难道告诉她吴冬强身上也沾有人命，这是罪有应得吗？他说不出口。

吴宗平这么做还是非常有用的，吴冬强的死很快就传到了何少为的耳中，这让他感到此事太突然了，没想到年根会出这么一档子事，早就传闻他儿子涉黑，是否跟这件事有关系呢？他要去吴冬强的葬礼一探究竟。

葬礼办得很小，与吴宗平老母亲八方宾客来相助截然相反，基本就是家里的那几个人，而尚峰也参加了葬礼，他已经被吴宗平当成家里人了。在殡仪馆的大厅内，躺着的吴冬强已没有了往日的强悍，只是一具死尸，冰冷地躺在那里。这让白发人送黑发人的吴宗平痛苦不已，老泪再次从他的面颊上流了下来。

何少为的到来让吴宗平惊讶不已，因为他并没有邀请这个家伙。何少为深深地鞠了一躬，随后注视着吴冬强的尸体，缓缓地走动着，他要看看这个吴冬强究竟是不是外面传的那样死于枪伤，但很显然躺在那里的吴冬强是那么的安详。

"吴书记节哀顺变。"何少为说道。

"嗯！"吴宗平很不客气地答应了一句后，就不再多看他一眼。

而何少为则看了尚峰一眼后，转头迅速离去了，因为他知道这次来又扑空了，什么有用的线索也没有留下。

吴冬强的死，对吴宗平的精神打击极大，他没了往日的狂妄，他感到干啥都没了动力，整日憋在屋里，年怎么过，这亲戚怎么打理，全部不管了。他还将全村的事务交给尚峰，显然尚峰成了吴宗平最信任的一个人了，俨然已成了他的接班人。全村上上下下的所有事务都被他尚峰包圆了，当然还有那个拆迁工作，更是按部就班地进行着。

每天来给吴宗平送礼的人，全被他推给了尚峰，让他全权处理。礼品在尚峰办公室里堆积成山，为了腾地方，他让蔡雪梅和蔡淑芬这两个女人拿走一些，二人一阵推托，但终于忍受不了好东西的诱惑，兴高采烈地拿回家去了。同时尚峰还给了看门的吴老黑一些礼品，乐得吴老黑咧开自己紫黑的嘴唇，露出锈迹斑斑的牙齿，竖起一只大拇指。

"还得说是尚峰，比吴冬强强多了！"

听到这话，尚峰心里一阵咯噔，一个人得凶神恶煞到何种地步，才能尸骨未寒就开始让人贬损？就连看大门的人都憎恶他，如此看来，他阳寿确实不该长矣。

"你回家过年去吧！"吴宗平终于走出了自己的办公室，对尚峰说道。

他面容如此的憔悴，头发由于多日不打理，几天变成了雪白色，整个人一下老了二十岁，如同一个将要逝去的老者。"别让家里人惦记。"吴宗平的话语里充满了无奈与凄凉，可以说更多的是一种无力，他再也无力与这个社会对抗了。他累了。

尚峰点了点头，只是用手机给吴冬玲发了一条短信，就暂且告别这个工作一年的屏风村。

两个月后……

尚峰看了看日历，不知道是无聊，还是内心有种莫名的惆怅，他觉得是应该回到那个离开"很久"的屏风村上班了。不过这次他没有继续坐那辆颠簸的公交车，而是自己驾车前往，吴宗平奖励他的十万元让他拿来买车了，他第一次品尝到财富带来的便利。

还没到屏风村他就已经感到有些不太一样了，那掏空的山，那恶臭的小河，那蜿蜒的马路都在，可就是某种气息在变化，等来到了村部，一切都证实了他的猜想，屏风村一片废墟。

"这房子呢？"尚峰惊讶地问着一个路过的老大爷。

"都被拆了！"老大爷说道。

尚峰驱车来到了西边空地，这才发现车窗外的景色在一个多月里发生了巨变。一条笔直宽阔的大马路，犹如一支巨大的钢笔，深深地插入了远处的大山中；一座座崭新的路灯犹如护卫一般守卫着这条崭新的马路，四周围则是大片大片的空地，时有一间间破败的砖瓦房，时而又出现一座座整齐的白色简易房，丝毫没有乡村的概念。在这个大片大片的空地上耸立着一座白色的二层洋楼，犹如大海上的孤岛。

"太会玩概念了！"尚峰仰着头看着这个土海中的孤岛。

他立刻走进了这"白色孤岛"，看着干净的楼道、洁白的大理石瓷砖、整齐划一的室内布局，他有一种强烈的陌生感。"哎，我这是到哪儿了？还是那个熟悉的屏风村吗？"尚峰发出了深深的感慨。

"尚峰？这么快就休完假了？"门口传达室一个嗑着瓜子的女人问道，尚峰定睛看去，正是蔡淑芬。

"蔡淑芬。"尚峰很是惊讶，他没想到蔡淑芬会这么快又回来上班了，"吴书记呢？"

"吴书记？吴书记在楼顶呢。"

"成了，蔡淑芬别跟我开玩笑了，吴书记呢？"

"不跟你开玩笑，楼顶呢！"

"楼顶？"

尚峰通过楼梯走到了楼顶，居然真的见到了吴宗平。还是那个熟悉的身影，还是那么高傲自负，挺着腰板站在楼顶指点着江山，旁边则是那个点头哈腰如土狗般的德宝，他终于如愿以偿地得到了三座回迁楼的工程。他现在更得拍好吴宗平的马屁了，因为对于这个失去儿子的老男人，此时是最脆弱的时候，他需小心陪伴才好。"告诉你们，一个地区厕所的形象，直接体现着这个地区的文明程度。"吴宗平叉着腰，说道，"我可不想让人家说咱们屏风村是个只产暴发户的故乡！"

"是、是，吴哥你说啥就是啥！"德宝恭维道。

显然他在说谎，一旁的老会计吴宗尚看不下去了，他可不会去一味地恭维吴宗平。"书记，这地方没预留下水设施，建这东西合适吗？"老会计吴宗尚说道。

"有啥不合适？"

"没下水。"

"弄个不就有了嘛!"

"没款子。"

"那就挖一个!"

"挖……"

"德宝,叫你的人去挖个坑当厕所。"吴宗平边说边转过头来,看见了尚峰,这让他很是惊讶,嘴一撇乐了。"呦!才子来了,你看看这拆得快不?我们在想把回迁安置房搁哪儿呢!你看这里的风水行不?"说着,吴宗平指着不远的一块空地。

"风水不错!可就是……"尚峰支支吾吾地说着。

"就是没厕所是吧?赶紧挖一个,老子也憋坏了,不能逼我做出不文明行为吧!"

随着挖掘机隆隆作响,一个深深的大坑被挖好了。可这并没有博得吴宗平的笑脸,反倒让他愁眉不展。"德宝!你挖这么宽的一个大坑,谁裆那么大啊,咋蹲!"吴宗平用胳膊比画着那个大坑喊着。

"别着急啊!"德宝说着,拿过来两个板子往坑上一放,形成一个类似轨道一样的两个踏板,"这不就能蹲了吗?"

可吴宗平愁眉皱得更加深邃,他摸了摸自己的下巴:"这他妈又回到解放前了!德宝我给你三天,给我盖出个像样的厕所来!"

"啊?这……盖厕所,没砖没瓦咋盖?先得打点工程款啊!"

"你先他妈垫上!"随后指着尚峰说道,"这事给你办了!尚峰!"

尚峰看着这一切,他不知道该说些什么,他不敢就此事断定出吴宗平到底是故意较真,还是无知无畏。

"哎!你说那种简易马桶怎样?好用不?"吴宗平又说道。

"哪种?"尚峰问道。

"就是那种冲泡泡的那种!"

"哦，那是吸入式厕所。"

"对，对。还是你懂啊！"吴宗平看了看大片大片的空地，"你说就这些个没文化的，你让我怎么跟他们交流。"

"是……"尚峰心想他的文化也没高到哪儿去。

"明天！你跟我去找这个厕所的供应商！"

"好的！"

过完一个年，吴宗平的风格让尚峰有些琢磨不透了，感觉他混不吝中又带着些许理智，反正他知道厕所是标志文明程度的，但怎么文明显然不知道其中的奥秘。

"那弄厕所的预算是多少呢？"

尚峰的好奇正好击中了吴宗平的要害，但他知道他得瞒住尚峰，那笔巨额拆迁款绝不能让更多的人知道，于是他撒了谎："有钱，你放心。你就干吧，要高端大气上档次那种！"

"好的。"

正说着，一个身穿笔挺紧身黑西服、扎着头箍、戴着黑镜框的职业女性走了过来。尚峰抹了抹自己的眼睛，仔细打量了一番，直到那女人走近他才发现此女不是别人，正是蔡雪梅。

"哇噻，美！"这是尚峰当村官这么长时间以来，第一次夸女汉子美。听得蔡雪梅心里同样美到了天上，她用一种汉子特有的温柔说道："呦，尚峰，你来了！假期过得怎么样？"

听到这儿，尚峰更加不知所措，他揉了揉自己的眼睛，依然一副如梦初醒的表情，他想确定下这个女汉子这是中了什么邪了。

"我来介绍一下。"吴宗平指着蔡雪梅说道，"这是屏风村建筑队的财务总监蔡雪梅同志。"

"都开公司了。"尚峰惊讶地问道。

"经济社会经济唱戏嘛！"吴宗平从蔡雪梅手里拿起一张打印好的图片展示给尚峰，上面清楚印刷着崭新小区的图案，"我打算建个高层楼房，周边几个村子的人都集聚在一块儿，集中供暖、集中配给，好管理，而且还让大家住进新房子。"

尚峰叉着腰看着吴宗平："书记，您真有魄力！"

吴宗平挠了挠脑袋，"哈哈哈！那是！"

尚峰回来的第二件事就是赶快去见他的挚爱吴冬玲。恰在这时，他的手机突然响了，正是吴冬玲。现在，他是为爱活着。

阴霾的天空，如沉重的大锅一样扣在这座城市上空，让任何想要高飞的人都无法逾越，让任何有所跨越的人都无法企及。不过貌似他今天不在乎什么大锅，他要干一件特别有意义的事，这让他内心无比的"激动"，这件事让他没有激情的生活多了一份"快乐"，这件事让他无聊的生命更加富有"活力"，因为他那"挚爱"吴冬玲。

尚峰坐在汽车上，等待吴冬玲的出现。没多久，一个婀娜多姿的身影出现在乡政府的门口，那个身影是那么熟悉，让他感到无比的亲切。

"冬玲！"尚峰马上从车上下来，用饱含柔情的声音说道。

"呦，回趟家，搞了辆新车？"

"啊，是啊！"

吴冬玲想了想，轻轻地摸了摸这汽车的前脸儿说道："我……能坐吗？"

"当然！当然！"尚峰听后受宠若惊地拉开了车的侧门，将吴冬玲轻轻地搀扶到了座位上。

"这车真不错！"

"谢谢！"

车子行驶在公路上，二人经过短暂的离别，仿佛都对对方感到陌生了，不知道彼此说些什么，陷入了沉闷的尴尬。

"最近……有什么新鲜事吗？"尚峰试图通过聊天打破尴尬。

“哦……”吴冬玲想了想说道，“今天我班上那个曹丽背了一个普拉达来,是她老公从美国带过来的!”她的口气充满了撒娇的意味。

“普拉多？那不是越野汽车吗？她真有本事，劲儿真大!”

“是普拉达！包！可贵了!”

“嗯、嗯，那她老公真有本事。”

“有啥本事啊！就一个富二代！纨绔子弟!”

“那也算本事啊！人家会投胎!”

吴冬玲的嘴开始微微地噘了起来，她不知道尚峰今天是怎么了，处处和自己打岔，她拧了尚峰一下。“哎！你今天怎么了？有什么不对劲吗?”

“我很正常啊。”

吴冬玲没有再说话，而是有点微怒地坐在车的副驾驶位置上，车内的气氛再次陷入了寂静。

“快点，笨笨。”吴冬玲喊着尚峰。

“慢点，亲爱的。”这是他第一次这么称呼吴冬玲，显然这个女神已经默认这个称呼。

尚峰哈着腰，气喘吁吁在台阶上“爬行”，多日宅在家里，让他的双腿已失去了运动的能力，只得借自己的双手来助阵，而他的女友乖乖则飞快地蹬着台阶，向山顶跑去。

“慢着点，我喘不过气来了。”尚峰趴在地上，用四肢爬行着。

“哎哟，谁说能一口气跑五千米了？现在成了四肢爬行动物了!”吴冬玲叫喊着。

“哎哟，歇会儿。”尚峰直起腰身，喘着粗气。

“歇什么歇，我渴了，给公主我倒水。”吴冬玲喊道。

她似也累了，叉着腰看着陵园高高的一望无际的台阶，无奈地摇着头。

“着什么急啊!”尚峰缓缓地坐起身来，看了墓园一圈，“没事非跑这个鬼地方来晨练。"

"不就是因为这里才算个山丘嘛。你看着周围那山怎么爬?"吴冬玲喊着。

尚峰看了看四周一望无际的高大山峰,感到脚下这片公墓山地真有万花丛中一点绿的感觉。

"哎,你发现没?这墓地里躺着的人都有一个规律。"尚峰说道。

"什么规律?你别吓我。"

尚峰指着那一排排的墓碑说道:"你发现没,这墓地里先进去的都是老爷们儿。"

冬玲看了看身边密密麻麻的墓碑,点点头,"真的哎,都是这父亲之墓、那慈父之墓的,为什么啊?"

"这充分表现出我们男人的气概,那墓穴里冷冷的,老爷们儿进去先给你们老娘儿们焐焐,就跟冬天被窝里你老让我给你焐一个道理。"

"哎哟,胡扯!说明你们男人没我们女人长寿!"

"天天被你们来回使唤能长寿才怪!哎,我说,咱俩都认识快一年了,能不能……亲亲?"

吴冬玲听到这句话就气不打一处来,揪着尚峰的耳朵喊道:"你走不走?"

"哎哟,走,走。"

二人又开始往陵园的顶端爬去,尚峰则继续用他的狗刨式向上爬着。正爬着就听见远处传来哀号声。是一个刚入墓地的逝者,前来哀悼的人站成一圈低着头缅怀着。

突然一阵号叫:"我的亲爹哎,你走得太匆忙了哎!"

吓得尚峰一个激灵,冷汗如喷泉般从脑门上涌了出来。听着这刺耳的呼喊声,他坐在台阶上直皱眉头。

"这是干什么啊,这么吼。"

年轻气正　　　　　　　　　　　　　261

"人家死人了，能不伤心嘛！"冬玲说道。

二人来到定点烧纸币的地方，一群人正在那里烧纸币。看着印有几个亿几百个亿的纸币焚烧着。

"那边肯定通货膨胀，这几百亿几百亿地给！"尚峰说道。

"那也比你一个月几百元强！"

二人在中午时分爬到了山顶。尚峰站在这城市中的山坡上眺望着远方。"美女，咱吼一嗓子吧！"

"好啊！比谁肺活量大吧！"

"那我要是赢了让我亲一口！"尚峰说道。

"嗯——傻样！"冬玲含羞地回答道。

"啊——啊——啊——！"二人尽情地吼叫着，释放着青春，释放着激情。吴冬玲明显不是尚峰的对手，很快就没了气力。

她看着尚峰还在喊着，开始耍起性子来。"啊！你怎么还啊啊呀！讨厌！不许啊了！"她抓着尚峰的袖子来回摆动。

"不啊就不啊，你输了，我要亲一口！"尚峰说着就把吴冬玲扑倒在地，热吻了起来。

"讨厌！你的手往哪儿摸？"

"就摸。"

"讨厌——"

"男人不讨厌，女人不喜爱。"

"坏蛋！"

说着，尚峰迅速地沿着吴冬玲衣服下沿将手伸了进去，结果摸到的不是那柔软的胸脯，而是硬硬的山丘，上面的花纹如同铁甲一样加固着本就很硬的山石。"什么玩意？"尚峰很是不悦。

"束胸！"

"莫非你胸大都是靠这玩意给你撑腰的？"

"讨厌！"吴冬玲一边说着一边把尚峰的手拽了出来。

"小小年纪就开始不学好，开始行骗了！"

"你才行骗呢，这叫美！"

"好好，快摘了吧。"尚峰说着迅速地把吴冬玲的束胸摘下。随着束缚的解禁，吴冬玲那饱满的胸脯也随之滑落了，"哎，人家美国就是求真，天朝就是隐瞒啊。"尚峰摇着头说道。"你看人家欧美大姐，穿着泳衣那胸脯子都跟气球似的。"

吴冬玲一脸不悦，狠狠地掰开尚峰的手，站了起来。"那你去找欧美大姐啊！我看她们都在你硬盘里存着哩，你天天抱着硬盘睡吧！"

"好好，我错了，快坐下！"尚峰牵着吴冬玲的手说道。

"不，我要回家。"

"小弟弟抗议了，说好久没见冬玲姐姐了，想死了，说见不到就不退缩，和我的裤子斗争到底。"

"不！我要回家！"

尚峰迅速地站了起来，一把抓住冬玲的衣服，就往草地上按。

"你轻点，衣服都破了！"小乖乖喊道。

"破了我给你买！"

"尚峰！"吴冬玲含情脉脉地看着尚峰，"你要对我负责！"

"放心！"

他俩是那么的不娴熟，吴冬玲紧紧地闭着眼睛噘着嘴，如同猪鼻子一样，在那里来回翻动，而尚峰红着脸看着吴冬玲那噘得老高的小嘴唇，不知如何是好。他也噘起了嘴唇，缓缓地碰触到了吴冬玲的嘴唇，刹那间，他犹如触电般地激灵了一下，浑身上下都燥热起来，裤裆里那个不知廉耻的家伙狠狠地撑着衣裤，急切地想要蹦出来。可害羞的尚峰却极力阻止那个小畜生的任意肆虐，他还很羞涩。而平时文静的吴冬玲则换了个人，她贪婪地吸食着尚峰的嘴唇，任凭尚峰怎么挣脱，都不肯放开，随后她开始胡乱地抚摸着尚峰，想把他全身都摸遍。当她摸到尚峰的裤裆的时候，惊讶地喊道："啊，什么东西？"

尚峰羞涩地说道："黄瓜……"

吴冬玲狠狠拍了尚峰的肩膀一下。"讨厌！私藏好东西，是在裤兜里吗？我要吃！"

"吃？亲爱的，你太有经验了！好。"说着尚峰开始慌乱地解开裤带，他涨红着脸，那份冲动让他自己都感到惊讶，那份从容让他自己都吃惊，熟练的动作，平时羞涩的自己竟然如此主动，他脱下裤子，露出内裤，吴冬玲好像觉察到黄瓜的确切含义，便捂住眼睛大叫"妈呀！"随后就任凭尚峰处置了。

但过了很久，还无进一步的动作……

"你在干什么呢，怎么没动静？"吴冬玲捂住眼睛害羞地问道。

"嗯……这……插哪儿啊？我找寻了半天了。"

她睁开双眼看到尚峰后差点没笑喷了，只见尚峰右手端着自己的小弟弟，左手指着吴冬玲的私处，却不知道怎么办。

吴冬玲捂住自己的嘴极力抑制着自己想笑的欲望。"你是男人吗？"随后摸了摸尚峰的小弟弟，"这黄瓜都不硬！"

尚峰听后皱起眉头噘起嘴。"是你那太紧了！"

"紧怎么了？紧说明我没被捅过！"

"那倒是！"尚峰高兴地翘起眉毛。

"我冷了，我要穿衣服了！"

尚峰听了如热锅上的蚂蚁，"我真没经历过，你是我的第一个女人。"

吴冬玲含情脉脉地看着尚峰，"好吧，我教你"，吴冬玲一把抓住尚峰的命根，那种触电的感觉迅速传遍了尚峰的全身。"往下，往下，笨笨。"

"哦，往下。"

"啊，那是便便的地方。笨死了！"

"太对不起，搞砸了！"

二人亲密地躺在一起，任凭温暖的山风吹着身上的汗水。尚峰看着蔚蓝的天空，而吴冬玲则看着返青的草地，他俩此时此刻的心里深处充满了刚才男欢女爱的回味，自己的第一次竟然在这么个神圣的地方完成了，说出去让人感到不可思议，想到这，他俩都不约而同地笑了起来。

"你笑什么？"吴冬玲问道。

"那你又笑什么？"尚峰问道。

"笑你笨！"

"我哪儿笨了？"

"你就是笨！"

尚峰坐了起来，看着吴冬玲，用非常神圣的口气说道："你是我的第一次！"

听完这话，吴冬玲扑哧一乐，"那我得谢谢你呗？把你的第一次交给了我！"

二人在下山的时候，见到了令尚峰大吃一惊的事情。在一个崭新的墓碑前，跪着一个人，神情木讷，像僧人入定了一般。尚峰定睛看去，才发现是贾亮。而墓碑则刻着"贾冬强之墓"的字样。贾亮仿佛也看见了尚峰，顿时一脸的羞愧，快速地站了起来，掸了掸身上的尘土，那表情忧伤中勉强带着笑容。

"尚主任，你也来扫墓？"

尚峰可不敢把自己刚才干的糗事说出来，只得支支吾吾地答道："不是，就是来转转。"

"这是你女友？"贾亮显然认识吴冬玲。

"是的……"

贾亮的表情充满了忧伤，从他那忧伤的表情中透露出的话语让尚峰感到压抑："看来你们都是一伙的，官官相护。"

"你这人怎么说话呢！"吴冬玲显然不是很喜欢这口气。

尚峰拉住了她，因为只有他知道贾亮的话语里包含着什么。

"贾亮，我私底下找你！"

"不用了，祝你们幸福！"说着就起身下山去了。

5

回迁房还被吴宗平大张旗鼓地搞了个奠基仪式，乡里的领导们都来了。尚峰感到无比的荣幸，他没想到自己这小小的村官竟然也能赶上参加这么大的活动。

他老远就能看到东边一片土质的广场上那闹哄哄的人群。如蚂蚁般的人群，内心极好静的尚峰见到此场景就恶心得发麻。他在人群中穿梭，与这么多人皮肤与皮肤相接触，与这么多人同在一个空间内呼吸着空气，与这么多人同在一个空间里吐气，甚至在一个空间里拉屎撒尿。他这才觉得，这个世界不单单只有他，还有很多和他一样的人。

"啊！"

"对……对不起。"

"踩着我的脚了。"

"真对不起。"

尚峰连忙向被他踩到的这个女孩道歉，一抬头原来是之前的那个白衣女人佳琪。

"我认识你小帅哥！"佳琪的话语轻柔性感。

"你怎么会认识我呢？"尚峰很是疑惑。

"你是屏风村的主任。"

"呵呵！名义上的！老大还是吴书记！"尚峰有些不好意思。

那女人呵呵一乐，向尚峰抛来了媚眼。"那书记可说了，全村简易厕所的事让我找你协商哦。"

"哦？"尚峰这才想起是有这么档子事。

"仪式马上要开始了，有机会单独与你私下聊。"佳琪回头又向他抛了一个媚眼，让单身的尚峰多少有些昏迷。

吴宗平站在台上，意气风发地演讲着，那状态仿佛早忘记自己儿子死了这件事了。他就是台机器，不是自己想停下就能停的，他的后面一群人都在盯着他的拆迁和度假山庄的工程，他俨然已经骑虎难下了。

他慷慨激昂地念着，可心里的痛苦谁也无法体会得到。当念完最后一句"共铸美好生活"的时候，他哭了。老泪顿时倾泻而下，他再也没有美好生活了，因为自己儿子死了，他再也回不到以前幸福的时光了，因为家庭不再完整了。

"看啊！老吴激动得都哭了！"副乡长老李喊道。

吴宗平心说，这个混蛋哪里知道自己心中的痛楚，一个流氓，披着冠冕堂皇的外衣，一个吸血鬼，渣滓！

奠基仪式散去，老李叫来了一个年轻人，个子高高的，一脸的书生气，他要把他介绍给吴宗平。

"这是蓝建集团的肖总！旅游度假山庄工程就包给他一部分！"

听到这话，吴宗平面色顿时难看了起来。他不知道哪里出了差错，这个全县的大工程是因为他的原因才落户屏风乡的，同时也落户在他的村内，可这个工程竟然还和他分，找了这么一个资历非常浅的家伙来干。

"混蛋老李！"此时吴宗平满脑子想的就是这个词。

尚峰回到了自己的办公室内，那个女人竟然亲自来找他。速度之迅速，这让他感到很吃惊，也让他感到这个女人的确风骚得极致，这么冷的天气，竟然穿着镂空丝袜，在白色羽绒服的衬托下，那双黑色包裹的大腿来回摆动，看得尚峰有些目不暇接。

"你找我有啥事，说吧。"尚峰说道。

"小兄弟，也没啥事。"说着，那女人扑哧一坐，跷起了二郎腿。

尚峰明显感觉这个女人在勾引自己，他开始戒备起来。

"没事？没事那你喝茶，我出去一下。"

尚峰欲要离去，就听见轻轻的打火机声，他回过头去，见到这个女人在那里抽着香烟，在烟云的笼罩下，那个女人更加妖娆了，看得尚峰愣在那里。

"你是为简易厕所的事来的吧？"

"还是小哥你聪明！"

"都给你建吧，我只是一个村官，没那么大权力。"尚峰一直没把这个太当回事，他想要快点离开。

佳琪听后有些惊讶，那双朱红的嘴唇上下翕动着，"可不止一个哦，是三个！一个四十万！"

尚峰这才惊讶地醒过闷来，他盯着这女人，说道："姑娘，你打劫呢！"

"等我说完啊！"那女人站了起来，走到了尚峰跟前，替他掸了掸身上的尘土，"每个给你五万。"

尚峰听到这儿，立刻心里咯噔一下，这是他有生以来第一次听到有人要给自己钱，让他多少欣然蹦跶——这也许就是所谓的回扣吧，这也许就是赤裸裸的权力寻租，但这钱却不是干净的，一想到这层意思，他就害怕了起来。

"你该建的，我不能拿你的钱！"尚峰喊道。

佳琪又拽了拽尚峰的羽绒服，帮他整理了一下，这一下让尚峰怦然心动，随后那个女人小声地说道："小哥，你真雏，你不说，我不说，谁还知道呢？"

这句话在尚峰的脑海里久久徘徊，此时他的大脑里出现吴宗平曾经和他说过的话，"与冬玲交往没问题，我不反对但至少有个房"。可他每月区区三千元工资，去哪儿找呢？每个五万的回扣，那就是十五万，再添五万首付就有了，这一下让他兴奋了起来。但这算是贿赂吗？此时尚峰的心怦怦地跳动着，他第一次感到自己手中的权力竟然有如此的魔力。

那个女人从自己的名包里拿出一个信封，很厚的样子，二话不说就将它死死地塞进了尚峰的怀里，尚峰立刻拿了起来，沉甸甸的一看就不少。可这包裹就像烫手的山芋，在尚峰的手里来回摆动，最终掉在了地上。

"哎呀，小哥你看你，快拿好！"

"我不要！"

"拿着吧！"那女人死死地按住了尚峰的手。

这次尚峰没有再推辞，而是拿下了这个信封，他也不知道为何要这么做，可能是由于吴宗平那十万作为前缀，他觉得自己就应该拿这笔钱，同时一种对财富渴望的本能让他没有再拒绝。这个屋子里就自己和那个女人，还会怎么着呢？

此时门外的蔡雪梅驻足了许久，她知道这个妖里妖气的女人进了那间办公室。可她迟迟不敢去推开那个门，她怕撞进去见到之前赵宝钢的那个情景，那会让她和尚峰连朋友都没法做，所以她默默地守在门外，用眼不见为净这个观念来告诉着自己。

很快那个佳琪走出了办公室的门，用眼睛死死地瞪了一眼蔡雪梅，那态势仿佛在告诉她你个小丫头别碍老娘的事，随后一个轻柔的转身扭着水蛇腰，飘飘洒洒地走了。

"那个女人找你有啥事？"蔡雪梅问着尚峰。

"没事！"

"没事？你不怕我告诉冬玲？"

蔡雪梅的这句话瞬间激怒了尚峰，他狠狠地瞪着蔡雪梅那张皱红的脸蛋，一股无名的怒火从他内心最底处升起，他现在可是村主任，这个毛丫头竟然这么质问自己。

"出去！"这是他给蔡雪梅的答复。

蔡雪梅是个自尊心极强的人，面对如此凶恶的呵斥，她连和眼前这个人辩解的精力都懒得用，扭头就离开了。

养老院的修建工程也开始了，当然村里的公共厕所修得同样的快。但却让人大为不解——一个区区二百多户的村庄竟然修了五个公共厕所，而且个个都是富丽堂皇的堪称奢华，让人产生一种错觉，那就是这里是不是饭店呢？

而度假山庄更加的快速，可这个工程是乡里指派公司开建的，没有通过吴宗平，这让他大为恼火，也让他开始愤恨起来。一帮吸血鬼，占我的地方还用我的人，可他妈的自己一点油水也得不到，这一切都是那个老李干的，吴宗平无法平息心中的不平，他觉得不能就这么完了，他得从这个里面找回属于自己的那部分。

吴宗平对尚峰修厕所这件事倒是睁一只眼闭一只眼，因为没俩钱，让他拿去白话就白话了。但很快就开始有村民反映情况了，第一个冲进他办公室的就是看门的吴老黑。

"书记，可不好了！你快来看看啊！"

吴老黑那破锣般的嗓子搅得吴宗平心烦，他很不情愿地从他那个竹躺椅上坐了起来，随着这个傻乎乎的吴老黑走出了村部。看到的不是别的，而是一个长长的条幅，上面写着"做人不要做猪狗，通往文明的一步就在你的右前方"。右前方则是新修好的富丽堂皇的厕所。

"哈哈！真有才！"吴宗平拍着自己的脑门。

"这还有才呢？这不是在骂人吗？"吴老黑说道。

"你不会随地大小便？真是！"

看完横幅回来的路上，吴宗平被村部门口一个跪着的人给镇住了，这是他万万没有想到的事情，这个人不是别人，正是老贾的那个孙子贾亮。他穿着一身洁白的孝服，手里捧着一个硕大的黑白相片，相片不是别人，正是老贾。

　　这可恶心坏了吴宗平了，这分明是来挑事的，他气势汹汹地走到了这个男孩跟前，指着男孩的鼻子就开始大骂。

　　"你这小杂种操的，啥意思？光天化日之下来这儿找事？"

　　"我是替我爷爷申冤的！"

　　"你爷爷有啥冤！赔偿款一分不差全给你家了！"吴宗平喊道。

　　那孩子听到这些，顿时号啕大哭起来，那哭声凄惨且尖锐，"我爷爷是被你们给气死的！"

　　"扯！你就在这儿跪着吧！"

　　说着，吴宗平大摇大摆地走进了村委会的大院，他最不怕的就是这些个闹事的，更何况是个乳臭未干的毛头小子。他吴宗平行走处事多年，什么情形没见过，还怕了这么一个小兔崽子不成，可他万万没想到，这个毛头小子竟然会让自己彻底栽坑。

　　男孩就这样跪在地上，一动不动，任凭寒风吹打，都无法泯灭他讨回公道的决心，爷爷临死前的悲伤，让他刻骨铭心，他一定要让吴宗平这个家伙彻底完蛋，要让真正的正义伸张。

　　老天开眼，给他派了个并不算太强的帮手，那就是尚峰。

　　"你怎么在这跪着？"

　　贾亮随着声音望去，看到了那个熟悉的身影，"要你管！"他恶狠狠地说道。

　　"我是村主任，我不管，谁管！"尚峰说道。

　　"哼，傻僵！"

　　听到这话，尚峰一脑门子气，张嘴就骂："我他妈要是傻僵，早让你进局子了！"

"那是你理亏!"

"我的小祖宗,你就活该一辈子跪在这儿。不用法律办事,就会蛮干!"他转过身去,离开了这个小子。当他快要走进村部的时候,一个微弱的声音随着那轻轻的春风,推送到他的耳畔。

"如果用法,真的能解决问题吗?"声音虽轻,却异常清晰。

听到这个,尚峰立刻竖立起自己的耳朵,缓缓地转过头来,坚定地说道:"能!"

贾亮将那晚的经过和爷爷在医院的遭遇一五一十地向尚峰汇报了,这让他大为震惊,他从没想到,这个吴宗平竟然还暗藏着这么一副面孔,这副面孔竟然如此的邪恶与自私,分明就是一个黑社会老大的形象,看来外界的传闻是真的,而仿佛就连他这个吴宗平身边的人不知道,自己简直太愚蠢了。

"你能帮我去法院告他吗?"

贾亮的请求问住了尚峰,他犹豫了,他目前所有的一切都是吴宗平给的,如果没有了吴宗平,自己就是一个没人理会的小小村官,而眼前这个小子,只是一介草民,他再闹又能怎么样呢?

"我……得看看……"

这是尚峰犹豫了一下之后的回答。

听到此话贾亮站起了身,头也不回地离开了这里,尚峰能够感到这个少年心里的那种强烈失望,也能感受到弱者被欺凌之后那种无助的凄凉。

他还能感到自己变了,变得不再那么阳光了,而是如此的自私,如此的迷恋手中的权力,即便是小得无足轻重。他经过村委会的老院子,无意发现了之前在大厅内的屏风,虽然已经破败不堪,但还是能清晰地看见那红色的五个大字"为人民服务"。看到这些,尚峰内心一动,心中有股说不出来的滋味。

而此时的吴宗平则谋划着一个更大的阴谋，他觉得很有必要揩一笔这个度假山庄开发商的油，告诉他们在自己的地盘搞建设必须得上交点"好处"。

他叫来了德宝，将这个想法告诉了他，吴宗平知道，德宝现在指望着他，所以他的任何要求都能得到德宝的响应。

"你去，"吴宗平说道，"找点人，去那片施工的地方意思意思，叫他们没法安心地干活。"

"啊？这……"德宝犹豫了一下。

"你怕啥？"

"不怕！"德宝拍了拍胸口。

说到这儿，吴宗平想起第一次求老李办事的情节。

那年三月的初春，一伙人团聚在崭新的私人会所内，这里对外宣传是养老院，其实是被临时改成了隐蔽的吃饭之地，门口的石狮子也终于派上了用场，成为了权贵交涉的把门人。

吴宗平坐在自己的奥迪车里，飞快地向养老院驶去。浓重的汗腥夹杂着酒气证明了他刚刚在酒桌上又大干一场，而他现在即将奔向另一个战场，吴宗平叼着烟，咀嚼着夹杂在嘴里的菜叶，心里十分不爽。

"哎，赵主任！我马上就到！真的，一会儿，等我啊！"

吴宗平挂断了电话，嘴里却谩骂着，他心里再清楚不过了，他自己目前就是个提款机，当权者谁都想从他这里咬上一口。当然谁叫他吴宗平"有求"于人呢。车子稳稳地停在了一个养老院的门口，吴宗平从腰包里迅速拿出一摞纸钞，朝着约定的包间走去，一路头都不抬。

他站在门口，闭着眼睛，深深地吸了口气，没错！马上就是又一个战场了，一个酒气腥风、满嘴放屁的战场，又是一个让他大放血的战场，他攥紧双拳，将手里的一沓人民币放在自己的胸前，心里默念着，自己的前途就寄托在你们这些纸票子上了。终于他鼓足了勇气，轻轻地推了一下门，门开了……

随着门打开，昏黄的光亮仿佛在门口压抑了许久，都急匆匆地从那开启的狭窄门缝里涌出，照射得吴宗平睁不开眼睛。门渐渐地打开，呈现出里面一派纸醉金迷的场景。一个如村口磨盘一样硕大的圆桌围满了人，都在互相敬着酒，人们都在专注着酒桌上的"表演"，丝毫没有发现吴宗平闯了进来。吴宗平对这种情景再熟悉不过了，这里的布置都是他一手操办的。这个时候坐在对门的主座上的副乡长老李看见了吴宗平并招手示意他过来。吴宗平如同一只谦卑的土狗一样，紧缩着脖子，弓着后背，双手乖巧地放在前面，缓缓地走了过来。

"你怎么才来啊?"老李问道。

"李兄，路上耽搁了会儿，实在抱歉。"

"快快，敬酒! 这桌上都是我朋友!"

吴宗平二话没说就去叫服务生，当看到服务生打开一瓶茅台并给他倒上时，他心里咯噔一下，一股无名的怒火开始燃烧，嘴角开始微微地颤抖，厌恶的感觉直指这些在酒桌上吃喝的人们。但他很快就调整好了自己的心态，带着伴笑转过头来径直地向那个老李走去。

老李看了一眼吴宗平手里的酒。"倒上了，来!"说着，他端着酒杯缓缓地站了起来，"来，我介绍一下，这个小兄弟叫吴宗平，咱们屏风村的支部书记!"

众人都端着酒杯站了起来，都听说过这个很有势力的支书，但这是第一次见面，所以都很好奇地打量着吴宗平。

"宗平，你来晚了，得表示表示吧!"老李说道。

"好! 各位领导，宗平我祝大家官运亨通，福运连连! 兄弟我今天来晚了，自罚一杯!"说着吴宗平就将那满满一杯的茅台灌下了肚。

众人连声叫好! 都被吴宗平这股子猛劲一震。

吴宗平这么做是必须的，他如果想融入这些高官富商的圈子，就必须得有人引荐他，这个人就是老李了。人们会想老李引荐的人一定不俗，这样他才有"资本"和这些人打交道。老李的任务完成了，下面就是吴宗平的独角戏了。他开始发动自己这台疯狂的喝酒机器，一个挨一个地敬酒，看着每个被他敬酒而发出爽朗笑声的人，吴宗平就更加坚定信念认为自己这么做是值的。

　　席间吴宗平借着酒劲走到老李跟前，悄悄地对老李说道："老李，咱那个事有戏吗？"

　　老李显然被这突如其来的质问弄得有些尴尬。"嗯……一会儿完事再说！"

　　这场酒喝到了深夜，客人们才稀稀松松地走了出来，吴宗平是最后出来的，他坐在奥迪车上，红着脸，手里攥着这次饭局的单子，他每日如猪狗一般就是为了离开那个山村，可是他怎么也没想到，自己的煞费苦心竟然又打了水漂。想到这里他一拳击碎了车玻璃。

　　"日你妈！"

　　回想到这，他再次地叫喊了一句，日你妈的！一帮吸血的人渣！

6

　　今天是度假山庄开建的第一天，可是却停滞了，工地的门口站满了人，手持着铁锹与铁镐，大呼着要讨说法。占我地，抢我盘，造成这么多污染，必须得给赔偿！那阵势当真非要拼个你死我活不可，显然这伙人长得并不面善，充满了凶神恶煞般的狰狞。

　　消息很快就传到了蓝剑集团肖总的耳朵里，他不容分说地拨打了副乡长老李的电话，他知道这定是那个吴宗平找人干的，他可不愿意和这些个地头蛇沾惹上不清不楚的关系。

得知此消息后，老李的肺都快气炸了，他不敢相信，吴宗平竟然找茬刁难自己，他感到这事定有误会，因为按吴宗平这处事之道，不可能不知道公司是他老李安排的，他觉得很有必要好好会会这个土皇帝吴宗平。

而当下承接下工程的德宝，同样忧心忡忡、不知所措。他之前帮吴宗平办事的钱没有白花，被自己贿赂的小公务俨然成了他的侦查人员，当得知屏风村真实的拆迁补偿资金时，吓了他一大跳，心中感慨，这个吴宗平可真是胃口巨大啊！自己的回迁楼工程的钱还不到赔偿款的五分之一，这让他感到自己有种被耍的感觉，心想，这个老狐狸真是让人记恨，他觉得自己很有必要会会这个土皇帝吴宗平。

率先找吴宗平来的就是老李和蓝建集团的肖总，一进屋老李露出一脸的不悦，仿佛恨不得马上就把吴宗平掐死，吴宗平看出了事件的端倪。

"呦，李哥，大驾光临啊！"

"少来这套！"老李一把推开吴宗平迎接他的手，"你说你，啥意思！"

"哦，啥啥意思？"吴宗平开始装起了糊涂。

"你带人去工地闹事，你说啥意思！"

吴宗平摸了摸自己的肥脑袋，一脸的奸笑："这事啊，那是村民自发的。"

"你放屁！"老李叫喊着，但很快他就觉察到自己的态度有些过了，面对吴宗平不悦的脸，他迅速收回了话："有什么诉求你可以协商啊，干吗要搞这个！"

"既然你这么说，那我就得说道说道，那个工程我要大头。"

只见老李一拍腿，顿时装出茅塞顿开的样子，喊道："嗨！我就猜你是为这事！那是我说了算的吗？那不是上面的意思嘛。"

年轻气正

"我不管!"此时的吴宗平露出一脸孩子的撒娇气,"你看着办吧!"

"这样!过阵子有个小水坝修复工程,给你!行不?"

"水坝?这都快旱死人的山沟沟哪儿去修水坝啊?"吴宗平疑惑地问道。

"这不为了响应防汛期嘛,让咱的那条臭水沟上游修个水坝!本来肖总这儿统一接了,说让给你干,行不?"老李看着肖总说道。

"你说你们!"吴宗平用手指点了点,一脸苦笑地说道:"尽搞这没用的!"

"那你要不?"

"要!有活还不干!"

"那行!可说好了!"老李深深地吸了口咽,"不许再去闹事了!"

吴宗平微微一乐,他的要求达到了——这正是他想要的,人就是这样,如果自己的利益不去争取,那谁又会替你着想呢。可他觉得自己还是亏,他可不想这就完了,一定要从这个开发商那再榨出点油水来,不过当着老李的面,吴宗平只得装乖了。

"那不行。"吴宗平将老李的如意算盘打个粉碎,"占我地盘,怎么也得给点扰民费!"

老李叼着烟,恶狠狠地瞪了吴宗平一眼,随后从他那叼着烟的嘴里支支吾吾地吐露了心中的不满:"你想要多少?"

"怎么也得八十个!"

这个时候一直没有发话的肖总终于张口了:"这个钱不是事,如果能让村民老实,可以给!"

"你看看!"吴宗平指着肖总,冲老李一阵的撒嘴,"人家这叫会交兄弟!"

听完此话,老李无奈地转过头去,不愿再理会这个土包子,面对这么一个人,他已经无话可说了。

"兄弟我肯定不是为难你！你说对不！"吴宗平说道。

"是！是我办事不力。"

"妥妥的！"吴宗平两手一笼，"这事没问题的！"

三方敲定了口头的君子协议，当然有的人花钱，有的人出权，而有的人则收账，各尽其职，各取所需。

就在老李离开的后一脚，德宝驾到了，一身的赘肉，让吴宗平见到就想一顿臭骂，可是今天他没有，因为德宝没了往日的贱皮子样，而是一脸凝重，吴宗平知道，肯定是哪个地方出了岔子。待德宝一开口，就更加确定了他的判断。

"吴哥你可不地道，这回迁楼工程款给得可不少啊！得有这个数！"德宝说着手上摆出个八字。

"你听谁说的？"

"别问，反正我是知道！"德宝挽了挽袖子，"我得提价，三栋楼呢！就八百万，怎么也得一千万，要不我盖不了！"

"那我找别人！"吴宗平说得非常不客气。

这可惹恼了德宝，他开始启动混蛋模式，将腋下的腰包往地上一甩，大声叱喝道："吴宗平你个老家伙，老子帮你铲了那么多事，你就这么对我，啊？"

吴宗平丝毫没有松动，笑嘻嘻地说道："给你了，你嫌少，我可不给别人！"

"奶奶的！告诉你，我德宝不干的工程，别人也别想干！"

听完此话后吴宗平也没了笑容，停顿了片刻随后叫喊道："我怕你！你试试！"

"试试就试试！"说着德宝夺门而出。

开始吴宗平以为德宝就说说，但很快，他发现这个家伙是动真格的了，尽显痞子地头蛇风范，将挖掘机堵在了村委会的门口，这可彻底惹恼了吴宗平，扬言要干掉德宝，方能解心头大恨。

没承想他被德宝将了军。

一天晴朗的下午，吴宗平照常约上周边几个书记去打麻将，这是他打发无聊的日常工作所必需的，他经常在上班期间打，赵宝钢时代就是这样，现在自己一肩挑了书记就更不用提了。

德宝跟着他，这个肥硕的胖子知道这个时候吴宗平就要去打牌了，他要拍下这个混蛋上班期间打牌的行径，借此当作讨价的筹码。

这次不知道怎么的，吴宗平破天荒地选择在了村部内摆设牌局。几个人玩得很大，满桌子的钱，当然也是满屋子的烟雾缭绕，将尚峰从办公室内呛了出来，他一出来，就见到一个人鬼鬼祟祟的，拿着一根竹竿子，将竹竿子上的手机来回摆动着。

"你是谁?"尚峰问道。

德宝惊恐地回过头来，尚峰认识他，之前在楼顶陪吴宗平指点江山的就是他。

"兄弟，没你事，别管了。"

面对这个浑身酒气的家伙，尚峰可不想过于"亲近"。这些乡土气息浓厚的小老板他早有耳闻，一个个的见钱眼开，蛮横不讲理，比吴宗平还要流氓，毕竟村干部和党员双重身份约束着吴宗平，让他还不至于干出过于出格的事情来，而这些小老板，就没了这层限制。

尚峰就怕这些人，他满脑子的法制，而这些人根本不守法，所以他拿这些人没有办法，于是乎他转身离开了。

没了障碍，德宝则痛快地拍了个够。吴宗平，上班时间，满桌子的钞票，全都齐全了，德宝得意地拨打了吴宗平的电话，想借此要挟这个土皇帝。

"你他妈随便告去!"

这是吴宗平给德宝的回话，德宝气得咬牙切齿，他一定要让这个混蛋放点血! 他二话没说就将视频寄送到了县里，觉得只有这样，才能一解心头之恨。但很快，他就后悔这么干了。

尚峰感到，吴宗平这个老家伙变本加厉了，变得不再为百姓着想了，而只是为了自己的私欲。他的权力不再受到约束了，以前他自己许下的那些承诺就像个屁一样被他放了出去，可能是儿子的死对他打击很大。

但是寄人篱下的他敢怒不敢言，而且自己手里那二十万元的……就像个魔咒一样锁着自己，仿佛在告诉自己，我和他是同一条船上的贼，也是一具为自身私欲奋斗的行尸走肉。他现在开始后悔自己当初为啥那么手贱，一念之差与这些商人的"魔鬼"做了笔交易，被拉下了水。当他再次走到那废弃的屏风前，他已经不敢再去直视那明晃晃的五个大字了。他只得上前一顿收拾，将屏风的背面翻到上面，露出白花花的衬底，以此安慰内心的愧疚。

龙子的饭店扩建成了比较阔绰的农家院，他一手把持着这里的日常运营，看见尚峰到来，就如同见到亲人一样，一把搂住了尚峰。

"兄弟，你也来了，今晚要来大客人！"

"谁啊？"尚峰无趣地问道。

"副乡长老李！还有各式的领导。"龙子的话语里充满了期待。

尚峰听后有点迷惑，"各式？各位吧，兄弟！"

"对！对！还是你聪明！"

"哎，又搞了两头，帮个忙呗！"

"行！"

二人将那剔好的羊往案板上一放，扑通一声，尚峰基层工作的抱负彻底地破灭了。看着龙子哐哐地剁着羊肉，他终于开始理解为啥基层百姓会用蛮横的手段去抗法，遇见事情不去用法的根源了。因为从真正的领导者来看，吴宗平这个支部书记，就是一个将法抛之脑后的人，随时随地地践踏着法律，时间久了，大家竟然觉得这种事情倒是正确的了，而自己所信奉的法制反倒成了笑柄。

越想越让尚峰感到痛苦，他不想再去思考这些自己无法改变的事情了，他现在只能默默地注视着这一切。

不一会儿门口就停满了豪车，当然还有吴宗平的那辆标志性的奥迪。尚峰不想进去，他厌恶这种纸醉金迷的生活。

显然吴宗平的这次大酒又敲定了一个邪恶的计划，他叫来了尚峰，指名让他来负责这次水坝工程的全面工作，但财权则还是由吴宗平亲自审查。

此时的尚峰已经非常的老到了，他知道这分明是让他冲在前头，好事领导来担任，而出了事情，则由他负责，想到这尚峰装出有些不情愿的样子。

"这么大的事，我干不了。"尚峰说道。

"你有啥干不了的！"吴宗平一挥手说道，"不让你白干！"

"可以私设小金库呗？"尚峰故意挑逗道。

"工程一千万，用二百万搞定！"

吴宗平话一出，把尚峰惊得出了一身冷汗。

正当吴宗平二人讨论如何截流水坝资金问题的时候，吴宗尚闯了进来，那架势犹如碰见了鬼一样慌张。

"书记，不好了！有个女人……有个女人说要见你！"

"啥女人啊，不见。"

"她……她还抱了一个孩子！"

"孩子？"

孩子浑身的奶膘，胖乎乎，虎头虎脑的，卡裆裤下面有一个如枣核一样的小鸡鸡，一进来吴宗平就注视着那个小鸡鸡，这可是命根子啊，看得他眼珠子骨碌碌直转。

"叔，我可不是讹你，这可真是冬强的孩子啊！"

听完这话，吴宗平的眼珠子更加骨碌碌地转了起来，他开始梳理自己大脑的思绪，自己的儿子何时又跟这个女人同居了，还搞出了个没名分的儿子出来。

　　看着吴宗平一脸的怀疑，那女人拿出手机，上面显示着吴冬强和她的合影，拿着拿着，那女人就号啕大哭起来，吓得在场的人顿时一阵激灵。"他现在死了，我们孤儿寡母的，没了依靠，孩子现在还是黑户呢！"

　　吴宗平注视着那个婴孩，显然没有听那女人说话。他端详着，仿佛有了些许感觉，这个孩子熟睡的样子让他想起了吴冬强小的时候，让他感到自己的儿子没有死，只是变成了小孩又回到了自己的怀里。随后他又将那孩子高高地举了起来，想看看那个小鸡鸡是不是真的，结果这个举动吵醒了那个娃，那娃一阵的号哭，随即将童子尿撒在了吴宗平的脸上，而他非但没生气反而兴高采烈地叫着：

　　"像！真像！"

　　这泡尿让吴宗平想起了儿子小时候对自己尿的那泡尿，让他感觉那么的亲切与幸福。随后朝着那女人说道："你放心，你母子俩的日子我都包了！这可是我吴家的骨肉啊！哈哈！"吴宗平笑得合不拢嘴了，"这小子，自家的地不出苗，跑到别人家种去了！哈哈啊哈哈哈！我要告诉全天下，我吴宗平又有后了！"

　　德宝检举吴宗平足足一个月了，丝毫没有动静，这可吓坏了他，深感自己不自量力，非要跟土皇帝较劲，不但折了面，还把工程弄丢了，于是拿着一羊皮口袋登门拜访，赔个不是，他认尿想要求和了。

　　得到孙子的巨大欢喜，让吴宗平丝毫没有记恨德宝，他高兴得不得了，看着德宝手里那沉甸甸的羊皮袋，只是呵呵一笑。

　　吴宗平看着德宝，没有说任何话。

第四部：村官之殇

舍得一身剐，"皇帝"也敢拉下马

1

U盘就放在何少为的桌子上，他看过了，但这次他没有出动，区区的一个上班打牌录像，根本没法扳倒吴宗平这个老狐狸，必须还要有更有力的证据。

这个证据必须足够的强，强到可以将这个土皇帝从王座上拉下来，如今他能想到的只有尚峰了，必须得从他那里寻求突破口才行。虽然尚峰的表现让他感到不满，但也觉得这毫不奇怪。在那样的环境下，人会……

他拨通了尚峰的电话。

尚峰吃了一惊，心绪立刻变得复杂起来。但还是背负着沉重的心情，开着自己的大新车，前往自己学哥的驻扎地点。远山的阔景，很容易让人进入冥想的状态，他开始回想给自己带来沉重不快的事情来。

"哎哟，小哥，求你了，这水坝的事就这么办嘛。"

在尚峰的办公室里，这个叫佳琪的交际花正在用美色腐蚀尚峰的心理防线。水坝的事情让尚峰倍感压力，吴宗平现在是彻底地大撒把了，他要哄孙子，尽享天伦之乐，什么名什么权，他全都暂时放到脑后了。

这下工程的事，尚峰成了手握大权的人，吴宗平让他负责招标，他第一次感到权力在手的快感。首先就是女色，这个女人用她的手来回轻抚尚峰的脖子与胸口，用极其娇嗲的口气央求着尚峰。把水坝工程全部外包，吴宗平的最底线就是三百万，其他钱充金库。这贪婪的女人想要得到这个工程，她瞄准了尚峰这道防线，她要从尚峰这得到标底。

"你跟我说没用！这是领导定的！"尚峰无奈地说道。

"现在不是由你负责了吗？"

"那……你们报多少价格？"

"我这不是来问你了嘛。"

"我不能告诉你！"

"小哥……"

那女人说着又开始抚摸起了尚峰，轻轻地碰触，让他浑身起了反应，心跳得快要从嗓子眼里蹦出来了，可他并没有制止，而是体会这种碰触带来的愉悦。

正在他享受的时候——

"尚峰！"随着声音的传递，门打开了，熟悉的身影出现在办公室的门口。

眼睛瞪得溜圆的吴冬玲，看着二人扭扭捏捏在一起的场景，表情顿时呆滞了起来，二话不说转头就走。这彰显着吴冬玲高傲的自尊，她无法容忍和她在一起的男人竟然和别的女人缠绵在一起。

"冬玲！"

尚峰抛开那个女人追了出去，刚一出门，就见到了蔡雪梅。

"你为什么不告诉我一声?！"他指责着蔡雪梅。

"你不是让我走吗？"蔡雪梅的话充满了不屑。

尚峰摇着头追了出去。

"你误会了！"尚峰边喊着边去抓吴冬玲的手，"我们只是在谈水坝工程的事情！"

"你当我傻啊！"吴冬玲甩开了尚峰的手，"谈工作有这样谈的？"

"这个女人……她非得摸我！"

"放屁！"吴冬玲迎头一骂，把尚峰镇住了，他站在那里不知道如何继续解释。

吴冬玲坐上了车，摇下窗户恶狠狠地说道："我不想再见到你！恶心！"

一阵油门轰起，车子嗖的一下子蹿了出去。

尚峰极其无奈，回到办公室里，对眼前这个女人极其憎恶，美丽的面孔在他的眼睛里映衬出的是极其的丑恶，白色的衣裙也让他感到很反感，一如大白天就碰见了白骨精。

"真对不起，小哥，我不知道……"

"别说了！"尚峰打断了佳琪的话，他很愤怒，恨不得让这个女人立刻滚蛋。"你要想得到这个工程，就去向我女友解释你刚才的行为！"尚峰的要求是那么的幼稚、那么的可爱，但是他现在不管，他就想得到冬玲的原谅。

听到这话，佳琪有点哭笑不得。"尚峰……我……我解释什么啊？"

"解释我对你没意思，是你没事非跟我这扭扭捏捏的！"

佳琪瞪大眼睛看着尚峰："小尚，你真逗！我……你不是开玩笑吧？"

"没开玩笑，你要想得到标底，就去解释。"

佳琪一脸的无奈，支支吾吾地说道："那好吧！"

"臭婊子！"想到这儿，尚峰骂道，随即用手敲打着方向盘，车子一打滑，差点掉到沟里，吓得他一身的冷汗。但让他更加冒汗的事情还在后头呢。

何少为告诉他的地址并不是什么政府单位，而是一座高大的写字楼，硕大的转门矗立在那里，等待八方的办事人员进出。富丽堂皇的大厅，又有几根比村部大槐树还粗的柱子震慑着，高耸的穹顶下挂着一盏华丽无比的水晶灯。门口一个巨大的石匾，上面印着"为人民服务"，看得尚峰浑身冒着热气。

看惯了乡村的小院、小店、小道路的尚峰，被这阔气的景象震慑住了，甚至让他感到浑身发麻，深感自己已经脱离大城市，俨然成了一个在山里待久了的"知识青年"，已经跟不上大城市的步伐了。

"先生，你找谁？"

前台小姐一下问住了尚峰，他只知道何少为，可却不知何少为所在的部门，于是支支吾吾地说道："我找何少为，但我不知道他是哪个部门的！"

"哦，你找何书记！"

前台小姐一说完，便拨打起了电话。"何书记在十一楼等你！"

尚峰上到了十一楼，一间间的办公室内，工作人员都在埋头干着手头的工作，笔直的楼道尽头写着主任办公室，他觉察到这就是何少为的办公室。

"不错啊！这办公条件！"这是尚峰见到何少为的第一句问候。

"呵呵，我们这也是租的。快坐。"何少为指引着尚峰坐在了办公室内。

"啥事啊？你这么个大领导找我这么一个小村官？"

何少为喝了口水。"也没啥事，就是想和你聊聊。"说着他将一个U盘放到了桌子上，"这个……我想你应该了解一下。"

"啥啊？"

"举报你们村支书上班玩牌，输赢大额金钱的。"

"嗨！这……有啥大惊小怪的，村里的事没那么多，闲暇时分就玩俩吧，都是亲戚，不算赌博。"尚峰的回答十分老练。

"真的吗？"

尚峰站了起来，走到何少为的跟前，带着一种戏谑的口气说道："这……基层多的是，不叫事，联络感情。"

"哦！"听完此话，何少为也站了起来，缓缓地走到窗前。"听说你买了辆新车？帕萨特是吧？"

"啊……是的！"

"行啊！上班一年就能买十多万的车。"

何少为这句话刺中了尚峰的要害，他顿时后背冒起了冷汗，一系列不好的遐想在他的脑海里浮现，难道自己已被纪检部门盯上了，不应该啊，谁也不知道这件事啊。

"家……家里给买的！"尚峰支支吾吾地说道。

"那就好，我是担心你犯错误！"

"哈哈！"尚峰的笑容显得那么虚假。"我一个村官能犯啥错误。"

"嗯，你别忘了你曾经的理想，为百姓干点事情。"

何少为的这句话刺中了尚峰的痛处，让他开始激动起来，他有些隐隐的怒意，但他还是克制住了。他说道："我一个村官，能干啥？你又没在基层干过，你懂什么？我的代理村长还是吴书记所赐，我能为村里做什么贡献呢？"

何少为很冷静，他冷冷地说道："做不了贡献没事，你没深陷其中就行，我不希望看见有人举报你。"

何少为的话彻底激怒了尚峰，他怒视着何少为，指着何少为的鼻子开口说道："我究竟和你有啥仇恨，你说你堂堂的官不好好当，非要和我这个村官过不去，非要掺和我的事，我算什么！我就一个村官，干三年就滚蛋了！不像你！"尚峰歇斯底里地喊叫着："以后是前途大好！"说到这，尚峰表现出一脸的无奈。"你就别没事管我们村的事了，行吗？"

"这是我的职责！你现在很危险，尚峰，你懂吗？"

"我现在很好，用不着你操心。"

只见何少为拿起手中的一张羊皮纸，在尚峰面前晃动着："已经三份了，全是举报信，不是赵宝钢就是吴宗平，我希望你能站在我这边，帮我完成百姓交予的使命！"

"喊！"尚峰发出了不屑的声音。"行！我会向你提供他们这些家伙贪污腐败的证据的，你放心！"说完他欲离开这里，离开这个让他不爽的地方。

"尚峰，希望你不要在村官这个职位上碌碌无为，哪怕干些你力所能及的事情！别忘了你的理想。"

尚峰站住了脚，他没有说话，他的思绪现在乱透了，何少为的话深深地刺痛了他，他想离开这里，逃避这个让他烦心的家伙。

在回去的路上，尚峰思考了很多，自己当初离开学校去当村官的理想是那么的幼稚，什么造福基层、什么建设新农村，现在看来是那么的可笑，不但没完成，自己也浸染进这乌黑的温暖的腐败之床，屁股下的帕萨特就是堕落带来的"收益"。

回到村委会的门口，尚峰再次见到了他无法直视的场景，贾亮穿着白色的孝服，手捧爷爷的遗像，跪在那冷冰冰的门口，而那个黑老头坐在传达室里，同样冷冰冰地注视着这一切，表达着上级权力的傲慢。

"你还在这跪着？"尚峰问道。

"一天冤不报，我就跪一天。"

"傻啊！有用吗？"尚峰喊道。

"没用我也跪着，我要让他吴宗平还债！"贾亮哭红着眼说道。

"那你就这么跪着吧！"尚峰喊完就气冲冲地走进村部。

看门的吴冬水见了，笑嘻嘻地走了出来。"别管他，闹事的，

　　　　　　　　│　年轻气正

我见多了。"

尚峰没有理会吴冬水的话语，只是径直地走进那座土丘中耸立的村部，坐在二楼的办公室内。贾亮那白色的身影那么的扎眼，时刻炙烤着他的良心，鞭挞着他曾经的理想，这让他再也不敢直视，他紧紧地闭上了自己的眼睛，想要告诫自己，这一切都是浮云。

吴冬玲的到来，让他睁开眼。看到她从自己车上走了下来去搀扶贾亮的身影，尚峰坐不住了，他迅速地走下楼去。

见到尚峰，吴冬玲一脸的仇视，她叫喊道："你这代理村长咋干的？啊？村民就这么跪着，也不管！"

"我让他起来，他不起来嘛。"

"我真瞎了眼了，思想宣传都做得那么好，实际行动咋就不行了呢！太让我失望了！"吴冬玲的话语比何少为的话语更能刺痛尚峰的内心，让他痛苦无比。

"贾亮快起来！你这老跪着也不是事啊！"尚峰喊道。

"一天不给申冤我就不起！"

无奈的尚峰急得浑身是汗，面对着吴冬玲的怒视，尚峰深深地咽了口唾沫，用沉重的语气说道："我给你办了，咱可以法院起诉，让他退地！"

"真的！"贾亮站了起来，一脸的喜悦。

"是的！"

吴冬玲见到这场景也露出了难得的微笑。

"终于可以告吴宗平喽！"

贾亮的话一出，吴冬玲的笑脸又变得阴沉了起来，当尚峰一五一十地将事情的经过告诉了他的女神后，女神的脸比巫婆还要难看，尚峰能从她的表情里看出失望、不可思议与极度的愤怒。

"不可能，我不相信！"这是女神吴冬玲的回答。

"那你说，他家的狗为何无缘无故地死呢？还有，提前结束果园土地承包的协议也有你爹签的名字。事情不会那么巧吧?"

即便尚峰这么说,吴冬玲还是不肯相信,她不停地摇着头,表达着满心的疑惑。

"那你是非要帮那孩子上告我爹了?"

"啊……"吴冬玲的这句话直逼要害,让尚峰无法回避,他只好说,"不是你要我情系百姓,遇事多为村民着想吗?"

"那你……那你也不能告我爹啊!"吴冬玲顿时显得特别无奈。

"那咋办?"尚峰一摊手,表示自己也左右为难。

"能不能用个中和的办法啊?"

吴冬玲的话让尚峰陷入了沉思。

2

水坝工程开工了,佳琪由于知道了标底,顺利地拿到了这个工程。对外宣称一千万的工程,实际造价只有一半,还有五十万的酒钱要孝敬他吴宗平。工程质量就连尚峰这个外行人都能看出一些端倪,那头发丝一般的钢丝、一敲就掉渣的水泥,看得他心里咚咚地直敲鼓。

"这不会出事吧?"

在工地现场,尚峰质问着吴宗平。

"能出啥事?"吴宗平撇着嘴说道,"我在这儿待了四十年,啥时候发过水?不旱就求爷爷告奶奶了!"

听到这样的回答,尚峰只好默默地承受良心所带来的折磨。

随着白色宝马车的到来,佳琪白色的身影从车里闪现出来,显然她有些不安,走路的速度十分快,她走到吴宗平和尚峰的跟前,没等吴宗平说话,她就急切地将自己心中的愤懑表露了出来。

"吴书记,你们村的人够厉害的!"这个女人此时的口气活脱一个泼妇，"竟然上法院告我们强买强占他家的果园！"

吴宗平斜眼看了一眼这个女人，沉闷地说道："谁啊？这么有种？"

"还不是那个贾老头家的孙子！"

"他告你？有啥证据？"

"我也不知道，反正传票都发到我公司了！"

"嗨！"吴宗平一拍脑门，看了一眼尚峰，"不会是你小子搞的吧？"

这一下子问毛了尚峰，他顿时浑身冒出了冷汗，吞吞吐吐地答道："我都不知道这事！"

"那奇怪了！待我去会会他！"

吴宗平跨进这贾家荒废的院落，这是他时隔五年后第一次跨进这院落。那年他来处理他与这人家的纠纷，被那条大狗给吓跑了。而如今，这个院落如此的寂静，让吴宗平倍感欣慰。

见到了收拾文件的贾亮，吴宗平笑嘻嘻地迎了上去，他想先给这个犟脾气的孩子上上课，让他知道告是告不倒自己的。

"尚峰是我的律师，你说什么我也会上诉的！对不起了吴书记！不过你可以支持我，这些都是公司行为，不是政府行为，跟你没关系！"

听到贾亮的回答，吴宗平的脸气得上斜下歪，左扭右撇，他顿时感觉自己的威信已经被人腐蚀了，腐蚀的人就是这些年轻的一代，这些有法律意识的一代。

尚峰这么做，让吴宗平很是为难，村民告企业，会让他很难插手干预，更何况还是一个毛头小子，如果自己插手了，那岂不暴露了自己的暗箱操作？吴宗平感到自己被尚峰将了一军，让他这个土皇帝很是手足无措。

这个主意的确是尚峰出的。一边是吴冬玲的责难，一边是贾亮的诉求，他选择了折中的方法，虽然这其中有吴宗平做推手，但根本的还是企业占的地，那就去告企业吧，让企业退还。想到这他暗自拍手叫好，跟贾亮说好了，这是保护他的一种方法，吴宗平不好惹，咱就去告企业。面对残酷的现实，贾亮被尚峰说服了，勉强答应了这个办法。而吴冬玲的内心也非常矛盾，她始终无法相信，是她父亲在其中做的手脚。

此时尚峰接到了一个神秘的电话，电话那头的口气非常低沉，想约他见面。这让尚峰倍感纳闷，甚至感到好笑，自己一个小小的代理村主任，最大的权力就是日常工作，反倒成了各方诸侯争相买通的角色了。

会见他的人是德宝，这让尚峰感到惊讶，地点是在一个河边废弃的仓库里，德宝面色凝重地看着尚峰，轻轻地掏出一支香烟，递给尚峰。这个学生官拒绝了，因为他现在最想知道的是这个暴发户找自己究竟为了啥？

"听说你要告吴宗平？"

"啊……你听谁说的？"尚峰很谨慎，面对这些商人，他现在表现得很老练。

"我都知道！"德宝的口气很坚定。"你不用承认。"说着，他从怀里拿出了个U盘，将他悄悄地放到了尚峰的手里，小声地在尚峰的耳根絮叨了句："我这还有更猛的，他贪污公款的证据！"

尚峰吃惊地看着眼前的这个小老板，眼睛瞪得快要从眼眶里跳了出来，他不明白德宝为何要给自己这些东西。

"为什么给我？"尚峰问道。

"哼！老子就是瞅他不爽！"德宝说着将手里的烟头扔在地上狠狠地踩了一通，"妈的，将我的军！没门儿！"

"那你干吗不亲自交给纪检部门呢？"

德宝呵呵一乐，双手抱拳，仿佛在戏谑尚峰。"兄弟我没您有

　　　　　　　　　　　| 年轻气正

魄力，真的！我没那胆识和他斗！"

尚峰感觉自己被戏谑了，但他没有发怒，而是将那 U 盘慢慢地放进了自己怀里。

"兄弟，希望你能告倒他！"

说完德宝转身钻进自己的黑色轿车，仿佛做贼一般地匆匆离开了。

U 盘里的内容并不是什么高深的证据，非常简单，一张是市里项目的审批字据，一张是德宝工程的投标费用，之间相差的数字，只要眼睛不瞎的人都能看清，不知道让他吴宗平整到哪儿去了。

看到这些，尚峰知道为啥这个德宝要给自己这些资料了，无非就一个钱字。想到平日里称兄道弟，一为了钱财就闹得翻脸不认人，他不禁浑身发冷。他也感到，这些人不可深交，做事不但不讲原则，也毫无道义可言。

这个 U 盘被他放在了抽屉深处，毕竟那是自己挚爱的人的父亲，面对法与人情，尚峰还是倾斜在了人情上，私心驱使他不得不改变诉讼对象。

这件事，副乡长老李知道了，他叫来了吴宗平，看到老李一脸的沉闷，吴宗平没有说半句话，这更加激怒了老李，他劈头就骂。

"你这他妈的还维稳，维哪去了！"

"挺好！"吴宗平说道。

"好？"

"对啊！你看老百姓不闹事了，知道用法律来处理矛盾了！"

吴宗平今天的回答真是破天荒。

"那……那岂不牵扯出咱们的事儿来……"老李的话里带着不安。

听完这话，吴宗平笑了起来，指着老李，调侃道："你呀，你这就叫做贼心虚。"

"谁心虚了!"

"放心! 跟咱半毛钱关系都没有!白纸黑字签的都是公司的名字。"

老李显然不满意吴宗平的回答,他走到吴宗平的跟前悄悄地说道:"我还真是怕咱们那些事儿被抖搂出来!"

吴宗平一听,顿时眉头紧皱,他逐渐感到了事态的严重性,他要好好找尚峰单独谈谈。

无独有偶,不用他找自然就有人找到了尚峰。是佳琪。她也得知了尚峰将作为律师帮助贾亮告自己的消息。老练的她要用手里的武器要挟这个不知深浅的代理主任。

白色的宝马车停靠在屏风村村委会门口,象征着这个女人的到来,白色是她喜欢的颜色,干净透亮,让人愉悦。可她的内心却是如此的黑,黑得伸手不见五指。这一点,尚峰很快就领教到了。

"你就不怕我把你受贿二十万的事儿抖搂出去?"佳琪点了一支女士香烟,那香烟的气味就像淡雅的兰花。

"那是你愿意给我的!"尚峰回答道。

"我给你你就收啊,你可真不客气。告我? 也不照照镜子看自己干净不!"

这话噎得尚峰不知道如何是好,佳琪看出了尚峰的壁垒开始动摇了,于是扭着自己的水蛇腰,坐在了尚峰的跟前,将香烟吐到了他的脸上。"你为了这孩子值得吗?"

尚峰没有回答,他的内心在斗争着。

同样斗争的是站在大队部院子里的吴冬玲,看见那辆白色宝马车停靠在门口,她就知道那个狐狸精又来了,又来这里招骚勾引男人来了,而且还是自己欣赏的尚峰。

她本想离开,可是强烈的自尊心又让她走进了那座白色的小洋楼,她要看看尚峰到底是不是又和那女人勾肩搭背,扭扭捏捏的。

还没走到二楼，就被蔡雪梅撞了个正着，这个女汉子极力地拦住她，可越拦越让她怀疑，最终冲破了阻拦，推开了尚峰办公室的门。

只见那女人袒露着黑丝大腿，坐在桌子上，正与尚峰攀谈。

"这，你还能做何解释？"吴冬玲喊道。

听到这话后，那女人从桌子上走了下来，她知道，自己又让吴冬玲陷进醋缸里了。所以冷冷一笑，从容应对。

倒是尚峰显得无所适从，他不敢解释，因他不想让吴冬玲知道自己在男女之外还有更加不堪的丑事。他嗫嚅着。

"你说不出来了吧！"吴冬玲吼叫着。

"妹妹你误会了！"佳琪解释道。

"我误会了！我……我真有病，竟然生你们的气！"

吴冬玲喊完转头就离开了，那飘逸的长发随着她的转头散了开来，搅得尚峰心神难安。

二人不联系了。

直到初夏法院开庭的头一晚，女神吴冬玲才找到了尚峰，这让这个落魄的青年既兴奋又惊讶。吴冬玲亲自找自己，说明他俩还有和好的可能，这个心目中的女神终于可以原谅自己了。

可随后吴冬玲一开口就又让尚峰陷入了深深的被动之中。

"你真的要起诉我爹？"吴冬玲质问着尚峰。

"我不起诉他，我帮助贾亮起诉那个公司！这还是你让我干的啊！"

"你能不能撤诉？"吴冬玲眼睛中充满了怨恨，"他跟你有什么仇恨？"

"啊？！"

"啊什么？！"吴冬玲立刻打断了尚峰的话，继续怒视着尚峰："你起诉公司，那我爹也会受牵连！"吴冬玲说到这，停顿了片刻。"因为我不跟你好，你报复我？是吗？"

听到这样的话，让尚峰无言以对，他怎么都无法相信，自己捏卫法制的事情竟然被吴冬玲认为是自己的私欲，自己伸张正义的事情竟然被看作是报复。

"不是的！我是在给那男孩讨回公道！"

吴冬玲死死地盯着尚峰，用一种极其蔑视的语调说道："哼！公道？"

说完这话，吴冬玲愣在那里许久，突然她的口气变得非常的无助，用一种乞求的方式求着尚峰："尚峰，撤诉好吗？我爹没了儿子，你还要在他伤口上撒盐吗？求你了，我爹会再赔那孩子些钱的，大家都相安无事多好！"

看着可怜的吴冬玲抓住自己的衣袖，那么的无助与凄凉，尚峰心软了。自己坚持的理想究竟对不对，法制和亲情到底哪个是正确的？他不停地问自己。

这一宿尚峰失眠了。一边是爱人的哀求，一边是男孩的悲惨遭遇，到底哪个重要呢？更何况自己还有小辫子被佳琪那个狐狸精抓在手里。他在村委会大院里溜达，突然被角落里堆放的屏风吸引，多日的风吹雨打，白色的衬底已经变黄，覆满了尘土。不知怎的，一种无名的力量让尚峰扒了扒那幅屏风，随着一阵响动，那幅屏风倒在了地上，自然摊开来，露出那红色的五个大字"为人民服务"。看到这些，尚峰内心一阵酸痛，这让他回想当初来这里时第一次见到这个屏风时，是个多么富有崇高理想的人。而现在，自己竟然变成了曾经自己十分讨厌的那类人——堕落腐化。想到这里，他默默地在那里站了许久。

天一亮，尚峰就开始着手准备手头的资料，吴冬玲的面孔总是出现在脑海里，他收拾资料的速度也减慢了，他又开始犹豫了，如果帮助贾亮伸张了正义，那爱情之花肯定凋谢，与吴冬玲也就此画上了句号。想到这里，尚峰看着窗外，看着自己工作了两年多的地方，思绪在脑海里无序地乱碰着。

"哥哥，咱们走吗？"

贾亮的这个短信彻底吹响了尚峰内心的集结号，让他彻底地坚定了自己的决心，他要找回曾经的自己，哪怕自己现在已经堕落了。他迅速地收拾好自己的文件，走出了村部。当看到站在门口的贾亮，他知道迈向法制的大道是需要做出巨大的牺牲的，不仅要牺牲爱情，也要牺牲自己的一切。

但尚峰明白，感情是无法掩盖错误的，而私心是走向法制的最大障碍，既然自己已经尝到了这二者给人的煎熬，长痛不如短痛，就要有壮士断腕的决绝。有时候，一无所有，反而会迎来做人的敞亮，而且自己还年轻，一切都可以从头开始。

他一把抓起贾亮的胳膊，将他送进了自己的汽车。他发动了汽车，在出大院前最后一次看了眼屏风村阔气的村部，又想了想那幅屏风，最后思念一下自己喜爱的吴冬玲——这一切，都将因为这次法庭的仲裁而宣告结束。

法庭上，吴宗平和佳琪没有来，而是指派了吴宗尚全权代理。看到平日里的战友现如今竟然成了对手，法庭上的二人多少都不是个滋味，自打进了这个门，二人就没说过一句话。

来法庭旁听的只有何少为，他是出于对尚峰的敬佩，当然也是想从尚峰那里更多地得到些吴宗平腐败的线索，因为他能看出，尚峰与这个吴宗平已经闹掰了，要不不会闹到法庭上来的。

尚峰将这件事的缘由从头到尾以文件的方式呈现给了法官。从征地赔偿开始，就违规操作，还有那邪恶女人的口述，用非法手段要挟被害人的音频，当事人大狗被害……一应俱全。最关键的证据，就是那个贾老爷子被逼迫签署的合同。

"你是怎么得到这个录音的，那个女人怎么会跟你说这些？"吴宗尚质疑着尚峰。

"因为那个女人想贿赂我，我拿这个作为交换条件！"

说到这儿，连旁听的何少为都为之震惊。

案子的司法程序很多，不能当庭宣判，需要等候结果，二人就又回到了屏风村。俗话说，没有不透风的墙，尚峰替贾亮打官司的这件事，闹得满城风雨，甚至都惊动了沈乡长。他觉得这是一次宣传法制建设的绝佳机会，于是一纸红头，叫任何干部不得用自己的权力干涉司法，他要立标杆、树旗帜。

这下可让老李如坐针毡，那个公司是他曾经介绍给吴宗平的，如果被判违法，他吴宗平一个支书道个歉就行了，自己一个堂堂副乡长起码要负领导责任。

他必须行动了。

他再次找到了吴宗平，这个老奸巨猾的黑支书，竖起两个手指头，缓缓地说道："二百万，我替你让那小子闭嘴！"

"你他妈太黑了！"

"那你自己看着办。"

"你行！小子！如果我进去了，你也别想好过！"老李谩骂着，口气十分嚣张。

只见吴宗平从抽屉里拿出一沓发票，将它们重重地扔在桌子上，笑嘻嘻地说道："这些可是你的?"

老李见到那些发票，顿时软了下来，他思考了片刻，一阵窃笑："就算不为我，也为你的孙子着想吧！你不想让你孙子没了爹又没爷爷吧！"

老李的话触碰到了吴宗平内心深处的痛点，他无法忍受外人拿他这仅有的命根子说话，即便这个人是自己的上级或是祖宗。

"你给我滚蛋！"这是吴宗平的回答。

"你说什么?"老李不敢相信自己的耳朵。

"我让你滚蛋！"

　　　　　　　　　　　　　| 年轻气正

忽地一下，老李站了起来，怒视着眼前这个昔日的"战友"。此情此景标志着二人联盟的瓦解，也标志着吴宗平的仕途从此出现了转折。

　　看着老李离去，吴宗平顿时后悔自己刚才的话，深感自己没有控制住情绪，让自己犯了致命的错误，但事已至此，也没有别的办法了。

　　第二天法庭宣布了裁决结果：盛世公司属违法占地，令其拆除违法建筑，赔偿受害人余下款项，屏风村村委会在此事上有渎职过失，另案处理。

　　"Yes！爷爷，孙子我替你申冤了！"当听到法院的审判结果后，贾亮尖叫着。

　　会场外佳琪堵住了尚峰，用她烟熏妆的眼睛瞪着尚峰，牙齿啃咬着自己的红唇，此时她内心恨不得掐死眼前的这个尚峰，她怎么也想不明白这个人竟然不按常理出牌，他就不怕自己上告吗？

　　尚峰可不想和这个女人再有什么眼神上的交流，转头就走。结果何少为堵住了尚峰，他知道这是他的一次机会，唯一能从尚峰嘴里撬出点东西的机会。

　　"看来你要伸张正义了，不过还不够！"何少为的话里带着挑战。

　　"那你啥意思？"尚峰说道。

　　"还用我说吗？你们村书记的光辉事迹，你肯定是知道的。"

　　"哼，我还真不知道！"尚峰就知道何少为叫住自己就没什么好事，他面对这个纪检副书记又是自己的师哥，还是很有顾虑的，因为他自己的手已然不再干净，那总计三十万的烫手山芋，就像烙印一样深深地烙在他的心里，他现在很后悔当初自己一个松懈就收下了那三十万元的贿赂，他很害怕如果吴宗平倒了会抖出自己。

　　"有消息可以随时来找我！"说完这句话后，何少为转过头扬长而去。

这让尚峰感到浑身不自在，仿佛他就是腐败分子，只是等待审判的到来。

回来的路上，天阴得很沉，沉得让人感到窒息。屏风村村委会败诉的消息很快就在山沟沟里传开了，明面上是集体败诉了，里子里就是说吴宗平败诉了，输给了一个毛头小子——村里之前大张旗鼓干的事情全他妈是错的，最后还得赔钱赔不是。

此时吴宗平恨不得掐死尚峰，但他只能坐在自己的躺椅上，将自己的怨气深深埋藏在心里，他不想再为这些身外之事去操心了。

而吴冬玲的手机却始终关着机，这让尚峰感到很害怕，自己想象的事情难道真的要发生了，难道自己与她的恋情终将至此吗？尚峰不甘心，他要找到吴冬玲，要当面与她将事情说明白。

阴沉的天空最后终于憋不住了，将瓢泼的大雨倾洒而下，尚峰顶着大雨，四处寻找着自己的爱人，在这大雨的洗礼下，最后终于在乡政府的办公室内堵住了吴冬玲。

"你还来干吗？"吴冬玲的话语里充满了对尚峰的冷漠。

"我只是想说……"

"没什么可说的了，你走吧，我不想再见到你！"

尚峰没有说话，而是默默地站在那里，看着吴冬玲湿润的眼睛里充满了泪花。

"我没法和父亲的敌人谈恋爱！"吴冬玲一边看着电脑屏幕一边用哭丧的声音说道。

这句话深深地刺痛了尚峰，他知道这可能是最后一次再见到吴冬玲了，他想再多看看这个自己心目中的女神。

"你终于完成了所谓法制社会的建设使命了，很好！"她看着尚峰，"可是我爹呢？他名誉扫地了！为什么？这样很好吧？"

"不是，我只是想告诉大家法制的重要性，并不是输了官司就是名誉扫地！"尚峰听到这话后很是激动。

"放屁！"这是吴冬玲第一次骂尚峰，当然也是最后一次，这标志着她与他彻底的决裂，"我爹这辈子最看重的就是威望，你这是在告诉大家吴宗平犯法了！他做错了！"

看到吴冬玲如此歇斯底里，尚峰没有再说什么，任何的解释都是徒劳的，都是借口，他捍卫了法律的尊严，但却断送了爱情。这是不可挽回的事实，他必须接受。他现在甚至开始羡慕起了龙子，没有运用冰冷的法律，虽然吃了亏，但亲情还在。而现在的自己……

"你走吧！我再也不想见到你！"

此话一出，尚峰知道是该道别的时刻了，他缓缓地转过头，他想再最后看一眼自己的女神。但映入他眼帘的却是一双哭红的且充满憎恶的双眼，他不敢再去看了，跺了一下脚，顶着大雨离开了。

这场雨下得有些不正常，拼命地浇灌着这条小小的山沟。屏风村的小山沟很久没有下这么大的雨了，雨水通过山上的溪流，从四面八方汇合到公路上，又从公路上聚涌到河道内。没多会儿，平日里泛着恶臭的河道瞬间被万条小溪注满，倾泻而下，就连充斥在河道内的白色垃圾都给那滚滚波涛让道。很快洪水就见到了自己的对手，那个花巨资修建的小水坝，强者相遇，必要过招，洪水在大雨的助威下，一次一次地冲击着那小水坝，打得小水坝浑身晃动不止。

屏风村的村部。倾泻的大雨粉刷着白色的洋楼，雨水打击着屋顶，发出类似噼噼啪啪的声音，从屋檐上滑落的雨水如同无数个小瀑布一样，敲打着地面，增加了院里的分贝。这嘈杂的分贝吵醒了午睡的吴宗平，在阴暗的屋里他缓缓地睁开眼睛，也很纳闷，屏风村这个常年干旱的穷山村，竟然会下这么大的雨。

急促的脚步声从远而近，是吴宗尚，他推开门，那神色十分的慌张。

"乡里的紧急通知，说这次雨很大，可能造成洪水，让家住低洼位置的人群，全部撤离到高处。

"怕什么！咱不刚建了个水坝吗?!"吴宗平非常有自信地说道。

"可……"

"没啥可怕的！"

说完吴宗平继续躺在自己的躺椅上，寻思着最近发生的一切。

雨还在下，村部里雨水的噪音分贝不断地提升，甚至到了需要捂住耳朵的地步。这时吴宗平没了刚才的从容，他开始害怕起来，因为这雨确实大得邪乎，远远超过了他以往的所见。

"尚峰，不管你现在在哪儿，快去组织村里家住低洼处的人往高处走！"

吴宗平拨打了尚峰的电话，面对这超出他预估的鬼天气，他不得不放下之前的成见，和这个代理村长一起共赴天灾。

瓢泼的大雨，洗刷着这片大地，让在雨中的人都睁不开眼睛，但尚峰却看清了那个熟悉的身影。在那条熟悉的小桥上他又一次见到了吴冬玲，二人没有说话，而是在雨中彼此干着自己手头的工作，在大雨中忙碌着。吴冬玲故意不与他直视，她憎恨这个伤害自己父亲的人。

尚峰带领着蔡雪梅，指挥着低洼处的那几户村民小心翼翼地从小桥经过，平日里没几步路就能通过的小桥，在水漫过后变得非常湿滑，让人无从下脚，突然一位老人在桥上跌倒了，尚峰并没有看见，吴冬玲顶着大雨走上了那条湿滑的小桥，准备去搀扶那跌倒的老人。

"冬玲姐！别过去！那桥滑！"蔡雪梅喊道。

可吴冬玲像没有听见一样，毫不犹豫地走到了桥中间，将那老人搀起，缓缓地向对岸移动。

这个集众多精彩于一身的豆腐渣水坝，那如头发丝般的钢筋和掉渣的水泥抵挡不住实力雄厚的洪水，在大自然力量的持续敲打下，它内功不济，断裂了，坍塌了，洪水瞬间蹿涌而出，那股强大的动能顿时将这个小小的水坝冲散开去。

很快吴冬玲站着的小桥就被水漫了过去，而她却还站在那里搀扶着那位老者。

"小心！"尚峰发现水已经开始上涨了，他叫喊道。

就在这一瞬间，一股大浪拍来，在二人眼睛对视的一刹那，吴冬玲就这样被洪水卷走了。就那么一眨眼的一刹那，自己心爱之人就消失得没了踪影，连出手相助的机会都没有。尚峰傻傻地站在岸上，他的大脑一片空白，因为他不敢相信自己眼前发生的一切。

"啊！"蔡雪梅这个女汉子也被这场景吓哭了，这是尚峰第一次见她哭泣。

雨下了一天一宿，平日里充满各种白色垃圾且泛着恶臭的小河，现在却变成了波涛滚涌的大河，再也没了恶臭和白色垃圾，却承载着两个男人的痛苦与对对方的憎恶。

这次山洪暴发死了两个人，一个是流浪汉，而另一个就是吴冬玲。这让吴宗平难以接受，他不敢相信这是真的，他已经无法再用自己那双老手去埋葬自己的孩子了，自己究竟做错了什么，老天竟然如此惩罚自己！

而尚峰知道，是吴宗平亲手害死了冬玲，那个偷工减料的水坝，那个黑透的内心，那双肮脏的腐败之手，全都是吴宗平造的孽，他将自己痛失爱人的悲愤全注入在了这个腐败到根的老男人身上。

显然水坝坍塌的事情上头是不会这么轻易就罢手的，吴宗平深深地叹了口气，深感自己的仕途就这么结束了，再加上面对失去自己一双儿女的痛，他一下倒在地上一卧不起了。

在吴冬玲的葬礼上，她是那么的安详，那么的美丽。

吴宗平一下老了很多，坐在轮椅上的他，早没了往日的神气，则变成了一个佝偻的老者，任由他人处置。他始终无法相信吴冬玲的死，他所能做的就是默默地注视着自己的女儿——安详地躺在那里的那个天使一般的小心肝。但越是注视，越是看不清，虚得连自己都忘了。

尚峰来了，他也无法相信那灵床上躺着的就是吴冬玲。

这个女人生前最亲密的两个男人，都站在这里与这个女人做最后道别，可他们彼此却都在痛恨着对方，他们用愤怒的眼睛直视着彼此，都想用目光的刀子把对方砍倒。

看见安详的吴冬玲被推进焚烧炉，尚峰彻底地崩溃了。

他跑出了殡仪馆。

跑回自己的办公室，将屋里的一切都扔在了地上，他要将自己心中的愤恨全部爆发出去，他拉开抽屉，看着那邪恶的腐败资金，就是这个肮脏东西害死了自己心爱的女人。想到这里，他伸手就要将那东西扔出去。

"啊！"

有个东西深深地割伤了他的食指，一瞬间，就汩汩地涌出了一道暖暖的血流。尚峰定睛一看，抽屉里的东西，不是别的，而是那鲜红的党章。是它那坚硬的毛边不容分说地割破了他的手指。尚峰将它拿在手里，用手轻轻地抚摸着这鲜红的党章。内心的污浊被这鲜红的光亮一闪又一闪地照亮着，无处藏匿。当初宣誓时的誓言也乘机在他的脑海里回响起来，让他羞愧难当！自己究竟做了什么？竟然与这些黑心的人同流合污，竟然如此地败坏了原本纯洁的心？！

他一遍一遍地抚摸着这鲜红的党章，又跑到大院里，把那幅破

　　　　　　　　　　　　| 年轻气正

败的屏风立了起来。他站在五米开外，端详着那幅屏风。不论风吹雨打，就算白色衬底已经泛黄，上面镶嵌的五个大字还是那么鲜红，永不褪色。最后，胸中涌出了一股热流，他庄重地决定了一件事：他要举报吴宗平，这个所谓的农村能人，哪怕是自己也被拖下水，他也要走上自我救赎之路，找回属于自己的那份纯真与坦然。

想到这里，尚峰含着泪水，含着失去爱人的锥心之痛，连夜写起了举报信。

3

尚峰拿着举报信，站在何少为办公室外许久没有动弹，他犹豫着，不知道该不该去做这件自毁前途的事情。可就在这个时候，贾亮那凄凉的面孔，还有吴冬玲失去光泽的遗容，那幅屏风上鲜红的"为人民服务"，纷纷出现在他的眼前，他终于再也无法忍受了，他终于鼓起勇气，敲响那扇门。

"尚峰？"

何少为见到尚峰是又惊又喜，他站了起来，站得笔直，但还是难掩自己内心的喜悦，因为他知道，尚峰终于想通了。

尚峰低着头站在那里少许片刻，慢慢地抬起头来，用微弱的声音说道："我要检举一个人！"

"我知道！"何少为用他激动的声音说道，随即摆了个手势，"快坐！材料准备好了吗？"

"文件、视频、音频都有！你们看着拿吧……"

尚峰有气无力地说着，因为这些事情都有他参与，他知道，在检举吴宗平的同时，自己也将……但他必须这么做，那个鲜红的党章时刻出现在自己的脑海里，贾亮的遭遇时刻呈现在自己的心里，死去的冬玲也时刻都闪回在自己的泪花里，洁白的屏风更是震慑着自己的内心。这都是自己的错，是自己放纵这个混蛋造成的。

"不过……我有个请求！"

"说！"

"让我帮贾亮打完官司再拘捕我好不？"

"这……还没怎么着呢，怎么就拘捕你了？"

听到这话尚峰呵呵一乐，不肯回答。

尚峰一连消失了半个多月，吴宗平好像知道要发生什么事情了，有气无力的他只是躺在自己的躺椅上，一动不动地闭目养神，今天刚到的本县报纸掉落在他身边。上面的内容让他顿时感到自己没了活下去的动力了。

他从抽屉里拿出一瓶安眠药，端详在手里，默默地说道：

"药啊药啊！你可能帮我解忧愁？"

说完就将那药全倒在手心里，准备一口吞下去。

就在这个时候，门被轰一下推开了，吓得他将手里的药全都洒落在地上。

"书记！不好了！纪检的何少为来了！"吴宗尚跑了进来。

吴宗平瞪着吴宗尚大喊："有啥可吵的？"

"肯定是尚峰举报的！那小子手头里有好多咱不干净的东西！"吴宗尚快要跳起来了，"这事大了，咱得找您县里那个老同学刘局长！"

"找啥？"随后吴宗平用指尖指了下地上的县报。

吴宗尚这才拿起那份报纸，上面白纸黑字印着《县商贸局副局长涉嫌严重违纪被带走》。

"啊！"

伴随着一声叫喊，那份报纸就像无足轻重的尘土一样飘飘洒洒地掉落在了地上。

　　　　　　　　　　　　|　年轻气正

"一切都完了。"吴宗平用微弱的声音说道。

何少为带着人马冲进了吴宗平的办公室，没等二人反应就将他们的手机统统搜了出来。吴宗平大睁着眼睛，怒视着眼前的这一切，但他却没有任何反应，他知道，一切都已是回天无力，自己真的是完了。

"吴书记！别来无恙啊！"何少为面带微笑地说道。

"别来无恙……别来无恙。"吴宗平支支吾吾地回答着。

随即何少为用手向外一撇，"那么请吴书记跟我们走一趟？"

"行！"吴宗平缓缓地站起身来，又冲着何少为乐了一下，"我能拿件厚衣服吗？"

"行！"

吴宗平拿大衣的动作是那么的凄凉，身子更佝偻了，完全没了往日的威风与洒脱，他现在是个有罪之人了。

"吴宗尚，麻烦你也走一趟！"何少为严肃地说道。

听到这个，吴宗尚刚想要反抗，就被来的几个小伙子给按在那了。

"宗尚！干啥哩！"吴宗平见状喊叫着，"人家领导就是叫去谈谈话！听组织安排，妥妥的！"

听完这个，吴宗尚也顿时泄了气，他深知啥希望都没有了，一下瘫倒在地上。几个人连忙上去掐人中，做人工呼吸。

"哎！不争气的东西，看把你吓的！"

说完，吴宗平就像个婴儿一般被架着走出了自己那富丽堂皇的办公室，留下迷茫的蔡雪梅和蔡淑芬，迷茫自己忙碌了半辈子的事业，竟然跟着被带走的领导烟消云散了。

"书记……"蔡雪梅欲言又止。她其实比谁都清楚这事情的来龙去脉，但没想到会来得这么突然，同时她心里也庆幸自己始终保持着那份纯朴，没有深陷其中。吴宗平走过那个废弃屏风，他感觉好像有人动过。他缓缓地走到它跟前扯了扯，屏风自然打开了，那鲜红的五个大字"为人民服务"展开来。看到这些，吴宗平憋了许久，才对蔡雪梅说了一句。

"好好干！造福咱村的百姓！"

这是吴宗平留给蔡雪梅的最后一句话，包含着太多的含义。事已至此他才想起要造福百姓，要造福生养自己的故乡，连他自己都感到可笑。但是，这也是他的真实想法。带着机不再来的遗憾，他将自己埋藏在内心深处、从来都挥之不去的那份乡愁，在这最后一刻传递给了这个纯朴的农村女孩。

吴宗平环视远山的景色，又深深地吸着这山村的空气，这很有可能是他最后一次感受家乡的气息了，顿时一股懊悔的情感油然而生，他懊悔自己为啥没能给乡里乡亲带来幸福，就为了那些生不带来死不去的钱？随后深深地叹了口气说道："你赢了！何少为！"

"错！"何少为义正词严地打断了他，"不是我赢了，而是法制的一次胜利！"

哐当一声，车门把吴宗平死死地关在了里面，也将他不受约束的权力死死地拴牢在里面。

尾 声

贾亮在尚峰的帮助下胜诉了，盛世公司非法占地证据确凿，赔偿标准远低于国家标准，而村委会则暗中勾结，犯渎职罪。贾亮得到了失去的土地和补偿款，也算是替死去的爷爷和大狗申冤了。

在看守所里，尚峰坐在审讯室里，他双手铐着手铐，思考着自己的人生。他怎么也想不到，自己竟然能坐在这里，太有辱自己作为政法大学的高才生了。

何少为的到来让他有些抬不起头来，因为这个人高高在上的审视自己让他感到很不自在。

"你替村民打官司这事还上报纸了呢!"何少为拿了一份报纸递给了尚峰,"现在国家要讲究法治社会,你这是起了好榜样了呢!"

"真好。"尚峰笑嘻嘻地说道,"我这也是做我理应做的事情。"

"那是,法治越健全,这些钻法律空子的贪污腐败分子就越没生存空间!"

尚峰看着这个家伙还是那么富有激情,多少感到好笑,他没有做出任何回答,因为身为囚徒的他没什么可再多说的了。

"行了!"何少为站了起来,他要离开了,临走的时候撂下一句话,"你的情况我已经向上面反映了,我又找了些人,给你减到一年半,出来还可以再找工作!"说完他转头就要离去。

"少为!"尚峰叫住了他,"你说,究竟是法治好,还是人治好?"

何少为回过头来,微微一笑,他也不知道该给出个什么样的确定答案才好,只好笑而不语。

"你刚才说法治,现在又托人情替我减刑,这又回到了人治?"尚峰死死地盯着何少为,"不可笑吗?"

何少为的脸上瞬间没了微笑,他被尚峰问住了,他没有再作声。而是转头走出了这间屋子,留下了尚峰在那里思考着法治与人治。

……

屏风村大喇叭里响起了蔡雪梅那女汉子极其彪悍的嗓音,告诉全村百姓免费去乡里体检,她现在成了代理村主任,这是乡里的安排,出了这么大的事,必须安排一个正直同时又政治思想过硬的人来担任村主任。

一辆小卡车停靠在村委会的大院里,是装修公司的人。

"这个……这个都得重新刷!去去晦气。"蔡雪梅指挥着工人粉刷墙面,"把那个屏风重新立到大厅去,我们要时刻记住自己该干什么!"

这些工人都是德宝找来的，他要拍新主任的马屁。

"这些马桶卖不?"德宝看见仓库里堆放着成堆的马桶，他的如意算盘打得嘎嘎响。

"不行！这是乡里的！不能卖!"蔡雪梅铿锵有力地回答道。

"是不是乡里的，还不是您说了算?"

说着德宝将一沓钞票塞进了蔡雪梅的怀里……

蔡雪梅吃了一惊，本能地把那沓钞票掏了出来，"德宝，请你拿走。"

"别假正经。"德宝嘻嘻笑着，转身要走。蔡雪梅胳膊一扬，那沓东西就朝天上飞去。

这个女汉子真是有力气，轻的东西也能弄到一定高度。然后就是散开、飘落，纷纷扬扬，如尘，如枯叶……

图书在版编目（CIP）数据

年轻气正 / 史啸思著. -- 北京：作家出版社，2017.7
ISBN 978-7-5063-9594-6

Ⅰ. ①年… Ⅱ. ①史… Ⅲ. ①长篇小说 – 中国 – 当代
Ⅳ. ①I247.5

中国版本图书馆CIP数据核字（2017）第178917号

年轻气正

作　　者：史啸思
责任编辑：兴　安
装帧设计：王一竹
封面题字：溪　翁
出版发行：作家出版社
社　　址：北京农展馆南里10号　　邮　　编：100125
电话传真：86-10-65930756（出版发行部）
　　　　　86-10-65004079（总编室）
　　　　　86-10-65015116（邮购部）
E-mail:zuojia@zuojia.net.cn
http://www.haozuojia.com（作家在线）
印　　刷：北京明月印务有限责任公司
成品尺寸：142×210
字　　数：240千
印　　张：9.875
版　　次：2017年9月第1版
印　　次：2017年9月第1次印刷
ISBN　978-7-5063-9594-6
定　　价：35.00元